中國歷史的體溫

穆涛 著

天津出版传媒集团

百花文艺出版社

图书在版编目（CIP）数据

中国历史的体温 / 穆涛著. -- 天津：百花文艺出版社, 2023.1(2023.3 重印)
ISBN 978-7-5306-8456-6

Ⅰ.①中… Ⅱ.①穆… Ⅲ.①散文集-中国-当代 Ⅳ.①I267

中国版本图书馆 CIP 数据核字(2022)第 230265 号

中国历史的体温
ZHONGGUO LISHI DE TIWEN

穆涛 著

出 版 人：薛印胜
策划统筹：王 燕　　封面题字：汪惠仁
责任编辑：王 燕　　装帧设计：彭 泽
出版发行：百花文艺出版社
地　　址：天津市和平区西康路 35 号　邮编：300051
电话传真：+86-22-23332651（发行部）
　　　　　+86-22-23332656（总编室）
　　　　　+86-22-23332478（邮购部）
网　　址：http://www.baihuawenyi.com
印　　刷：天津新华印务有限公司
开　　本：880 毫米×1230 毫米　1/32
字　　数：200 千字
印　　张：9.625
版　　次：2023 年 1 月第 1 版
印　　次：2023 年 3 月第 2 次印刷
定　　价：58.00元

如有印装质量问题,请与天津新华印务有限公司联系调换
地址:天津东丽开发区五经路 23 号
电话: (022)58160306
邮编:300300

版权所有　侵权必究

目　录

中国之文的发现与再造(序)：王兆胜　　1

旧制度下的公知者　　1
主气和客气　　51
经济膨胀之下的政治滩涂
　　——汉代的吴地面貌　　70
端午节，自汉代开启的国家防疫日　　81
没有底线的时代，笨人是怎么守拙的　　86
在掌控与失控之间
　　——汉代的五个特别行政区　　97

《汉书》告诫我们的　　129

　　汉代的一国两制　　129
　　刘邦发现文化的亮光之后　　131
　　罪己诏　　133
　　冒顿单于与吕后的一次互通国书　　136

"和亲"与"倒悬"	139
丝绸之路不仅是一条路	143
与丝绸之路相关的物产	145
以丝绸之路为罪证的一桩宫廷命案	147
酷吏的隐患	150
在养羊大户与帝王之间	152
脏唐臭汉	155
全民举报	157
算缗和告缗	159
这一仗,刘邦输了150年	161
《食货志》里的一笔良心账	164
尊儒术,是汉代的主旋律	165
"五经":汉代的大众读物	167
在汉代,文学意味着什么	170
《史记》与《汉书》的体例之功	172

中国爱情的旧款式讲法	175
礼仪之邦的底线	178
多留神	180
冬至这一天	182
黄羊解	185
热不自热,寒不自寒	187
被怀念的是渐渐远离我们的	190

长安城散步	192
先生与先醒	206
耳朵麻痹了	209
参话头	212
士与倡优	216
民变,还是政变	220
老政治的痛点	223
神通	226
如果历史学家集体闭嘴	228
有多少种觉悟叫迷悟	231

我参加空港新城域内道路命名的经过和一点认识 234

附录
胸有万壑笔藏锋
　　——穆涛散文论　　陈剑晖　张金城 259

中国之文的发现与再造(序)

王兆胜

以前,我读过一些穆涛的散文,也读过他对散文的论述,常感到眼前一亮。这次,有缘得读其全部作品,受到很大震动。这种震动既有关于他这个"人"的,也有关于他的散文的,还有关于他的文学观、人生观、价值观的。如将所有这些概括起来,那就是:穆涛不是一般的散文家,也非一般人,而是个得道者。他胸有谋略,运筹帷幄;他心有韬略,内敛沉静;他大道藏身,举重若轻;他看透世界人生,逍遥自适。这与那些随波逐流的散文写作和浑浑噩噩过人生的人大为不同。本文主要谈谈穆涛散文的叙事策略,从中可见其境界、品位、风格、气度。

一、历史文化自信与整体时间观念

有人将中国传统文化分为"大传统"和"小传统"。所谓"大传统",是指中国古代文化传统;所谓"小传统",是指五四以来开辟的新文化传统,或曰向西方学习后得来的"现代性"传统。长期以来,对于这两个传统,不论是文学还是文化都处于断裂甚至尴尬状态:既然五四新文学和新文化是在批判乃至否定中国古代传统基础上建立起来的,求新求变、去老破旧也就势在必行。因此,不管怎么说,五四在开辟一个新时代的同时,也与中国古代文学文化传统断裂了,这在五四那代有着深厚国学功底的人身上表现得尚不明显,越到后来这一断裂愈加突出。

五四那代人仿佛在清醒中又中了魔,他们不遗余力批判和否定中国古代文化传统。鲁迅将中国古代文化比成"吃人的宴席",陈独秀觉得中国古代的儒家、道家、释家都应打倒和根除,钱玄同甚至偏激地说中国应废除汉字和换血换种,林语堂则痛骂中华民族是根本败类的民族,等等。在这一过程中,虽有学衡派等的坚决反对和据理力争,但基本是一边倒,即用西方的现代性之刀割断中国传统文化的脐带。乐黛云曾回忆在二十世纪五六十年代,她没读过《诗经》,被汤用彤的"谁生厉阶,至今为梗"一句考住的窘态。尽管她找的理由是搞现代文学的,老师没教过这课,但汤先生却认为,连《诗经》都没读过,还算是中文系毕业生?于是,乐黛云感到非常耻辱,从此发奋背诵《诗经》,并表示:"我认识到作为一个中国学者,做什么学问都要有中国文化根基,就是从汤老的教训开始的。"

更年轻的国人、学人、作家对于中国古代传统文化更是忽略,在西方文化的天然优越和先进的预设中,唯"西方是从"和"西方崇拜"的现象非常突出。即使所谓的"寻根文学"也往往不一定寻到真正的"根",有的还将糟粕当精华。像余秋雨等人的历史文化散文往往存在两个不足:一是知识漏洞百出,因此受到多方批评;二是用西方价值观审视和剪裁中国历史。可以说,在五四以来的小传统面前,包括散文家在内的不少作家、学者都陷入一种盲目随从状态。他们在文化的意义上缺少谋篇布局,更无理性自觉。在此,穆涛有着清醒的认识,他说:"二十世纪的一百年,是中国历史中唯一的一个'不自信的一百年'。上一个世纪,军阀们做的恶劣事情以及恶劣结果,已经被认识到了,但文化上酿的一杯杯苦酒还有待于我们自斟自酌。"(《解放思想》)事实上,长期以来,我们一直遵循着这样的启蒙逻辑:国家战败是因为军事不如人,军事战败是因为缺乏实业,实业不兴是政治所致,政治腐败是因为制度落后,制度落后的根源在文化的劣根性。于是,中国古代传统文化成为罪魁祸首,被五四新文学和新文化挖根掘坟。

穆涛首先充分肯定五四革命的价值,他在《现代精神与民间立场》一文中说:"五四以其现代精神革掉了封建旧制式的命,拆除了老围墙,前后左右贯通了思路,进而在文心上真的雕了一个龙,而且是飞舞起来的巨龙。"不过,他也指出其局限性,"但从散文角度看,五四另一个'大成就'正是把散文从正统席位上推了下去。"不过,与许多人不同,穆涛全力探入中国古代散文、文学、文化的历史,特别是对班固《汉书》有专深研讨,发表一系列成果。他在《代价与成本》一文中表示:"强化中国传统元素才显得更为迫切。一个国家的大学,特别是人文学科领域,自身元素不占上风,是让后辈人不幸的大事。"穆涛对于中国古代思想文化的态度诚恳坚定,充满强烈的文化自信和文化耐心,他像一个痴迷的探险者和寻宝者乐此不疲。

首先,在他笔下,中国历史知识如花树一般枝繁叶茂,充满生机活力。在《算缗和告缗》一文中,穆涛讲到汉代的两个经济措施:"算缗是中国历史上农业税之外的首项财产税,为开拓之属。功益处在于不加重农民负担……汉武帝是有作为的皇帝,有作为,就是多做大事情。""为确保政令畅通,作为配套措施,公元前118年和公元前114年,两度发布'告缗令',鼓励百姓检举揭发。""告缗使民风败恶,倡导诚信反而使诚信沦丧,百姓风行给政府打小报告,做政府的密探。"类似的知识点在穆涛散文中俯拾皆是,如春日之繁花似锦,令人目不暇接。

其次,穆涛对于中国古代文化的根本认识非常透辟,处处是真知灼见,有的还是意义重大的,这在《敬与耻》《正信》《什么样的朴素什么样的爱》《致中和》《敬礼》《清雅》等文中都有较好体现。他这样谈"敬":"敬有两方面的指向,敬人与敬己。敬己是敬德,是自尊,自重,自爱,是克敬守敬。敬礼不是举举手,摆个姿势,装装样子,而是循规守矩的总称。敬人、敬业、敬天地万物。""敬是一个人的态度,要有态有度,态是行为状态,度是分寸感。无论对人还是对己,不及和过分都是失败。"(《敬与耻》)他如此论"信":"正信,是迷信的基础上再上一个台阶。迷信是忘我地去相信。正信要清醒,要走出迷宫,要找到通往理的大方向。正信,也不是质疑那个层面,用怀疑的眼光看待一切,会出大问题的。迷信,再加上一份自信,离正信就不太远了。""'信得过'这个词指的是上一个台阶,仅仅觉悟了还不够,还要有超越,要跨过去。""信见,是正信之后的所见。以信见指导所为,才会积好一点的功德。""义的主航道不在生活的表层,有点类似隧道,也不是通途,需要勘探,需要拨开迷雾,有时也需要破冰或者凿岩。"(《正信》)他偏爱清正之气,认为"养正气或浩然正气,仅靠宽胃是不够的""养出大气需要磨砺""写文章写出正气是更难得的。一篇文章里,如果洋溢出了清正之气,就入了文学的境界"。(《气》)他还这样解"爱":"爱的实质,是对自己的制约。""博爱不是贪,是对自己多加约束,要更多地担当责任和义务。要特别留心爱自由这句话,自由不是放纵,自由的上限不是由自己,公众的利害要放在首位。"(《什么样的朴素什么样的爱》)所有这些对于中国现代新文学和新文化的价值观无疑具有纠偏作用,因为它过于强调个性解放和个人自由,在爱情与欲望方面泛滥成灾。

再次,用心感悟的智慧在穆涛散文中并不少见。这是一个理性和智力往往达不到的地方,是一种醍醐灌顶和豁然开朗的通透清明境界。在《黄帝的三十年之悟》一文中,穆涛说:"灰色是不动声色,包罗万象。黑和白掺和在一起是灰,红黄蓝掺和在一起还是灰。颜色越杂,灰得越沉。物质,当然还有思想,充分燃烧之后是灰的。天破晓,地之初是灰的。天苍苍,野茫茫,苍和茫都闪烁着灰的光质。在希望和失望的交叉地带上,是一览无余的灰色。一个人,灰什么都行,心万万不能灰的,心要透亮,不能杂芜。"他还说："中国人真正相信的东西其实不多,但黄帝,是骨子里自发的迷信,着迷般的坚信。无论海内的,还是海外的,只要是华人都自傲为他的孙子,附庸其后。黄帝是中国历史上唯一一位不被争议的国家领导人,既领袖当年,也滋润着几千年的民心民意。"这样的表述充满"悟力",是从数千年历史文化中感受到的心语。"灰什么都行,心万万不能灰的"这句话,像智慧的"心灯"一样将暗夜照亮。

不少历史文化散文或寻根文学往往缺乏现实性和时代感,更缺乏未来向度,从而造成"面向历史、背对时代、失去未来"的困局。穆涛虽深潜于历史进行精耕细作,但并未陶醉和迷失于过去,在对历史不断进行批判与审视的同时,还有着强烈的现实感性、时代性和未来向度。穆涛认为："读史治史不是念旧,旨在维新。"(《念旧的水准》)他又说："回头看,要有历史观。""回头看,是为了更好地向前走,因此清醒是至关重要的。没有正向感而寻求反向,会从现实的泥淖滑入历史的漩涡。"(《回头看》)他也说："文章合时宜而著。合时宜,是切合社会进程的大节奏,而不是一时的节拍或鼓点,看社会的趋势之变。文章一旦失去时代与社会的实感,失去真知和真情,就衰落了。"(《使时见用,功化必盛》)他还表示："八十年代的文学是热的,读者多。作家们看社会问题准,脉把得好……作家们为多个领域代言,看得很是'超前'。但随着社会的进步,作家看社会不太清楚了,不是眼花了,而是社会结构多元也多姿态了。作家的眼光不再'超前'了。""作家写的东西,如果不是社会焦灼层面的,不是社会进步层面的,如果听不到社会文明脚步艰难迈进的节奏声,听不到观念的车轮轧动铁轨的咣当声,这样的文学注定不受欢迎。"(《给贾平凹的一封信》)因此,作者常常古今类举、借古鉴今、互为生发,达到启迪社会与时代的作用。他这样写"静雅":"静和雅这沉甸甸的两个字,在现代生活里,都被瘦身了。"(《静雅》)他预感到时代的巨变:"如今是哲学和科学大碰撞的年月,也是经济和文化大碰撞的年月,这样的社会趋势,散文写作应该以怎样的方式去应对,还真是个大课题。"(《一杯水》)他还对未来中国文化发展充满期待:"我们中国以前是'礼仪之邦',各行当有各行当的规矩,'仁义礼智信'这些东西基本上是深入人心的。如今有两个自我检讨的热词:'诚信缺失'和'信仰缺失',其实都不太妥当,事实上是规矩缺失。我们如今做事情,很不遵守我们老祖宗的规矩。如今我们讲'繁荣文化',我觉得首先应该对文化有个清楚清醒的认识。"(《文化是有血有肉的》)在此,穆涛对中国未来文化如何重建,虽未给出科学有力的设计,但针对当下存在的问题,从历史中吸取精华,富有前瞻性、发展性、建设性的一些看法,还是非常明晰和有益的。

历史传统、时代现实、未来发展是一个具有时间连续性、继承性和创新性的链条,我们应有整体视野、全局观念,并进行思想融汇和文化贯通。在这方面,穆涛散文做出一些努力与思考,体现了"中国人的大局观",超越了五四以来形成的文化惯性和惰性,是一种真正的"文化自信"和"文明自觉",值得引起人们的足够重视和认真研讨。

二、深度写作追求与内外空间拓展

众所周知,"人的文学"观是周作人提出来的,它对于打破中国古代传统"非人的文学"无疑具有进步意义。不过,当将"人"从复杂的关系中抽象出来,特别是忽略了人的局限,将人的智力、欲望、创造扩大到无以复加的程度,那就走向另一种极端甚至出现异化状态。因此,近现代以来,"人的文学"得失互现,它所带来的负面影响越来越突出地表现出来。穆涛散文在彰显"人的文学"的同时,又做出了新的突破创新,这大大拓展了表现空间,丰富和深化了文化内涵。

一是对于"人"特别那些"特殊人"有新的认知。穆涛说:"我们每个人的身体,都是一个小地球,也可以叫小宇宙。"(《内装修》)这就赋予了人更大的内在空间和心灵空间。另以《笨人》为例,穆涛写战国时期的笨人商丘开,他从来到茅草房留宿的高士那里,听到有个叫范子华的高人收纳门客,于是投进范门。没想到,笨人商丘开的地位低下,加上他笨得要命,常受到不公正待遇,有的门徒还耍弄和取笑他。然而,笨人商丘开却从不为意,还总是绝处逢生和福运连连。对此,穆涛概括说:"商丘开讲的话,用大白话说就是心诚则灵。笨是不设防,不设防有什么益处?醉鬼,睡熟的人,以及婴儿从高处摔下来,所伤是无大损的。笨还有一层内涵,就是肯下死力气。心诚,再加上一膀子死力气,只要不是航天飞船入太空那类特殊的事,世上很多难题都可以解开。"这让人想到袁中郎笔下的笨仆,即使他们总给主人带来麻烦,主人也不为意,反而比聪明人更得主人重用和爱护。穆涛还写到通天之人:"据说中国民间有神通人,可以穿越时空,洞解人上辈子和下辈子事。"(《局限》)也是从此意义上说,李浩认为:"穆涛是个笨人。"同时,"穆涛也是个精人。"(《穆涛的风气》)

二是对于鬼神的关注兴趣和独特理解。无神论者是不信鬼神的,穆涛信不信鬼神,我不知道。但穆涛散文是谈鬼神的,并涉及与鬼神相关的人与事。在《神话与鬼话》中有言:"神话与鬼话,都是人说的。"在抄了几段话后,作者提出这样的看法:"带些人味的神话与鬼话,纵然不足信,但给人警醒,也可以填闲做下酒菜。没有人味的神和鬼,让人敬而远之。如今去大街上、市面上走走看看,这类生物真是不少呐。"在此,将"鬼"与"人"相关联。在穆涛看来,有时"鬼"比某些人还可爱。穆涛还特别欣赏画友画鬼画得像人,特别是像那些好人,"他的画我爱去看。他专门画鬼,在世俗观念里,鬼即无常,不走大路,不着边际,嘴脸狰狞,身子没肉,有一点肉也是和皮粘连着,衣服朴素得过了头,要么衣衫褴褛,要么一身旧朝的装束。我这位老兄却一反常识,他笔墨中的鬼,胸宽体胖,慈祥善良,个个厚谆可敬。"(《画事》)穆涛还站在"鬼"的角度写"人",他说:"人体内最深奥处潜伏着两个能量源,一个叫魂,一个叫魄。魂是意志力层面的,比如有一个词叫灵魂。魄是生物钟层面的,还有一个词叫体魄。魂是上层建筑,是精神领袖。魄是物理基础,是生理主管。魂和魄两个字的结构,皆从鬼,都是可意会不可捉摸的东西。'魂魄失和''神遇为梦'。魂和魄高度统一了,是大清和的境界,也就无所谓梦不梦了。但这样的人生,俗人能有几回合呢?"(《睡觉》)显然,与以往"人的文学"相比,穆涛的散文也就有了不同的风貌和意义。

三是对于"人与物"的关系有了新的理解。在"人的文学"观念底下,"人"是天地主宰和万物精华,"物"特别是动植物是没多少地位的,至于那些无机物就更不在话下。这就带来整个二十世纪散文、文学、文化的偏执,也大大削弱了丰富多彩的文化生态。有时,一些作家也有"物"的描写,但多是拟人化的,即为了"人"而进行的忽略"物性"的表达,从而导致"失真"。穆涛散文除了写人,特别注重写事、物,并站在"事物"的角度体会其特性,然后反观"人"和"人性",这样的做法将散文、文学的空间一下子打开了。他写草芥:"人生卑微,不如草芥,草芥有根呢,枯了可再荣,年复一年葱茏度日。人没有根,死了就死了……青史驻名的那些大人物,就是把自己植根于世道人心里边了。"(《道理》)他写树和碑:"树往上生长,长的是无量的功德,碑碣朝下栽,栽种的是教训和纪念"(《树和碑》)"老树就是佛,生长了那么多年,披风沐雨的,不怨不嘤,而且不停歇地增枝叶,长果实,人们可以热天乘凉,雨天避雨,还可以呼吸到有益的空气。"(《觉悟》)他写老城墙:"长安城老城墙经见的世面足够多了,把一切看在眼里,人伦物理、是非曲直,以及烟云浮尘、天光月影,城头变幻大王旗,它却是什么也不肯评说,形势高贵,镇定自如,'凭自觉吧'。想来这该是老城墙对城墙内外忙碌着的人们的基础态度。"(《城墙下》)他写莲湖:"莲湖于我真是不解的缘分,每天早晨我一推开窗子,莲湖就知道我在望着它思想呢。"(《鱼在湖里》)他写马:"马的心肺发达,善奔跑,听力敏锐,无须转动脑袋,即可辩明声音来源。嗅觉也了不起,鼻翼扇动,几公里之外的母马即可'眉目传情'。"(《过时》)他写岩羊:"有朋友从格尔木来,说青海的山上生活着一种岩羊,周身的皮毛一年四季里随着岩石颜色的深浅而变化自己,极富隐蔽性,外地人常常攀扶到它身上才自觉,即使高明的狩猎者也时而受到欺瞒。"(《两家巷里》)他写牛:"还有一个词,叫笨如牛。牛怎么笨?倔强,踏实,吃苦耐劳,少言寡语,这不是笨。对牛弹琴,不是牛笨,是人矫情。"(《认了》)他写大象:"一头非洲的大象和一头中国象见了面,不需要翻译做中介,凭直觉和气味,相互搭一搭长鼻子,很快就熟稔了。人是万物之灵,但两个陌生国度的人要成为朋友,先要熟悉彼此的语言和生活方式,落后国度的那一位可能还会产生微妙的自卑心理。让万物之灵显出这种脆弱的正是文化。没有文化的政治,理想国是大象的群落。"(《大象国》)他还写马、羊、牛的天性差异:"放牧的时候,马走在最前头,长腿蹚开厚厚的积雪搜吃草尖,马品性高雅,只吃草尖。羊群相跟着来了,甩开小腿脚踢踢腾腾着吃草的中部。打扫战场的是牛,牛倔,但老实,剩下什么吃什么。牛不会蹚雪,没有马羊开雪路,会饿死的。天意,比科学更科学。马羊牛在冬天的草原上,就这么和谐地过日子。"(《致中和》)在此,穆涛写出了"物性",写出

"物"与"物"的差异,"人"与"物"的不同,也以"物"的视角反观"人",从而带来"人"的思想与情感变化,也获得更大的想象空间和独特启示。

四是探寻更为博大的天地自然之道。在中国传统文化中,老庄重视"天地之道",孔子强调"天",它们都是对万事万物起着主宰作用的规律。穆涛散文中一直有这样一个天地自然的主宰,它自觉不自觉规约人们的言行与命运,从而将空间进一步拓展了。穆涛在《树与碑》中说:"八卦指乾坤巽震坎离艮兑,即天地风雷水火山泽,古人用此八种自然状态结构世界,这是中国人最早的宇宙观,是中国的大智慧。"他在《信史的沟与壑》中直言:"经是常道,世事变迁,但人的基本东西不会变,且会持久鲜亮。读经就是卫道,找天地的大道理。"他在《道理》中又说:"道貌岸然,是表面现象。道法自然,大道无形,指道的复杂和无量。但道不是虚无缥缈的,道是人间道,道的地基是常识,是寻常生活里过滤出来的认识和见识。"他在《谁敢窥天机》中写到明代朱静园与狐友饮酒悟道一事:狐友在朱家饮酒,大醉,但一直未显原形,也无一点变化。当狐醒了,朱静园问其故,狐友答道:"凡修道,人易而物难,人气纯,物气驳。成道物易而人难,物心一,人心杂。炼形者先炼气,炼气者先炼心,心定则气聚而形固,心摇则气涣而是形萎。"穆涛引了这段话后表示:"天赋是老天爷发的奖品。芸芸众生,都是老天爷的属下,老人家为什么单发给你?这就是世事的奇妙之解了。"他在《自然者默之成之》中还有一句话:"无为,是顺其自然。天道自会,天道自远。自然者默之成之。"这就是"顺其自然"的智慧。有了天地自然之道,"人之道"就变成一个方面,甚至是天地之道这个坐标中的一个"点",穆涛散文的空间、精神与境界也就变得大为不同了。

五是描摹更为虚幻的"神界""仙界"以及"三界"景象。穆涛对《西游记》等小说充满兴趣,并指出其中的玉皇大帝住的天庭以及"神仙鬼怪的行为方式",都是"临摹着人间烟火的标准,佛也受贿,鬼也多情"。穆涛对于"神界"和"仙界"的看法,大大拓展了其散文的叙事空间,特别是超出了"人的文学"观。在《四月天》一文中,穆涛详细阐释了三界:"'三界'这个词指的天界,是欲界天、色界天、无色界天。信在天界的是天人。欲界天在最底一层,已经离开了地球,但没有脱离太阳系,还受着日月男女的局限。断了大部分情,但欲根未了。比如思夫的七仙女,爱吃蟠桃的王母娘娘,再比如各路神仙……这个界面里的天人过的是神仙日子,修身养性,漂洋过海,登山赏月,养花护草,菩萨手里也是不离那株通灵的柳枝的。第二层是色界天,这是大自在界。这是一个很遥远的地方,甚至脱离了银河系……最上层是无色界天。这是最高境界,已经无所谓自在不自在了。色界天和无色界天里的天人,生育方式都变了,不再是胎生。"(《四月天》)这样的空间观深化了对宇宙的认识,使穆涛散文高远辽阔、缥缈无际、虚幻逍遥,极具张力效果。难怪李浩这样概括穆涛:"几十年下来,表面上是剑走偏锋,实际上是熟而生巧,巧而成技,由技进乎道。得了道行的,即便土偶也能成精,野狐也能修禅,何况颖悟灵醒如穆涛者乎?"(《穆涛的风气》)

六是从"知"与"不知"中受启和超升。在科学主义底下,这个世界和人生都是可知的,只要我们努力不断地进行探索,所有的谜语和谜底都可以解开。这就容易获得积极进取的价值观和人生观。不过,还有一种"不可知"论,即认为在博大神秘的天地宇宙面前,人的力量微乎其微,我们只能顺应它特别是其中的道,才能从中获益。穆涛在"知"的前提下,又能看到"不知"的价值意义,从而承认自身作为一个人的局限。他特别欣赏"平伯老人对烹鱼的无知,彰显着他对人生的大知态度。"(《我们的无知在流行》)他也承认"留白""中断"以及"余韵"的哲学意味,从而留下巨大的可不断被想像和补充的"空间"。穆涛有这样一段话,很好地说明这一点。他说:"国画里的留白是一种空,音乐里的瞬间停顿是一种空,文学描写里的闲笔是一种空,这些空里都潜藏着奇妙的魅力。"(《空指什么》)他还谈到"息":"息这个字的本意,是一呼一吸之间的停顿地带。气息,指的是呼吸再加上停顿的全过程。身体健康的人,既呼吸顺畅,停顿的也恰到好处。在大街上,见一个人气息短促,如果不是遇到紧急情况,他的身体一定出现麻烦了。"(《局限》)还有对于"空"的认识,穆涛解释说:"空有两个方面。一方面是没有,另一方面是有。""空也是大有。""佛经里边的话叫真空妙有。空是更高一层的境界,是有待人们去认识去发现的境界。有一种生活用品叫真空包装,真空,只是被抽走了气体,里边还存在什么?它凭什么让包含的东西较长时间不变化?人类对这个问题的认识,目前还很有限。"(《空指什么》)我们现在的散文、文学、艺术有时太"实",没有空隙,缺乏"虚",这不只是个技法问题,还是个空间问题,更是个哲学问题,在这方面穆涛散文颇有意味,可资借鉴。

穆涛曾向贾平凹建言:"您于'易学',于'神秘',及至'天象''星徽'是有内修的,在写新书时,可否收敛于书内?"(《给贾平凹的一封信》)其实,我们也可用这句话理解穆涛的散文:正是他从"人"到"物",再到"天地大道",特别是在神秘的"不知"中进行探求和体悟,才有了超越"人的文学"局限,进入更为博大的天宇的可能性。

三、复合叙事模式与熟悉的陌生化

整体而言,与小说、诗歌、戏剧相比,中国现当代散文叙事显得过于单一。这既表现在对于故事性的过于依赖,也表现在结构的简单化,还表现在修辞的模式化,当然更表现在顺势思维的惯性,致使散文像白开水一样清浅和无味。穆涛散文属于"元叙事"或"复合叙事",是那种充满大情怀、丰富性、复杂性、缠绕性、悖反性,但又具有包容性和清明透彻的一类。

映照对比是穆涛散文叙述中的第一个方面。它具有双重结构,有相互生发、相得益彰之效,有助于突破简单与肤浅。有时是"大"与"小"对比,所以穆涛说:"小故事里该怎么去藏大道理?"(《小故事》)有时是"主"与"客"分,所以穆涛认为:"中医研究气理,分主气和客气。主气是一个人身体内的常在之气","主气不是孤家寡人,与客气相生相从。主气是稳定的,客气是变化的。在一个人的身体里,主气客气相融,是和气顺气。主客反目,则生邪气"。"运气这个词,指的就是主气和客气的相互协调,是五运六气的简写。五运是金木水火土五行变化,六气,在时间上是一年十二个月,又具体表现为风寒暑湿燥六种气候。"(《客气》)有时是"爱钱"与"不爱钱"之别,穆涛归结道:"爱钱爱出趣味才可爱。不爱钱的人在钱上弄出趣味更是可爱。"(《钱语录》)有时是"强权"与"公理":"国家文明是复合结构,有点像天平,强权和公理是天平的两端。无论哪一端薄弱了,整体上都会失衡。"(《认了》)关于好文章写法,穆涛也有两段看似矛盾,实则可相互映照对比的例子。他一面说:"'辣手著文章'是一个老对联的下联,辣手不仅是手辣,还是眼辣、心辣,指的是有见地、有分量。"(《言者有言》)另一面他又说:"文风朴素好,别刮浮夸风。"(《真实 境界 表达》)可见,"辣"与"素"并观才能看出穆涛散文的张力与浑然一体。

拆分融合是穆涛散文叙事的第二个方面。如套合一样能自由开合,从而带来相互蕴涵、连绵起伏、不断阐释、逐渐深化之效。与许多散文的单调不同,穆涛散文不论在结构还是语句上都有强烈的内在关联性,哪怕是短文、通信也不例外。以《收藏》一文为例,这是写穆涛与贾平凹关于收藏的来来去去,几个故事相互套用,每次藏物的"进"与"出"相关,两人的对话也仿佛是用螺钉或卯榫结合的,给人以故事套故事、叙述连叙述、问答粘问答的感觉。如写军统文件柜子一事,贾平凹为了从穆涛手中得到它,竟打了几次电话。穆涛写道:"第一个说那个柜子可以装手稿,你是编辑,写作又少。我说今后我多写些。第二个电话是硬来了,'我这些年也没要过你什么东西,这一次我要了,你可以来我家随便拿一个东西,咱换。'我说你没要过,但抢过。"穆涛接着说,说归说,下班他还是抱着柜子去了贾家,在欣赏中贾平凹拿给穆涛一篇自己写成的稿子,算是赠给《美文》杂志。当穆涛要自选一件贾平凹的东西时,突然被叫停,理由是已经给过一篇文章了。穆涛无奈,他写道:"'那你给我写一幅字。''我是主编,你是副主编,咱俩要带言而有信的头。写字可以,你再找理由。'我转身打开了他存的一瓶五粮液,倒了半茶杯,'到了你家,饭也不招待。'他笑着说:'多喝些,浇浇愁。'"这是一个相互包含的叙事,在紧凑瓷实中又洋溢着难以言说的知音之感。还有一种连环套的叙述,是词、义、理、趣镶嵌在一起的,仿佛是一个长链条,在《解放思想》一文中,穆涛说:"学问,重点在问,问是深研精进的意思,比如'问道''问禅''问茶'那三个词。学问这种东西,有的化成力量,有的化成趣味,有的化成笑柄,化成笑柄也没有什么,只要别化成加了三聚氰胺的牛奶,那可是比苦酒更恶劣的东西。"穆涛还善于拆字,以显示一个完整性的意义存在,在《睡觉》中有这样的句子:"睡而觉,这个词里,隐着禅机呢。觉是人的意识流,觉醒,觉察,觉悟。视觉是眼睛的,触觉是肢体的,感觉是诸器官的,五脏六腑各司其职,自负盈亏。知觉则要深入一层,是思虑之后的。""睡与梦密切联络着,梦也是意识流,但和觉得是一个大系统里的两种思路。"还有,穆涛对于"儒""匠""道""理""德""气""信"等字的拆分与融合,都是典型的例子。

逆向思维是穆涛散文曲折表达的第三个方面。中国当代散文更多的顺势思维,在穆涛散文中取"逆势"者不在少数,这包括观点创新、结构作品、语言修辞等。他曾这样盛赞:"贾平凹是当代作家中'推陈出新'的代表人物……他是由'陈'而生的机心……人的根扎在中国文化里,又练就了一手过硬的写实功夫,无限的实,也无限的虚,越实越虚,愈虚愈实。"(《创新》)其实,这也是在说他自己,因为将自身像跳水运动员一样投入历史深处,没有"推陈出新"也就失去了意义,所以他能在众多历史史料中发现新意,没有与众不同的逆向思维能力,几乎是不可能的。在《反粒子》一文中,穆涛通过《列子》中的神童之"迷罔之疾",引发对于价值观迷失和反粒子的思考。作品结尾说:"我对反粒子肤浅的理解是,有一个正数,就有一个相对应的负数,中间至少隔着一个零。正数和负数不是一分为二那个层面,更不是正数是正确的,负数是倒行逆施,有时恰恰相反。负数的可贵之处,在于难于被发现,难于捕捉到。人们整天为正数奔忙,疏忽了相对应的那个客观存在,就埋下'昏于利害'的种子。"这也是为什么,读穆涛散文总有一种熟悉的"陌生感",一种让人眼前一亮的东西。穆涛曾在《树与碑》一文中有这样一段话:"至今在羑里城还有'吐儿冢',吐儿与兔儿谐音,做兔肉的生意人不要去汤阴,天下只有那一片地方敬重兔子为神物。"初读时,觉得非常新鲜,也佩服作者的眼力;但读了穆涛的《兔子的爱情》,得知穆涛夫妻均属兔,方恍然大悟。由此反观,也就理解了穆涛的《兔子的爱情》为什么写得细如发丝和温暖如春。像火苗遇到引信，逆向思考常在与正向思考的"一爆"中，产生焰火样的光芒。当然，穆涛散文的逆向思维有时还表现在对"规律"和"道理"的消解上，他说："有道理的事都是合乎自然规律的，但人的世界仅有这些是远远不够的，一定还要弄些没道理的事掺入其中，才会显出灵长类动物的智慧和高明。而没有道理的事一旦作出硬性规定就显得有些道理了，久而久之也会约定俗成。有些没道理的事也是很有积极意义的，比如行人要走马路的右边……'道'当然是重要的，谁敢违背自然法则呢？"（《没道理的事》）这是取得另一种逆势之姿。

动态遍观是穆涛散文艺术表现的第四个方面。纵观穆涛散文，不论是长篇还是短制都有一个共同点，即很少孤立、静态更不是死板地进行描写和阐述，而是动态遍观和整体全面地审视、把握、观照。这是其散文生动灵活、五光十色、有思想穿透力和艺术感染力的地方，也是具有历史感、现场感、时代感和未来性的原因。穆涛表示："看一个喝水的杯子，角度不重要，因为杯子规模太小，一眼可看穿，见到整体。看一个独立的房子，角度的重要性就显示出来了。从前边看，和从后边看是两回事，爬到房前的高树上往下看又是一回事。站在哪里看，哪个位置，就是立场。"（《给贾平凹的一封信》）他还说："看山和看河是不同的。山是静的，但四季有变化。河是每一刻都在流动着，但四季变化不大。北方的河冬季要结冰，但这只是表面现象。看山，在山脚看，和在山顶看不一样。山里人和山外的游客对山的态度也不一样。鱼是水里的游客,却是河的家人,对河的态度和岸上人家不一样。大的河流,横看和竖看不一样,顺流看和上溯逆流看更不一样。"(《立场与观念》)像转动一个磨盘,也像对着飞行的靶子射击,穆涛散文的动态遍观方式非常精彩,给人一种艺术呈现的美好感受。

融通幻化是穆涛散文艺术生成的第五个方面。时下,模仿或模式化散文大行其道,因此流行风、跟风、随风式写作所在多有。因此,真正有个性、创见、特点的散文并不多见,这既需要定力,也少不了融通、化合、创造。穆涛曾以跳高为例,他说:不论是背越式、俯卧式、跨越式,还是采取别的什么式,都不重要,重要的是跳出高度,"如果跳出的高度一般,跃杆的方式再怎么创新,都在自娱自乐范畴之内"。(《言者有言》)在穆涛,他强调的是融通幻化作用,就像生命的升华一样。在《化与幻》一文中,穆涛说:"这个过程就是幻,像放幻灯一样,幻处即真,真处亦幻。""化是动态的。量化,转化,融化,进化,潜移默化。""化是复合多元,佛经里讲命有'四生',胎生和卵生是众生常态,比较特殊的生态是湿生和化生。湿生是魔鬼道,蚊子、苍蝇一类,是恶业行径的旧宿。化生是大境界,蛹成蝶,俗化仙。""文化不是简单的事情,不是用先进文化传统文化就能概括得了的。文而不化不叫文化,读一肚子书,如果转化不成能量发扬出去,是把书糟蹋了。文化的重心在如何化上。"正是基于如此清醒的理性自觉,穆涛散文才能不羁不绊、信马由缰、天马行空,获得大鹏展翅般的逍遥自适,将散文提升到一个幻化的境界。比如,穆涛有这样一段文字,从中可见其幻化之功:"朴素是放松的,爱是苛刻的,这两种东西又都是大的,大到什么程度呢?'惚兮恍兮,其中有象;恍兮惚兮,其中有物。'这个恍惚不是捉摸不定,是心地光明,是飘然自在,但更是踏实,缺少了踏实,朴素和爱容易走形。"(《什么样的朴素什么样的爱》)从这样的表述中,可见作者所受的儒、道、释的影响,以及对于"朴素"和"爱"的新解。穆涛还说过这样一句具有幻化内修的话:"一个人回避社会,躲进小楼成一统,是容易的。当社会把一个人当回事了,这个人仍不把自己当回事,心就大静了。"(《静雅》)只要当一个人将天地之道装在心间,在"知人"与"自知"中方能达到这样的万物归"一"的境界。

穆涛散文的叙事策略在正、反、合中达到辩证统一。在别人都反传统时,他深入中国古代文化传统;在他人沉溺于历史时,他重视用时代精神和现代性意识激活传统;在人们执著于现实主义的为人生时,他将"人的文学"观念向更广阔的天宇空间拓展;在一般人以惯性甚至模式化方式前行时,他以"陌生化"和"复合结构"进行创新。当然,所有这些变化与不同又都建立于"正"与"合",一种永不失去对于"底线"与"规矩"的坚守上面。

旧制度下的公知者

在旧体制时代,皇帝听取不同的政见被誉为美德,颂辞是"广开言路,兼听之明"。

事实上,专制之下的"兼听",基本上是皇帝个人的雅量,因为并没有与"兼听"相应的政治路径。另外,"兼听"也是帝王术的一种手腕。在中国古代,即使一手能遮住天的皇帝,也是需要平衡术制约局面的。中国的大历史里有两条政治线,主线是皇帝线,辅线是宰相线。皇帝线是抛物线,因为中国的皇帝是家庭承包制,皇帝的水平忽高忽低,起伏落差大。宰相线是平行线,中国的宰相整体上水平比较高,业务素质过硬。好皇帝与差皇帝的区别在能力上,好宰相与差宰相的分野在心地和心术上。宰相是皇帝的战友,是距离最近的手下,但也是潜在的对手。中国历史的长河中,皇帝受控于宰相,支流漫过主流的案例时有发生,一旦这样的情景出现,则兆示一轮激烈的政治漩涡,甚至惨痛的生灵涂炭。皇帝制约宰相的常规手段,就是"广开言路,兼听之明"。

汉武帝刘彻是中国皇帝中极特殊的个例,他的政治格局以及政治视野的基础,产生于"兼听"。或者换一种表述,刘彻是"兼听"的土壤中成长壮大的苍劲之树。刘彻的政治情操,是和民间的"知识领袖"共建的。他是一位罕见的倾听者,广泛倾听,择善落地,进而再使之制度化。刘彻是宫廷政治的改革者,在中国首次提出并确立治理国家的指导思想——即"独尊儒术"。一位皇帝,不以自己的"圣言"为重,而以一种"系统学说"为大,是很了不起的,最起码是知道天高地厚。此外,他与知识领袖们探索并开创出一种中国古代国家公务员的选拔模式——"察举制",隋唐之后逐步完善为"科举制"。这项制度一直适用至清朝末年,被多个朝代沿用,基本贯穿大一统状态下的中国古代史。给政府的权力中融入中国智慧,以智慧治国,是这一项制度的重要标识。

汉武帝的霹雳手段和低姿态

中国古代皇帝以年号纪元,由汉武帝刘彻开始,从公元前141年即位,到公元前87年山崩,用过十一个年号,分别是建元、元光、元朔、元狩、元鼎、元封、太初、天汉、太始、征和、后元。前六个年号每六年一纪元,后四个年号每四年一纪元,最后的"后元"为两年,共计在位五十四年。

刘彻七岁被立为太子,十六岁承皇帝位,在位五十四年之中,任用过十三位丞相,但只有六位善终,另外七位或被处死,或自尽。仅即位后的前三年,就更换过两位,具体是田蚡、窦婴和许昌,均是树大根深的老臣。其中窦婴被斩首示众,"(元光)四年冬,魏其侯窦婴有罪,弃市。"(《汉书·武帝纪》)皇帝与丞相之间既密切又紧张的矛盾程度,在中国政治史中,汉武帝刘彻是拔了头筹的。

刘彻是西汉第六位实权领导人,之前分别是高祖刘邦(公元前206—公元前195),惠帝刘盈(公元前194—公元前188),高后吕稚(公元前187—公元前180),文帝刘恒(公元前179—公元前157),景帝刘启(公元前156—公元前141)。刘彻于公元前140年即位,此时建国已经六十余年,他对西汉前期政治生态中的痼疾深恶痛绝,甫一即位,则从意识形态领域下硬手段,进行治国理政的全方位创新与改革。

即位元年,面向全国征召选拔一百多位以儒学为主体的"贤良方正直言极谏之士",立为"博士官"。并在诏书中明确认定黄老之学,法家,纵横家为"乱国政"之学,不在征选之列。虽然认定为"乱国政"之学,但并不禁止民间的学用,只是申明不适用于国家治理。

"建元元年冬十月,诏丞相、御史、列侯、中二千石、二千石(二千石为省部级官员,"中"表示中央朝廷官员)、诸侯相(汉代下辖的诸侯国,由中央朝廷委派丞相,后称为相,以区别朝廷的丞相)举贤良方正直言极谏之士……所举贤良,或治申(申不害,战国思想家,兼融黄老之学与法家)、商、韩非(商鞅、韩非为法家代表人物）、苏秦、张仪（苏秦、张仪为纵横家代表人物）之言，乱国政，请皆罢"。

这一道征召令是"建元元年冬十月"颁布的。西汉建国后，在历法上"承秦制"，沿袭秦朝的"颛顼历"，以农历十月为岁首正月。一直到太初元年（公元前104年），汉武帝改革历法、废《颛顼历》，行《太初历》，一年中的岁首正月与今天相一致，定为农历一月。也就是说，这道征召天下儒学贤良的皇令，是汉武帝即位元年的正月发出的，相当于"中央一号文件"，由此可见汉武帝变革朝政的锐意和急迫。

汉代的博士官，地位相当于今天的院士，是学术资质的国家级认定。比院士稍特殊的是，还兼任皇帝的文化政策顾问，参知政事。用汉武帝诏书中的话表述，"贤良明于古今王事之体，受策察问，咸以书对，著之于篇，朕亲览焉。"

这道征召令，是汉代"罢黜百家，独尊儒术"，以儒家学说为治国指导思想的肇始。汉武帝首批遴选的一百多位"博士官"中，董仲舒和公孙弘这两位"知识领袖"在列。汉武帝刘彻心仪儒家学说在先，之后才有董仲舒和公孙弘的宏大作为。今天的学界有一种观点，认为是董仲舒和公孙弘启发了汉武帝刘彻的向儒心，这是与史实不符的。

汉武帝改革朝政的决心已定，但改变什么？怎么样去改变？心中并不十分明晰，于是，他开始做功课。即位第七年（公元前134年）五月，向全体博士官下达咨询政见谏言诏书：

朕闻昔在唐虞,画象而民不犯,日月所烛,莫不率俾。周之成康,刑错不用,德及鸟兽,教通四海。海外肃眘,北发渠搜,氐羌徕服。星辰不孛,日月不蚀,山陵不崩,川谷不塞。麟凤在郊薮,河洛出图书。呜乎! 何施而臻此与! 今朕获奉宗庙,夙兴以求,夜寐以思,若涉渊水,未知所济。猗与伟与! 何行而可以章先帝之洪业休德,上参尧舜,下配三王! 朕之不敏,不能远德,此子大夫之所睹闻也。贤良明于古今王事之体,受策察问,咸以书对,著之于篇,朕亲览焉。

——《汉书·武帝纪》

刘彻向博士官们请教"王天下"的策略,态度端正,谦虚诚恳。"朕之不敏,不能远德,此子大夫之所睹闻也"。这一句话用现代汉语表述,"诸位先生众所周知,我天资迟滞,脑子笨,水平和能力有限"。唯我独尊的皇帝,能够自省,能够以低姿态示众,是难得的品德,也是襟怀坦荡的自信。

如何在宽松的社会生态下实现国家的长治久安,是诏书中策问的核心问题。中国历史中得以大治的时代,社会生态都是宽松的,自然而然是"天治","天治"才能久安。紧张的社会生态,会导致人心局促,会不安。汉武帝提出的问题,是"天问"级的。他要的是"天治",不是"人治"。

咨询政见诏书的大意是这样的:

朕知道在尧舜(唐虞)时代,以罪衣(囚服)替代刑罚,而百姓们奉公守法,日月烛照之地,莫不宾服。周朝的成康时代,刑罚完备,但置而不用,以宽德及物,教化四海。并礼仪海外,东北疆域的肃慎,北疆的渠搜,西疆的氐羌纷纷来归。天行守常,日月不蚀(古人认为日蚀月蚀为不祥),没有地震,没有洪灾,祥瑞现于郊野,八卦神图出于河洛,这是何等政德才能达到的境界!朕自继大位以来,夙兴以求,夜寐以思,如涉深渊,不知何以达到彼岸?既彰显先帝的鸿德伟业,又能够上参尧舜,下继三王(夏、商、周三代)。朕之不敏,不能远德,此子大夫之所睹闻也。贤良明于古今王事之体,受策察问,咸以书对,著之于篇,朕亲览焉。

在这次"受策察问"中,董仲舒、公孙弘分别以见解独到的"策对",得到汉武帝的重视和重用,进而脱颖而出。"于是董仲舒、公孙弘等出焉"(《汉书·武帝纪》)。

在中国为官,需要具备的职业素质

公孙弘是菑川国(汉代诸侯国,治所在今山东寿光)人,年轻时做过狱吏,因罪免职。由于家境贫苦,在海边以养猪为生。四十岁开始发愤读书,主修《春秋》流派研究,渐成饱学之士。六十岁这一年,汉武帝即位,在全国征召"贤良方正直言极谏之士",被菑川国推荐,"以贤良征为博士"。拜为博士之后奉诏出使匈奴,归京复命时被汉武帝认为年老无能,罢免还乡。

汉代的"复命"制度,指奉皇命执行完公务,先以书面形式述职奏报,"天命曰复",皇帝阅览之后再决定是否诏见。汉武帝刘彻见到公孙弘的"复命","上怒,以为不能,弘乃移病免归"。

元光元年(公元前134年)五月,汉武帝再次下诏征召贤良,并广泛咨询政见谏言,菑川国仍然力荐公孙弘。这一次不负众望,六十六岁的公孙弘以"策对"赢得刘彻的特别器重,"拜为博士,待诏金马门"。汉代的金马门,相当于后世的翰林院,是天下读书人的心仪景仰之地。《汉书·公孙弘卜式儿宽传》中记载此事为"元光五年",笔者查对多种史料,以为应为"元光元年"之刊误。

这中间还发生一个生动的充满细节的故事。公孙弘的"策对"呈上之后,主持事务的太常因为公孙弘曾被辞退,把他排在百余册"策对"末等。汉武帝亲览时,擢拔为第一。"时对者百余人,太常奏弘第居下。策奏,天子擢弘对为第一。召见,容貌甚丽,拜为博士,待诏金马门。"

公孙弘不仅学养出众,见识卓然,还是一位"容貌甚丽"的老帅哥。

赢得汉武帝器重的是"策对"中的"公孙八条":

> 是故因能任官,则分职治;去无用之言,则事情得;不作无用之器,即赋敛省;不夺民时,不妨民力,则百姓富;有德者进,无德者退,则朝廷尊;有功者上,无功者下,则群臣逡;罚当罪,则奸邪止;赏当贤,则臣下劝。凡此八者,治民之本也。
>
> ——《汉书·公孙弘卜式儿宽传》

刘彻继承大位之后,核心困扰他的正是吏治的痼疾。他敏锐捕捉到了当时政治生态中的最大隐患——"官二代"和"贵族圈子政治"。当时的官员选拔,基本出自功臣名门之后或官宦门生故吏,"郁郁涧底松,离离山上苗。以彼径寸茎,荫此百尺条。世胄蹑高位,英俊沉下僚。地势使之然,由来非一朝"(左思《咏史》)。"公孙八条"触到了他的疼痛处和兴奋点,因此破例把六十六岁的老人擢拔为第一,推举到台前。

公孙弘获封"待诏金马门"之后,就吏治问题再度上疏,而且措词用字均是火辣辣的:

> 陛下有先圣之位而无先圣之名,有先圣之名而无先圣之吏,是以势同而治异。先世之吏正,故其民笃;今世之吏邪,故其民薄。政弊而不行,令倦而不听。夫使邪吏行弊政,用倦令治薄民,民不可得而化,此治之所以异也。臣闻周公旦治天下,期年而变,三年而化,五年而定。
>
> ——《汉书·公孙弘卜式儿宽传》

这一年,公孙弘再度晋升,被任命为"左内史","上说(悦)之,一岁中至左内史"。左内史,是首都最高行政长官之一,"掌京师"。元朔三年(公元前126年)迁御史大夫,位居三公之列,两年后出任丞相,时年七十七岁。由"待诏金马门",到出任丞相,仅十年时间。

公孙弘出任丞相后,封平津侯,主导推动官员选拔的一种全新模式——"察举制",国民不论出身贵贱,均可以通过读书考试进入仕途。这项制度有四个方面的闪光之处。一,把中国传统文化和国家治理熔为一炉,给政府权力中注入中国智慧,形成政治学的中国方法。二,汉武帝以后治国的指导思想是"独尊儒术",因而把儒家五部经典著作"五经",确定为察举考试的必读书,这种读书取仕的方法构成入仕的国家标准:在中国为官,需要成为中国文化的行家里手。三,打破了贵族政治的壁垒,平民百姓可以通过苦读书改变命运,既给国家政权注入生机,也给底层人以希望之光。给底层人带来希望的亮光,是这项制度的品质底色,称之伟大也不过分。四,"察举制",以及之后的"科举制",推动形成了全社会重视读书、尊重知识的文化生态,乃至有"万般皆下品,唯有读书高"的民间解读。

公元前121年,公孙弘病逝于丞相任上,"(元狩二年)春三月戊寅,丞相弘薨",享年八十岁。关于公孙弘,时人及后人有褒有贬,但他主导的吏治改革是烛照青史,而无异议的。

"文治政府"的最初制度设计

汉武帝革新吏治,从建立一种全新的官员选拔制度开始,这项制度称为"察举制",顶层设计者是丞相公孙弘。

一个人年满十八岁,以读书出众,再符合四条"政审"标准,"敬长上,肃政教,顺乡里,出入不悖"。政审条件是人性化的,具备孝心、行政心,乡里公议好评,无犯罪记录。这样的人才,由县推荐到郡(省),郡守经过严格审察,推举至京城太学注册学习。一年之后届满考试,考试内容是"五经":《诗经》《尚书》《礼记》《易经》《春秋》。通一经以上即可毕业,"补文学掌故缺"。汉代的郡和县,均设置"文学"和"掌故"职位,"文学"是政府文职岗,"掌故"是地方志岗。通三经以上者视为优秀学员,授"郎中"职位,"太常籍奏",由太常记录名籍,作为国家梯队人才奏报皇帝。五经皆通的"秀才异等",相当于状元,由皇帝亲自撰写学业鉴定,委派重要官员到全国各郡宣示,彰显功名,"辄以名闻"。中国的皇帝高度重视"国考"中的学霸,从汉武帝刘彻开始,此举措被后世效行,乃至有下嫁女儿,招为驸马的特殊待遇。

"郡国县道邑有好文学、敬长上、肃政教、顺乡里、出入不悖,所闻者,令相长丞上属所二千石,二千石谨察可者,常与计偕,诣太常,得受业如弟子。一岁皆辄试,能通一艺以上,补文学掌故缺。其高第可以为郎中者,太常籍奏。即有秀才异等,辄以名闻"(《汉书·儒林传》)。

"常与计偕",这句话里含着追究问责机制。计,指计吏。汉代有"上计制度",职能是中央朝廷考核地方政府官员的施政绩效,同时有监察督办权力,相当于今天的审计署职责范畴。西汉初期,全国的计吏归属丞相节制。汉武帝继位后,为削弱相权,把负责皇帝日常读书、"读奏"事务的尚书提升规格,总揽皇帝与地方郡县的答奏事务,计吏也移交尚书统辖。郡守给中央朝廷推荐选拔的人才,由计吏带领到太常处报到。届满考试时一经都没有通过的"学渣",由计吏倒查追究郡守的责任,这是一种防范官员营私舞弊的机制。

九卿之首"太常",是"察举制"制度的执行者和落实者。

汉代的中央官制,由皇帝和三公九卿构成。三公是丞相、太尉、御史大夫。丞相,执掌国家政务;太尉,执掌国家军务;御史大夫,又称副丞相,执掌国家纪检监察。九卿具体有:太常,太常为九卿之首,主掌国家意识形态,"国家盛大,社稷长存,故称太常"。主管国家祭祀、人才建设、教育、教化等。太常兼任"太学"校长,各郡县推荐的人才都是他的学生,"得受业如弟子"。光禄勋,光禄,代指宫廷,勋通阍,守门人的意思,光禄勋即宫廷守门人。又称郎中令,"掌宫殿掖门户",是朝廷事务最庞大的工作机构,属官有中大夫、谏大夫、郎官、谒者等。卫尉,守卫皇宫的军事长官。太仆,最高级别的仆人,皇帝出行总管,主理全国马政。汉代的马是重要的国控物资,广泛用于军事、交通以及政府事务。廷尉,掌司法。大鸿胪,掌外交,汉武帝之前,大鸿胪基本是个闲职,丝绸之路打通之后,与域外国家往来大量增加,成为重要机构。宗正,掌皇族和外戚事务。大司农,掌国家财政和农业。少府,掌宫廷财政及相应事务。

中国古代的独裁,其实不是皇帝一个人,是三公和九卿配合着皇帝独裁,是体制独裁。

"察举制"是把官员作为一种职业设计的,做官,需要具备职业能力和职业素质。"肃政教",这一条政审条件是有现代意识的,秉持严肃的政治理念为国家服务。熟读"五经",从传统智慧中汲取精华,用中国智慧管理国家,是彰显职业能力和职业素质的核心内容。"五经"是儒学的基本面貌和风骨,也是根基。东汉时察举考试增《论语》和《孝经》成为"七经",至唐朝完善为"科举制"而"十二经",只是增加了《尔雅》,《礼记》和《春秋》各自一分为三,《礼记》分为《周礼》《仪礼》《礼记》,《春秋》分为《左传》《公羊传》《穀梁传》。宋代之后又增《孟子》而成"十三经",既是科举入仕的逐层级深入,也是儒学作为国学的枝叶繁盛,但老树盘根的,还是《五经》。

"西汉吏治,后世称美",后来的这一句史评,指的就是汉武帝和公孙弘成功推动的这项吏治革新。

汉武帝时期,全国人口约五千万,共有一百零二个郡(省)。这些郡,是陆续增加设置的。秦朝统一全国之后,设立三十六郡,依照当时的交通条件及相关社会状况分析,这样的设置是不科学的,不适合国家行政管理。西汉建立后,化大郡为小郡,在全国设立六十二郡,汉文帝和汉景帝,又进一步细化和界定,各增加七郡,计七十四郡。汉武帝开疆拓土,南征北战,在东南和南方(浙江、福建、广东、广西,以及越南中北部)增置七个郡,在西南(四川、云南、贵州)增置十个郡,在东北(辽宁、吉林、朝鲜中北部)增置四个郡,在河西走廊增置四个郡,另从大郡中剥离出三个郡,共增置二十八个郡,总计一百零二郡(之后汉昭帝又增置一个郡,西汉郡制总数为一百零三)。郡下设县,全国的县制在1100—1400之间(此说依钱穆先生观点)。

"察举制"开始实施时,全国尚不足八十个郡。汉武帝在位时间长,共五十四年,在他的任内,吏治改革基本完成,全国的官员重新洗牌,得以大换血,"文治政府"的格局初步形成。"这样的政府,我们只能叫作读书人的政府;或称士人政府。汉代从昭宣(汉武帝之后即为昭帝和宣帝)以下的历任宰相,几乎全是读书人,他们的出身,也都是经由地方选举出来"(钱穆《中国历代政治得失》)。"

汉代"文治政府"的这个制度设计,往深里追究,是对西周礼制的效行,但不是复辟,也不是改良,是发扬光大,是有深度价值的创造。

外宽内深的公孙大人

"弘为人意忌,外宽内深",这是司马迁在《史记》中给公孙弘的素描。这句评语挺刺骨的,说公孙弘这个人,没有心胸,而且心机沉沉,深不见底。

公孙弘"内深"的一个绝典,是不露声色的挟私报复大儒董仲舒。

公孙弘比董仲舒大二十一岁,两人均是汉武帝即位元年诏选出的贤良博士。但董仲舒在汉景帝时即为博士,是治《春秋》"公羊学"的学问大家,弟子门生众多,是时人公认的知识领袖。而且家学渊源,祖上是春秋时秉笔直抒的晋国太史董狐,就是文天祥《正气歌》中写到的那位,"在齐太史简,在晋董狐笔"。公孙弘四十岁才开始研习《春秋》,但不专《春秋》之学本义,《汉书》里记载,"年四十馀,乃学《春秋》杂说",用今天的术语讲,算"流派研究"吧。

公元前140年,两人同时被晋封为博士,也算同门同科。这一年公孙弘六十岁,董仲舒三十九岁。六年后,汉武帝向众博士官发出咨询政见诏书,董仲舒以"天人三策"、公孙弘以"吏治"对策,得到汉武帝的特别器重。公孙弘被任命为左内史,掌治京师长安。董仲舒受命出任江都国的国相,政治待遇是郡守级,相当于省级自治区政府主席。但塞翁得马,焉知不测。这项任命,也构成了董仲舒人生宿命的另一种开始。

江都国王刘非是汉武帝刘邦同父异母的兄长。皇子们之间,同父异母居多,是常态,一母同胞是少数,是个例。

汉代实行一国两制,"郡国并行",既沿袭秦朝的"郡县制",也采用周朝的"分封制"。汉初,刘邦为了稳定新兴政权,晋封了七位异姓功臣王,十一位刘姓诸侯王(均为子嗣或族亲)。异姓功臣王很快被废黜,只保留了对他唯命是从的长沙王吴芮。

刘姓诸侯王国高度自治,属于特别行政区,有独立的行政权、财政权,还允许有一定规模的军队。中央朝廷派驻太傅(国师)和丞相,其他官员均由诸侯国自行任用。这些特权给国家埋下了相当大的隐患。

建国五十年后,汉景帝前元三年(公元前154年),吴王刘濞联合楚王刘戊、赵王刘遂、济南王刘辟光、淄川王刘贤、胶西王刘印、胶东王刘雄渠起兵造反,七国之中吴国势力最大。尽管叛乱三个月后被平复,但这个特权制度的诸多弊端在以后几十年中一直在持续发酵。

"七国之乱"后,汉景帝置江都国,"治故吴王所属之地",国都在扬州,封儿子刘非为江都王。为削弱诸侯王权限,汉景帝前元五年(公元前152年),"令诸侯王不得复治国,改丞相为相,更令相治民"。董仲舒出任江都国相,是实职实权,但他是一个学究,不会转,也转不动权力的权柄。

江都王刘非对董仲舒还是尊重的,"仲舒以礼谊匡正,王敬重焉"。但刘非性格骄横,"非好气力,治宫观(大修楼堂馆所),招四方豪桀,骄奢甚"(《史记·五宗世家》),"易王(刘非),帝兄,素骄,好勇"(《汉书·董仲舒传》),刘非是已故皇帝的儿子,又是当朝皇帝的兄长,因而对董仲舒的尊重,也只是面子而已。在江都国五年后,董仲舒被"废为中大夫",中大夫是朝廷的参谋职务,从"废"字可以看出来,董仲舒的江都国相至少是被免职的,史书中没有记载理由。也就是说,刘非随便找个理由,董仲舒就被废了。但政治待遇没有变化,中大夫还是郡守级,相当于从地方政府实职,改任到国家做参政议政工作。

董仲舒在相国任上有预防和治理水灾、旱灾的政绩记载。江都国在长江、淮河之间,地域涵及江苏、安徽、浙江、江西,是富庶之地,但水系复杂,水灾多发。董仲舒以五行阴阳而察知天文气象,"仲舒治国,以《春秋》灾异之变推阴阳以错行,故求雨,闭诸阳,纵诸阴,其止雨反是"。他的治理方法所在江都国各地,都取得实效。"行之一国,未尝不得所欲"。

董仲舒离任的时间,史书中没有具体记载。江都国刘非是元朔元年(公元前128年)去世的。"元朔元年十二月,江都王非薨"。依此推断,董仲舒应该是在这之前卸任的,也是命中有福,如果继续留任,他的命恐怕保不住。刘非的儿子刘建继任江都王,刘建劣行至极,暴虐无常兼淫乱,尚在为父王居丧期间,召刘非的宠妃十人集体淫乱,之后还有更多出格的事,甚至强迫宫女与羊狗性交。"建欲令人与禽兽交而生子,强令宫人裸而四据,与羝羊及狗交"。元狩二年(公元前121年)刘建因谋反败露自杀而亡,江都国除名,改置广陵郡。

董仲舒赋闲京城长安不久,就摊上事了,还是大事。

建元六年(公元前135年),汉武帝向博士官发布资政诏书的前一年,国内曾发生两次火灾,"六年春二月乙未,辽东高庙灾。夏四月壬子,高园便殿火"。刘邦山崩后,各地修建的纪念祠堂统称"高庙"。"高园",指刘邦的陵园(长陵)。这两次火灾,一次发生在辽东郡的高庙,一次发生在长陵的偏殿。董仲舒居家做学术研究,以这两次火灾为事实依据材料,推衍自己的"天人感应"学说。大致意思是,在重要的时间节点、重要的地点发生天灾,都是老天爷向人间君主发出的警告。

董仲舒的一个学生叫主父偃,来家里看望老师,见到这份手稿,偷偷带走呈给汉武帝。汉武帝大怒,"于是下仲舒吏,当死,诏赦之"。董仲舒被处死罪,但几天后,汉武帝冷静下来,又发诏书特赦,而且官复原职,董仲舒得以逃过一劫。

但在这个节骨眼上,公孙弘出面了。

董仲舒心性高古,从不把"无格谀上"的公孙弘放在眼里。

"公孙弘治《春秋》不如仲舒,而弘希世用事(察言观色能力强),位至公卿。仲舒以弘为从谀,弘嫉之。"公孙弘此时上奏汉武帝,"独董仲舒可使相胶西王"。胶西王刘端,是让汉武帝伤透了脑筋的人。刘端也是汉武帝的兄长,与江都王刘非是一母同胞兄弟。

胶西国是小国,国都在山东高密。

公元前154年,胶西王刘卬参与"七国之乱",兵败之后自杀。汉景帝封儿子刘端为胶西王。刘端性格暴戾,"为人贼戾,又阴痿,一近妇人,病数月"。刘端患有一种古怪的男科病,与妇人亲近一次,几个月病病歪歪。但刘端胆大妄为,无法无天,不经上奏自行处死过多位相国,"故胶西小国,而所杀二千石甚众"。

公孙弘的"内深"用心,是想借刘端之手解决掉董仲舒。

董仲舒到任后,终日忧心忡忡。不久,就以身病为由辞官归家,"仲舒恐久获罪,病免"。

汉武帝刘彻对董仲舒是发自内心敬重的,在他告老回家之后,朝廷每有重大事情,都委派重臣从长安城到河北衡水当面听取谏议。董仲舒去世之后,赐葬茂陵(汉武帝陵园)。在汉代,赐葬当朝皇帝的陵邑,是顶级的哀荣。

再说一下那位主父偃,这个人的人生之路基本是靠"打小报告"步步升迁的。陷害老师董仲舒之后,又得罪了公孙弘,这下碰到大茬子上了。主父偃此时官居中大夫,因受贿渎职被告发,"告偃受诸侯金,以故诸侯子多以得封者",汉武帝本意是想留住一条命,但此时公孙弘为御史大夫,是纪检监察的最高长官,在他的极力谏奏下,主父偃全家被灭门,"上欲勿诛,公孙弘争曰：偃本首恶，非诛偃无以谢天下"，"乃遂族偃"。主父偃是恶有恶报，但全家跟着遭难，公孙弘的心，也真是辣到家了。

公孙弘"记仇"，凡是得罪过他的人，无论时间过了多久，他都不会放过，伺机报复。"诸常与弘有隙，无近远，虽阳与善，后竟报其过"。公孙弘力主族杀主父偃，也是他"内深"的代表作之一。

公孙弘还有两个让人不待见的性格特点。一是"装"，他位居三公，但日常饮食起居，吃粗米饭，盖布被子，"弘食以脱粟饭，覆以布被"，"于是朝廷疑其矫焉"。公孙弘能这么"装"十年，也可见出他的心力强大。再是"无格谀上"，大臣们与公孙弘无法共事，已经商议妥当的事情，一起去向皇帝奏报，只要皇帝提出疑议，他立即顺从响应，置同事大臣于不顾。"尝与公卿约议，至上前，皆背其约以顺上指"。

司马迁的"弘为人意忌，外宽内深"，是戳着公孙弘脊梁骨说出口的。

西安城北的策村

策，是一种竹片，是特制的"专用稿纸"。

纸被发明出来之前，中国的文字一般刻在竹片或木片上，用绳缀连起来，成册成卷保存，这是书的早期模样，汉语中"册"和"卷"的基本含义也由此而来。孔子晚年读《易经》，"韦编三绝"，意思是手不释卷，不停地展开又卷起来，中间的牛皮绳断了多次。而刻在龟甲兽骨上的,多为敬祈天地的卜筮文辞,记录的是"天机"箴言,但宗教是非理性的,因而这"天机"里也隐藏着人心。

皇帝把征询的问题写在竹片上,叫"策问"。博士官们的答奏也是写在竹片上,叫"对策",或"策对"。皇帝与博士官之间这种笔谈方式,构成着中国古代政治中独特的文化魅力。汉武帝用这种办法广纳谏言,见到卓识超众的"对策",他还会追加提问。董仲舒与汉武帝之间有过三次"策对",这就是著名的"天人三策"。

西安城北有一个村子,叫策村。确切地讲,策村归属咸阳市行政管辖,但现在西安与咸阳基本一体化了,两座城市并联在了一起。策村有两百多户人家,其中超过一百五十户是董姓,均为董仲舒的后代。

公元前104年,董仲舒在老家病逝,被汉武帝赐葬茂陵。千里迢迢,从今河北衡水景县广川镇哀荣"乔迁"至长安。董仲舒的墓,在汉武帝陵的偏西北处,直线距离不足一千米。在东南方向,是大将军卫青和霍去病的墓,相距仅三百米左右。一代文臣武将的墓与汉武帝大墓成拱卫之势,策村就这样掩映生息在君与臣之间。

我去拜谒董仲舒是2021年八月末的一个中午,雨下了整整一夜,早上放晴之后阳光格外的热烈。我在策村村口,一个人沿着乡间小道往里走,脚下一半是泥泞,一半是被割倒的青蒿,经过一片待熟的玉米地,就是董仲舒墓。墓茔并不巨大,但气态饱满,尽管多处老土剥落,仍可想见当年的尊严与贵重。墓茔之上以及四周,自然生长着多种树木,有老树,也有不断新兴的乔木,枝繁叶盛,错落相济,与董氏一脉一百五十余户后人,共同守候着这位先知先祖。

我在董墓前深深三鞠躬,向心中的星辰巨匠致敬!

这个村子不叫皇村,不叫将军村,也不叫董家村,而叫策村。文化沉淀久了,再发出光亮,就是文明吧。

这个小村庄,以明白无误的方式,纪念着公元前134年那次文化大事件。

"天人三策",是汉武帝与董仲舒之间的三次笔谈,是头脑风暴级别的。

公元前140年,汉武帝刘彻即位,下决心进行宫廷政治的全方位改革。即位当年,在全国海选出一百多位"贤良文学博士",立为博士官。汉代的"文学"一词涵义,与今天不同,是"文治武功"范畴里的文化治国之学。这一百多位博士官,是当年社会各界推举出的知识领袖,构成了汉武帝的"文化参谋团队"。即位第六年,即公元前134年,向博士官集体发出"策问",以请教的姿态,征询"王天下"之道,请博士官就"先圣之业,习俗化之变,终始之序"畅所欲言。

这道"策问"诏书中,还有一段见性情的有趣文字,汉武帝告诉博士官们,不要有什么顾虑,"靡有所隐"。如果"对策"谏言中涉及到"不正不直,不忠不极,枉于执事"的官员,不用担心打击报复,由我负责保密,"联将亲览焉","书之不泄"。

汉武帝诏令博士官大鸣大放,极尽谏言,并且声明不会秋后算账。他说到也做到了,在他长达五十四年的治期内,基本没有因言获罪的事发生。董仲舒后来有一篇谈"灾异之变"的文章惹怒了他,下令死罪,但随后即赦免,官复原职。汉武帝刘彻是一个硬脾气的人,与他共事的十三位丞相,有七位不得善终,还赐死了多名"酷吏",但他不禁言,鼓励"极谏",营造出了一个相对宽松的社会文化生态。

董仲舒在一百多人中以"策对"脱颖而出,又被汉武帝再三追问,而成"天人三策"。我扼要梳理汉武帝三次"策问"的大义,以及董仲舒三次"对策"的主要观点:

"策问"一

第一道"策问",主要涉及五个问题:

一、汉武帝首先描绘了他的政治理想,"伊欲风流而令行,刑轻而奸改,百姓和乐,政事宣昭,何修何饬而膏露降,百谷登,德润四海,泽臻草木,三光全,寒暑平,受天之祐,享鬼神之灵,德泽洋溢,施虖方外,延及群生?"如何施政才能实现这个目标?这里边有五个关键词,不仅"百姓和乐",还要"德臻草木",还要有绿水青山。"刑轻而奸改",政府不施苛政酷刑,百姓奸邪不生。"德泽洋溢,延及群生",让每一个人都成为受益者。

二、五帝三王时代"天下洽和",后世争相效行,但"大道微缺"。乃至夏桀与商纣"王道大坏",五百年以来,"守文之君,当涂之士"无不竭力寻求救世之道统,但多不得法,而不能复正。其中的得与失在哪里?

三、王者"改制作乐",舜帝有《韶》乐,周有《勺》乐,这些圣君不在了,但赞美之乐不衰,这个问题怎么认识?

四、夏、商、周三个朝代兴衰规律的焦点在哪里?"三代受命,其符安在?灾异之变,何缘而起?"

五、汉武帝提出"人性"的命题,人的性命,或早夭或长寿,或尊贵或鄙劣,如何洞察其中三昧?"性命之情,或夭或寿,或仁或鄙,习闻其号,未烛厥理"。

对策一

董仲舒答奏的开篇,是小心翼翼的,但接下来则绵里藏针,力透纸背。

"陛下发德音,下明诏,求天命与情性,皆非愚臣之所能及也,臣谨案《春秋》之中,视前世已行之事,以观天人相与之际,甚可畏也。"这些都是大问题,不是愚臣能达到的高度。我遵循《春秋》的原理,以前代之事,探究天与人相应相和的规律,其中蕴藏着诸多可敬可畏的元素。

后人取"天人相与之际"这个概念,称三次"策对"为"天人三策"。

一个国家将有"失道之败",老天会发出预兆的,察知预兆并引为警惕是重中之重的事。因此一国之君要保持自醒力,一味自得、自满或自大,不能察知败兆,危险和危机就会发生。"尚不知变,而伤败乃至。"

一个时代,有一个时代的治世法则。"王天下"之道的根本,是找到适合的方法。"仁义礼乐",都是其中的方法和工具。古代的圣贤之君成就功业之后,才制礼做乐,宣之后世,教化百姓以移风易俗。功业未成的王者,是不能给自己制礼做乐的。孔子说,"人能弘道,非道弘人",君主是弘扬道的,不能以道弘扬君主。董仲舒的这一条谏言是冒险的,他的弦外之音是君主不要自我歌功颂德。

性是人之本,情是人之欲,早夭、长寿、尊贵、鄙劣,如陶瓦,如冶金,人之情操,陶冶而成。不会尽善尽美,也参差不齐。孔子说,"君子之德风,小人之德草,草上之风必偃"。尧舜行德政,则国盛民寿,桀纣行暴政,则国败民乱。泥在钧中,在于陶匠的修为。铁在熔炉中,在于冶匠的修为。一国之君的责任在于教化百姓,"夫上之化下,下之从上"。

关于"刑轻而奸改",董仲舒讲得高妙。一年之中,春为阳,冬为阴。春生,夏长,秋收,冬藏,春主德生,冬主刑罚。"天之大德曰生""阳不得阴之助,亦不能独成岁"。一年之中,万物生长是主体,刑罚重,就是冬天时间过长,是违背天意的。董仲舒以"正官心"对应"民奸改","故为人君者,正心以正朝廷,正朝廷以正百官,正百官以正万民,正万民以正四方。四方正,远近莫敢不壹于正,而亡有邪气其间者"。就是俗语中上梁不正下梁歪的意思,但董仲舒讲的排场,讲透了"君心正"在先,"民奸改"在后的道理。

关于朝代兴衰规律,董仲舒一语中的:一个朝代兴,在于上一个朝代亡。新朝代要下工夫研究旧朝代的衰败之因,根绝其鄙迹。周朝就是这么做的,得以盛世五六百年。到了周朝末年,是先失王道,再失天下。秦朝统一天下之后,不仅没有改其弊端,反而变本加厉,因此仅十四年而亡国。"秦继其后,独不能改,又益甚之,重禁文学,不得挟书,弃捐礼谊而恶闻之,其心欲尽灭先王之道,而颛为自恣苟简之治,故立为天子十四岁而国破亡矣"。董仲舒特别提醒,秦始皇的"焚书禁书"行为,是放弃先贤智慧的治世之道。

董仲舒对秦之弊害,以及时局的潜在危机做出了清醒判断:

> 自古以来,未尝有以乱济乱,大败天下之民如秦者也。其遗毒余烈,至今未灭,使习俗薄恶,人民嚚顽,抵冒殊扞(百姓的抵触状态),孰烂如此之甚者也。孔子曰:"腐朽之木不可雕也,粪土之墙不可圬也。"今汉继秦之后,如朽木粪墙矣,虽欲善治之,亡可奈何……故汉得天下以来,常欲善治而至今不可善治者,失之于当更化而不更化也。

董仲舒最后给出的谏议,是进行全方位政治改革,他使用的词是"更化"。

汉朝建国已经七十余年,但秦朝的弊端阴影仍在,"其遗者余烈,至今未灭""临渊羡鱼,不如退而结网""今临政而愿治七十馀岁矣,不如退而更化。更化则可善治,善治则可灾害日去,福禄日来。"

"策问"二

董仲舒的"对策"给汉武帝很大触动,当即"复册"追问。"天子览其对而异焉,乃复册。"

一、舜帝无为而治,闲庭散步,而天下太平。周文王事无巨细,废寝忘食,宇内亦治。帝王之道差异缘何如此之大?"夫帝王之道,岂不同条共贯与?何逸劳之殊也?"

二、我听说有的君主勤俭治国,朴素至极,仪仗的旗帜颜色都不讲究。"盖俭者不造玄黄旌旗之饰"。而周代置宫阙,造门观,仪仗隆重,礼数繁冗,并对领袖歌功颂德。这两种方式的意趣怎么界定?

三、一种说法是良玉不雕,另一种是非文采无以辅德。请说说这两种对立的认识所涉及的问题。

四、商朝以残酷的五刑治民奸乱,周朝的成康时代置刑罚而不用,但四十余年间百姓遵纪守法。秦朝滥用酷刑,死人无数,以致人口锐减。商朝和秦朝这种以法治国的方式,真是悲哀,成康时代是怎么做到的呢?

汉武帝列举四个问题之后,又对董仲舒说了一通掏心窝子的话:

让朕寝食难安的,一是苦寻圣贤时代的治世之法而不得,"惟前帝王之宪",再是兴农与吏治,"力本任贤"。还有一个更突出的问题,当今的社会现状很不好,正邪不明,民不聊生,怨声载道。"今阴阳错缪,氛气(恶)充塞,群生寡遂,黎民未济,廉耻贸乱,贤不肖浑淆"。朕设立博士官制度,目的是集思广益,大家一起解决这些问题。请你认真思考这些,说出你的看法。"明其指略,切磋究之,以称朕意"。

对策二

董仲舒感动了,敞开心扉,娓娓而谈:

圣明的君主都是辛苦的,"以天下为忧,而未以位为乐也"。做一位贤明之君挺不容易的,因为有一项硬性工作指标,就是"诛逐乱臣,务求圣贤"。尧帝做到了,发现并重用舜、禹、稷等贤人,"众圣辅德,贤能佐职,教化大行,天下和洽,万民皆安仁乐谊,各得其宜,动作应礼(遵纪守法),从容中道。"尧帝在位七十年,禅让于舜。舜在位三十三年,逊位于禹。禹帝开启夏朝大业。

周文王尊敬并重用闳夭、大颠、散宜生等贤人,周朝得以兴起。"文王顺天理物,师用贤圣,是以闳夭、大颠、散宜生等亦聚于朝廷,爱施兆民,天下归之"。

商纣王逆天暴物,杀戮贤良。伯夷、太公等贤臣或逃亡或隐遁,是先失贤良,后失天下。"至于殷纣,杀戮贤知,残贼百姓。伯夷、太公皆当世贤者,隐处而不为臣"。

尧帝在位时闲庭散步,是有贤人辅德。周文王废寝忘食,"至于日昃不暇食",因为他在世时,不是君主,是商朝的"西伯",此时正值商纣王执政,放逐贤良,世道混乱,百姓散亡,"故文王悼痛而欲安之,是以日昃而不暇食"。

孔子说,"奢则不逊,俭则固",勤俭是美德,使江山社稷巩固,但俭不是简陋,是自我约束以修大德。"文采玄黄之饰"是国家旗帜制度,用以"明尊卑,异贵贱,而劝有德也",制度是规矩,是规格,一户好人家是有规矩的,一个大国是讲究规格的。

"良玉不琢"是一句古训,良玉"资质润美,不待刻琢",但这种品质的天然良玉是罕见的,好比"不学而自知"的非常之人。常玉要琢,还得下功夫琢。常人要学,还得下工夫学,"常玉不琢,不成文章。君子不学,不成其德"。

孔子说,"如有王者,必世而后仁",三十年为一世,施行圣明之道,三十年后才能见其卓著。周武王平定天下,周公制礼作乐,以规矩治国,之后才有成王康王四十余年的太平盛景。秦朝则反行其道,师申不害、商鞅之法,行韩非之说,急功近利,坏文德,败规矩,以虎狼贪心为治国理念,因此十四年而亡国,成为天大的教训。

一个人有才华,又有益于国家,才能称为栋梁之材。但栋梁之材是需要时间培养的,"臣愿陛下兴太学,置明师,以养天下之士,数考问以尽其材,则英俊宜可得矣"。

董仲舒在第二道"对策"里,给汉武帝提出两条"极谏之言",堪比警告,一是"官二代问题"和"贵族圈子政治",再是官员"谀上风气"的危害。

"夫长吏多出于郎中、中郎,吏二千石子弟选郎吏,又以富赀,未必贤也"。如今的官员,多出于官员之后或门人,其中还有富家子弟,形成"圈子政治"或"富人政治",这是很危险的情况。古代的吏治之功,是以官员的职业能力区别任用。"且古所谓功者,以任官称职为差,非所谓积日累久也"。应该设立一种无身份差别选官制度,责成省级以上官员每人每年至少推荐两名,国家针对实际能力给予任用,并且把推荐人才纳入官员考核机制。"臣愚以为使诸侯、郡守,二千石各择其吏民之贤者,岁贡各二人以给宿卫,且以观大臣之能;所贡贤者有赏,所贡不肖者有罚。夫如是,诸侯、吏二千石皆尽心于求贤,天下之士可得而官使也。遍得天下之贤人,则三王之盛易为,而尧舜之名可及也。"

官员对皇帝谀上媚上,不是忠,是奸。"是以百官皆饰,虚辞而不顾实,外有事君之礼,内有背上之心,造伪饰诈,趋利无耻"。董仲舒这句话里,也藏着一种弦外音,一个官员谀上媚上,是官员无耻。如果"百官皆饰",形成谀上媚上的风气,就是皇帝的事情了。

"策问"三

汉武帝的第三道策问,不足三百字,核心意思是朕没听够,请继续。并且明确表态,"虚心以改"。汉武帝不愧是大帝,抄录全文如下:

制曰：盖闻"善言天者必有征于人，善言古者必有验于今"。故朕垂问乎天人之应，上嘉唐虞，下悼桀纣，寖微寖灭寖明寖昌之道，虚心以改。今子大夫明于阴阳所以造化，习于先圣之道业，然而文采未极，岂惑乎当世之务哉？条贯靡竟，统纪未终，意朕之不明与？听若眩与？夫三王之教所祖不同，而皆有失。或谓久而不易者道也，意岂异哉？今子大夫既已著大道之极，陈治乱之端矣，其悉之究之，孰之复之。《诗》不云乎："嗟尔君子，毋常安息，神之听之，介尔景福。"朕将亲览焉，子大夫其茂明之。

"上嘉唐虞，下悼桀纣，寖微寖灭寖明寖昌之道，虚心以改。"这句话是汉武帝的态度，表述既明确又生动。"寖"同浸，字义相当于"溉"，是浇灌、洗涤的意思，差不多是说，从尧舜治世之道，到夏桀商纣失国之戒，朕听后如同醍醐灌顶，虚心接受，认真整改。

对策三

董仲舒谨慎守心，得意而不忘形。在第三道"对策"中，他充分阐述了儒家学说对于中国社会的重要价值，为儒学成为汉代的治国之学埋下了种子。

"今陛下幸加惠，留听于承学之臣，复下明册，以切其意，而究尽圣德,非愚臣之所能具也。前所上对,条贯靡竟,统纪不终,辞不别白,指不分明,此臣浅陋之罪也。"

承蒙皇帝厚爱,再垂下明策,您的圣德境界,是愚臣无法达到的。之前两次答奏,条理不清,理据不备,词不达意,言不分明,这些是臣浅陋之罪。

接下来就策问进行逐条答奏,坦陈见解。

"善言天者必有征于人;善言古者必有验于今。"

这是《黄帝内经·素问》里的话,董仲舒据儒家伦理做出解读。天为万物缔造者,包容一切,"建日月风雨以和之,经阴阳寒暑以成之"。圣人遵循天意而确立世间道,以厚德养人,以规矩树人。春天万物萌生,仁者主爱。夏天万物生长,德行主养。秋冬万物收敛肃杀,刑者主罚。此为"言天者有征于人"。孔子著《春秋》,仰观天道之象,下质世间人情,洞察一百二十个诸侯国兴衰历史以训今。此为"言古者有验于今"。

董仲舒就此归纳提出儒学治国的三层本义:"是故王者上谨于承天意,以顺命也;下务明教化民,以成性也;正法度之宜,别上下之序,以防欲也。修此三者,而大本举矣"。

"上嘉唐虞,下悼桀纣,寖微寖灭寖明寖昌之道,虚心以改"。

董仲舒把这句话,没有当成对他的赞许,同步作为皇帝提出的问题给予答奏,是想围绕"虚心以改"表达看法。社会改革是关乎存亡的重大问题,怎样改革?改革什么?改革的焦点在哪里?这些都是需要认真探讨的问题。

董仲舒是清醒者,知道话语的分寸。他先声明,研究政体的得失,考察社会的起伏,是大臣和三公九卿的辅佐之职,我是没有这个能力的。我只是尊师道,说一些学习心得。"若乃论政事之得失,察天下之息耗,此大臣辅佐之职,三公九卿之任,非臣仲舒所能及也。""臣愚不肖,述所闻,诵所学,道师之言,廑(仅)能勿失耳"。

尧舜大治天下,不是一日之功。桀纣暴虐不仁失天下,也不是一日之败。大善与大恶都是一点点累积而成的,是"众少成多,积小致钜"的结果。董仲舒还就此说出了一句人生醒训格言:"积善在身,犹长日加益,而人不知也;积恶在身,犹火之销膏,而人不见也。"这句话里"长日加益"和"火之销膏"是两个生动的比喻,"长日加益"指人一天天长高(此处的"长日",有观点注释为夏至,不妥)。"火之销膏",指灯火耗油。董仲舒在此处强调,社会改革既要大刀阔斧,还要从长计议。

"三王之教所祖不同,而皆有失,或谓久而不易者道也,意岂异哉?"夏商周三代,效法先贤之道治国,各有得失。但人们又说,王天下之道是恒久不变的。请说说这两种认识之间的差异。

汉武帝这个问题很见水平,涉及治国理政的原则与根本,而董仲舒的答奏切中汉武帝的痛痒之处。

王天下的大原则是恒久不变的,"天不变,道亦不变"。太阳还是那个太阳,月亮还是那个月亮,星辰还是那些星辰,其间的运行原理没有变化,大道就不会变。但朝代更替在变,人在变,新情况在发生,世道就会随之应变。

夏商周三代遵循天道而治,但都有各自的应变重心。夏朝直接沿袭尧、舜、禹,改制不改道,是忠。商代重在敬天地,但失之亲民,民不亲则天远。周代尚文治,重礼仪,但形式化的东西偏多,而且不修武功,是大失。

董仲舒给汉武帝的谏议是:以夏代的"忠"为基础,承袭尧舜禹的大略。以周代的文治为方法,重规矩礼仪,教化百姓,但需革除形式主义之弊。

这些谏议对汉武帝影响至深,此后他尚文修武,革新吏治,强化军事。并且在公元前104年(太初元年)改革历法,废《颛顼历》,行《太初历》。《太初历》是以《夏历》为基础的。中国古代有六种历法,称"古六历"。六种历法最大的区别是一年岁首正月的设置不同,"黄帝历""周历""鲁历"以冬至所在月,即农历十一月为岁首正月。"殷历"(商代)以农历十二月为岁首正月。"颛顼历"以农历十月为岁首正月。"夏历"以农历一月为岁首正月。汉武帝以《夏历》为基础,修订《太初历》,岁首正月的确立一直沿袭至今。

董仲舒的另一个贡献,是坚定了汉武帝以儒家学说作为治国指导思想的信心。

第三道对策以这样的谏议收尾:"《春秋》大一统者,天地之常经,古今之通谊也。今师异道,人异论,百家殊方,指意不同,是以上亡以持一统;法制数变,下不知所守。臣愚以为诸不在六艺(六艺即六经,《诗经》《尚书》《礼经》《易经》《春秋》《乐经》)之科、孔子之术者,皆绝其道,勿使并进"。

此之后,汉代"罢黜百家,独尊儒术"的国策出台。

董仲舒说冰雹

晋代葛洪的《西京杂记》，收录一篇《董仲舒答鲍敞问京师雨雹》，董仲舒细说天象，解释冰雹以及雨雪雷电的成因，共七个问题。这个文章，代表着汉代中国天文学的认知水平。鲍敞这个人别处不见记载，有一种说法是汉武帝派遣他去询问，但正史中没有提及这件事，应属推断。从这篇文章的最后一句来看，问答是在一次授课中进行的，"敞迁延负墙，俛揖而退"。古代的老师授课规矩多，有资格提问的坐在前三席，学子问完之后，退到后边"负墙"而坐。"俛揖"是低头行礼的样子。董仲舒解答完问题，鲍敞低头行礼，退到后排。

董仲舒授课架子大，"进退容止，非礼不行""下帷讲诵，弟子传以久次相受业，或莫见其面"（《汉书·董仲舒传》）。他坐在帷帐后边开讲，学生在外边听，只闻其声，不见其人。能够亲耳聆听他授课的，都是待遇，大多数弟子不要说见面，连听声音的机会都没有，由他指定的得意门生传授。

公元前134年农历七月，长安城里下了一场冰雹。这个时间段，正是董仲舒答奏汉武帝"天人三策"的时候，汉武帝五月发策诏问，到七月，君臣之间的三次笔谈或已结束，或正在进行之中。处于高光时刻的董仲舒，耐心解答鲍敞的七个问题，还有人记录下来，可见这个人的不一般。

元光元年七月，京师雨雹，鲍敞问董仲舒曰："雹为何物？何气而生之？"

答：冰雹是阴气胁迫阳气形成的。

天地之间的气，阴阳各半，二者周回运行，朝夕不止。农历四月是正阳之月，阳气为主导。农历十月是正阴之月，阴气为主导。十月阴主导大气，但阴并不是孤立的。此月纯阴，接近于无阳，但称为"阳月"。《诗经·杕杜》里的"日月阳止，女心伤止"，指的就是这个月。四月阳主导大气，但阳也不是孤立存在的。此月纯阳，接近于无阴，但称为阴月。

十月之后，阳气在地下开始生成，缓慢上升（到立春那一天到达地表），一直到四月纯阳。四月之后，阴气在天空开始生成，徐徐下降（到立秋那一天入地下），一直到十月纯阴。

二月和八月，阴阳二气势均力敌，相互激荡，生成风雨云雾雷电雨雹现象。"运动抑扬，更相动薄，则熏蒿歊蒸，而风雨云雾雷电雪雹生焉"。

气向上升腾为雨，向下笼罩为雾，风起云涌，雷是阴阳二气相搏发出的声音，电是二气相互撞击闪烁的火光。阴阳二气开始升腾之时，若有若无，若实若虚，若方若圆，积聚凝结，达到一定重量，形成雨降落。风大则雨疾而疏，风小则细雨绵绵。寒气增加之后，雨形成霰，是细小的冰粒，凝于云层之中，被风吹散，飘落为雪。冰雹也是霰一样的东西，寒气突兀上升，冰粒增大增重，骤然而成冰雹。

董仲舒解释自然原理之后，开始宣扬他的"灾异说"："太平之世，则风不鸣条，开甲散萌而已。雨不破块，润叶津茎而已。雷不惊人,号令启发而已。电不眩目,宣示光耀而已。雾不寒望,浸淫被洇而已。雪不封条,凌殄毒害而已。云则五色而为庆,三色而成矞。露则结味而成甘,结润而成膏"。

"政多纰缪,则阴阳不调,风发屋,雨溢河,雪至牛目,电杀驴马。此皆阴阳相荡而为昣沴之妖也。"

太平盛世的年月,风不怒号,树枝不会噼啪乱响,使种子开壳催生草木萌芽而已。雨不破土伤根,滋润茎叶而已。雷不惊怵恐怖,发号令省人而已。闪电不刺眼,宣示光耀而已。雾不造成迷惑,不妨碍远望,氤氲大地而已。雪不压迫树枝,消毒灭虫而已。云呈祥瑞,露结味甘,滋润肥沃土地。此为圣人治世,阴阳和合,风调雨顺。

政多腐败,则天生乱象,阴阳失和,狂风破屋,暴雨成河,大雪封路,雷电伤驴马,此为阴阳二气激荡而呈不祥之兆。

鲍敞问:"四月无阴,十月无阳,何以明阴不孤立,阳不独存邪?"您说"四月无阴,十月无阳",怎么又说"阴不孤立,阳不独存?"

答:阴阳二气虽有区别,但本质上是不能分割的一体。阳为主导时,则大气呈阳,阴为主导时,则大气为阴。

比如一锅水,未加火烧时是纯阴。加火至沸腾,则为纯阳。纯阳则无阴,熄火水寒,水又复阴。纯阴则无阳,加水至沸腾,水又复阳。

四月为纯阳之月,但并不是无阴,是阳气至极。纯阳之月之后,阴气开始滋生,"夏至一阴生",因此"荨苈草"枯于盛夏。十月为纯阴之月,也不是无阳,是阴气至极。纯阴之月之后,阳气开始滋生,"冬至一阳生",因此"款冬花"开放于严寒之中。"水极阴有温泉,火至阳有凉焰"。

鲍敞问:"冬雨必暖,夏雨必凉,何也?"

答:冬日天寒,阳气自下上升,遇阴气受阻成雪,随风飘落,但人得阳气其暖。夏日炎热,阴气自上而下,遇阳气成雨,但人得阴气其凉。

鲍敞问:"雨既阴阳相蒸,四月纯阳,十月纯阴,斯则无二气相薄,则不雨乎?"雨是阴阳之气相互阻挠而成,四月纯阳,十月纯阴,应该不下雨吧?

答:纯阳与纯阴这种情况,虽然是在四月和十月,但只是其中的一天。

鲍敞问:"月中何日?"

答:纯阳主导大气,是夏至前一天。纯阴主导大气,是冬至前一天。

鲍敞问:"然则未至一日,其不雨乎?"夏至和冬至的前一天,没有雨雪吗?

答:是这样的。如果有雨雪,就是邪气导致的。阴阳二气相离相合之中,也会自生邪气,能使阴阳改变节令,暖凉失度。"和气之中,自生灾沴,能使阴阳改节,暖凉失度。"

鲍敞问:"灾沴之气,其常存邪?"

答:邪气不常存,但是随时会发生。比如人的四肢和五脏,健康时候都是正常的,一旦生了病,浑身上下都不会舒服。

"敞迁延负墙,俛揖而退。"鲍敞领会之后,恭敬而退。

董仲舒把四月称为"建巳之月",把十月称为"建亥之月",是中国人传统的天文观。中国古人以冬至这一天为一年肇始的首日,"冬至大如年,纳履添新岁",古代历法中以十二地支对应一年中的十二个月,冬至所在的月(农历十一月)为岁首子月,依序为丑、寅、卯、辰、巳、午、未、申、酉、戌、亥,巳为农历四月,亥为岁尾十月,端午节是五月初五,也是由此而来。

附文:

董仲舒答鲍敞问京师雨雹

元光元年七月,京师雨雹。鲍敞问董仲舒曰:"雹何物也?何气而生之?"

仲舒曰:"阴气胁阳气。天地之气,阴阳相半,和气周回,朝夕不息。阳德用事,则和气皆阳,建巳之月是也,故谓之正阳之月。阴德用事,则和气皆阴,建亥之月是也,故谓之正阴之月。十月阴虽用事,而阴不孤立,此月纯阴。疑於无阳,故谓之阳月。诗人所谓'日月阳止'者也。四月阳虽用事,而阳不独存,此月纯阳,疑于无阴,故亦谓之阴月。自十月以后,阳气始生于地下,渐冉流散,故言息也。阴气转收,故言消也。日夜滋生,遂至四月纯阳用事。自四月以后,阴气始生于天上,渐冉流散,故云息也。阳气转收,故言消也。日夜滋生,遂至十月纯阴用事。二月、八月,阴阳正等,无多少也。以此推移，无有差愿，运动抑扬，更相动薄，则熏蒿歊蒸，而风雨云雾雷电雪雹生焉。气上薄为雨，下薄为雾，风其噫也，云其气也。雷其相击之声也，电其相击之光也。二气之初蒸也，若有若无，若实若虚，若方若圆，攒聚相合，其体稍重，故雨乘虚而坠。风多则合速，故雨大而疏。风少则合迟，故雨细而密。其寒月则雨凝于上，体尚轻微，而因风相袭，故成雪焉。寒有高下，上暖下寒，则上合为大雨，下凝为冰，霰雪是也。雹，霰之流也，阴气暴上，雨则凝结成雹焉。太平之世，则风不鸣条，开甲散萌而已。雨不破块，润叶津茎而已。雷不惊人，号令启发而已。电不眩目，宣示光耀而已。雾不塞望，浸淫被泊而已。雪不封条，凌殄毒害而已。云则五色而为庆，三色而成商。露则结味而成甘，结润而成膏。此圣人之在上，则阴阳和风雨时也。政多纰缪，则阴阳不调，风发屋，雨溢河，雪至牛目，雹杀驴马。此皆阴阳相荡而为裖渗之妖也。

敞曰："四月无阴，十月无阳，何以明阴不孤立，阳不独存邪？"

仲舒曰："阴阳虽异，而所资一气也。阳用事，此则气为阳；阴用事，此则气为阴。阴阳之时虽异，而二体常存，犹如一鼎之水，而未加火，纯阴也。加火极热，纯阳也。纯阳则无阴，息火水寒，则更阴矣。纯阴则无阳，加火水热，则更阳矣。然则建巳之月为纯阳，不容都无复阴也。但是阳家用事，阳气之极耳。荠麦枯，由阴杀也。建亥之月为纯阴，不容都无复阳也。但是阴家用事，阴气之极耳。荠麦始生，由阳升也。其著者，荨苈死于盛夏，款冬华于严寒，水极阴而有温泉，火至阳而有凉焰，故知阴不得无阳，阳不容都无阴也。"

敞曰："冬雨必暖,夏雨必凉,何也？"

曰："冬气多寒,阳气自上跻,故人得其暖,而上蒸成雪矣。夏气多暖,阴气自下升,故人得其凉,而上蒸成雨矣。"

敞曰："雨既阴阳相蒸,四月纯阳,十月纯阴,斯则无二气相薄,则不雨乎？"

曰："然则纯阳纯阴,虽在四月十月,但月中之一日耳。"

敞曰："月中何日？"

曰："纯阳用事,未夏至一日。纯阴用事,未冬至一日。朔旦夏至冬至,其正气也。"

敞曰："然则未至一日,其不雨乎？"

曰："然,颇有之,则妖也。和气之中,自生灾沴,能使阴阳改节,暖凉失度。"

敞曰："灾沴之气,其常存邪？"

曰："无也,时生耳。犹乎人四支五脏,中也有时。及其病也,四支五脏皆病也。"

敞迁延负墙,俯揖而退。

以察史知世道

中国古代的史官,以及治史的行家,都有观天象的基本功,可以靠天吃饭。司马迁《史记》中的《律书》《天官书》,班固《汉书》中的《律历志》《天文志》,董仲舒《春秋繁露》里的多篇文章,都是职业天文学家水准。今天的历史学者,是丢了这门手艺的。

最早的史官由"巫者"转业而来,在部落时代或邦国成型的初期,人们听天由命。一场突如其来的天灾差不多可以摧毁一切。风霜雨雪雷电雾雹,都是难解的谜团。日蚀,月蚀,彗星出没,更是了不得的大事。能够解释这些天象的人,是中国最早的知识分子,其中能够出任"巫者"的,是百姓仰望、君主礼遇的最高学术权威。

"巫者"是掌天象,通神明的高人,地位相当于国师。

巫这个字,甲骨文的写法是㊉,粗看起来像一架无人机的造型。"巫者"也如同无人机一样,在天象地理中搜索信息元,并做出解读和预判,以"卜辞"呈报给君王。司马迁《史记》中的《日者列传》和《龟策列传》,对"巫者"均有生动充分的记述,尤其讲到"卜筮"在中国古代政治中的重要地位,"自古受命而王,王者之兴何尝不以卜筮决于天命哉""自古圣王将建国受命,兴动事业,何尝不宝卜筮以助善"。

据唐代史学家刘知几考述,"巫者"升级为史官,是在夏代完成的改制,"盖史之建官,其来尚矣。昔轩辕氏受命,仓颉、沮诵实居其职。至于三代,其数渐繁。案《周官》《礼记》,有太史、小史、内史、外史、左史、右史之名。太史掌国之六典,小史掌邦国之志,内史掌书王命,外史掌书使乎四方,左史记言,右史记事"(《史通·史官建置》)。

史官制度,由来已久。轩辕黄帝之时,仓颉、沮诵实居其职。到夏商周三代,从夏代开始,史官职能逐渐增加,到周代,史官制度已经很完备了。据《周官》《礼记》记载,有太史、小史、内史、外史、左史、右史之职分。太史掌六典制订,六典具体是"治典""教典""礼典""政典""刑典""事典",小史掌诸侯国地方志,内史草拟诏诰王命,外史掌邻国公文往来,左史记载君王言论,右史记载君王起居事务。

中国人的大历史,基本是与中国天文学的起源同步的。

从发现太阳和月亮的运行规律,日出而作,日落而息,到确定日和月的时间概念,再到一年之中四个季节的认定;从对天象地理的阶段性认知,到有意识地循守自然法则,形成"天地人"共荣共存的价值观,建立时空观的经历过程是相当漫长的,随着当代考古研究的不断深入,这个过程正在逐渐清晰的构成中国大历史的上游。

"伏羲八卦"是中国人系统性思维的开始。"伏羲八卦"可以追溯到八千年之前,公元前6500年代左右,祖先用八种物质元解构并揭示世界,乾(天)、坤(地)、震(雷)、巽(风)、坎(水)、离(火)、艮(山)、兑(泽)。当时文字还没有发明出来,用八个符号做代表,☰(乾)、☷(坤)、☳(震)、☴(巽)、☵(坎)、☲(离)、☶(艮)、☱(兑),"古者包牺氏之王天下也,仰则观象于天,俯则观法于地,观鸟兽之文与地之宜,近取诸身,远取诸物,于是始作八卦,以通神明之德,以类万物之情"(《周易·系辞下》)。

"伏羲八卦"也被认定为汉字发明之前的草稿以及著述书籍的源起,"伏羲氏始画八卦,造书契,以代结绳之政,由是文籍生焉"(《史通·古今正史》)。

西汉建立之后,到汉武帝时期,改禁言锢文的秦朝弊政,上接周代的文治传统,史学成为显学。"汉兴之世,武帝又置太史公,位在丞相上,以司马谈为之。汉法,天下计书先上太史,副上丞相"(《史通·史官建置》)。汉武帝高配"太史公"职务,位在丞相之上,司马谈为首任太史公。据汉代律法,地方郡(省)县上报中央的吏政、户政、赋税等年度审计簿籍,先报送太史公,再呈送丞相。由此可见"太史公"一职的重要。

司马谈,是司马迁的父亲。

公元前110年,汉武帝执政满三十年,君临泰山封禅祭祀天地,这一年更新纪元,史称元封元年。封禅仪式按西汉律制由太史公主持,但司马谈因事滞留在周南(即《诗经》国风中的"周南",在洛阳一带),因为不能参加这次盛典,郁闷而终。"是岁天子始建汉家之封,而太史公留滞周南,不得与从事,故发愤且卒"(《史记·太史公自序》)。

临终前,这位职业太史官拉着儿子的手,泪流满面地说了一席话:我们司马一脉自周代即为太史,远在虞夏的时候已是天象官,后辈不才,这种荣光会断送在我手里吗?如今皇帝上承千年大统,举行泰山封禅大典,我身为太史公却不能参加,这是命,这是命啊!我死之后,你一定要承袭太史职业,尽孝尽忠尽职。"余先周室之太史也。自上世尝显功名于虞夏,典天官事。后世中衰,绝于予乎……今天子接千岁之统,封泰山,而余不得从行,是命也夫,命也夫!余死,汝必为太史。为太史,无忘吾所欲论著矣。且夫孝始于事亲,中于事君,终于立身。"

接下来又给司马迁布置了一道作业：

"自周公卒五百岁而有孔子，孔子卒后至于今五百岁。""孔子修旧起废，论《诗》《书》，作《春秋》，则学者至今则之。自获麟以来四百有余岁，而诸侯相兼，史记放绝。今汉兴，海内一统，明主贤君忠臣义士，予为太史而不论载，废天下之史文，予甚惧焉，尔其念哉！"

周公之后五百年孔子在世，孔子之后至今又近五百年。孔子于礼崩乐坏中删定《诗经》《尚书》，著《春秋》大义，成为今天的学术遵循。但四百多年来诸侯争天下，史书散失殆尽。如今汉兴，海内一统，明主贤君，忠臣死义之士众多，我作为太史没能予以记载论述，于心不安，这件事你一定要记在心上！

司马迁低头流泪，说："儿子笨拙，但我一定循序述录先人事业，不敢疏忽。"迁俯首流涕曰："小子不敏，请悉论先人所次旧闻，弗敢阙。"

三年后，司马迁出任太史令，再之后，《史记》问世。

《史记》和《汉书》，是"二十四史"的前两史。这两部书的体例，也成为后来中国史书写作的基本遵循。

汉代以史学为显学，重视中国历史，上接传统，是有文化疼痛在其中的。中国文化典籍经历过一次沉重的劫难，就是秦始皇的"焚书"。

公元前221年秦始皇统一天下建立秦朝，七年之后，公元

前213年,在全国范围内大举禁书烧书,当年"焚书令"的要点是这样的:

> 非秦纪皆烧之,非博士官所职天下敢有藏《诗》《书》百家语者,悉诣守、尉杂烧之。有敢偶语《诗》《书》者弃市。以古非今者族。吏见知不举者与同罪。令下三十日不烧,黥为城旦。所不去者,医药卜筮种树之书。

——《史记·秦始皇本纪》

不是记载秦国历史的史书,全部烧掉。不是文化官员职业用书,天下敢有收藏《诗经》《尚书》以及诸子百家著作,一律上缴政府,集中焚烧。私下议论《诗经》《尚书》者斩首示众,以古非今者灭族。官员知情不报,与藏书者同罪。焚书令下达三十天无作为的官员,脸上刺字,以"城旦"罪论处。城旦,秦朝罪名,筑城劳役。医药、卜筮、种树之书,不在焚烧之列。

《五经》之中,只有《易经》以卜筮之书幸免。《诗经》和《尚书》被特别点名,《春秋》和《礼记》在史书之列,均为首禁之书。

公元前213年,是中国文化史中最寒冷黑暗的一年。再七年之后,公元前206年,秦朝灭亡。

感谢汉代,秦亡汉兴,不仅解除书禁,还下达"征书令",在全国范围内征集书籍,而且整理修复典籍,据《汉书·艺文志》存目记载,从汉高祖刘邦开始,到汉元帝刘奭时期的一百五十年间,汉代政府持续推动整理修复文化典籍工作,共有"六略三十八种",一万余卷书籍著作存世。我们今天见到的先秦典籍,超过九成都是经由汉代先贤重新整理出来的。尤其重要的,是在汉武帝刘彻时期,确立"五经"为官员"察举制"考试用书,立"五经博士"为国家级学术带头人。秦朝以史书、《诗经》《尚书》等为首禁之书,汉代兴史学,并且确立"五经"为治国之书。这是秦之所以亡,汉之所以兴的一个重要分野点。

"不虚美,不隐恶",是中国古人最基本的历史观。

这句话出自班固对司马迁的史评,"亦其涉猎者广博,贯穿经传,驰骋古今,上下数千载间,斯以勤矣。又其是非颇缪于圣人,论大道则先黄老而后六经,序游侠则退处士而进奸雄,述货殖则崇势利而羞贱贫,此其所蔽也。然自刘向、扬雄博极群书,皆称迁有良史之材,服其善序事理,辨而不华,质而不俚,其文直,其事核,不虚美,不隐恶,故谓之实录"(《汉书·司马迁传》)。

班固对司马迁有赞誉,也有微辞。称颂他是"良史之材",叙事理据充沛,思辨而不巧说,求真不落俗套,秉笔直书,不虚饰,不隐君恶,是史之实录。同时对他的价值观判断抱以不同的见解。"是非颇谬于圣人",论大道先尊黄老之术,后取儒家六经。写人物贬隐士,挺奸雄。述经济尚势力,耻贫穷。班固是纯儒的史官,他提出的这些异义属于学术见解上的分歧。

班固秉承史家"君举必书"的传统,不曲意逢迎,不隐君主之恶,在这个大原则上,班固和司马迁是一致的。

中国古代设置史官的初衷是"以史制君""君史两立",史书是用来制约君主的,"君举必书"。如实记录君主的言行,传之后世,善言善行作为遵循,恶言恶行作为训诫。唐朝实行史馆制度,历史不再由一个人撰写,成立史馆集体写作,"领班大臣总知其务,书成进御"。宰相担任总撰官,史书成稿之后呈皇帝审定。史书的写作原则也由"以史制君"改为"以史鉴今"。

李世民不是正常继承皇帝大位的,他的担心和顾忌自有他的道理。

中国历史的学名叫"春秋",是典型的中国智慧。

大千世界多般变化,但万变不离"六度",《淮南子·时则训》中记载,"阴阳大制有六度:天为绳,地为准,春为规,夏为衡,秋为矩,冬为权"。准绳,规矩,权衡,这三个词的出处由此而来。

天为墨绳,绳之以法。"直而不争,修而不穷;久而不弊,远而不忘"。

地为水准,"平而不险,均而不阿,广大以容,宽裕以和"。

春为正圆之规,"转而不复,员而不垸,优而不纵,广大以宽,感动有理,发通有纪,优优简简,百怨不起。规度不失,生气乃理"。

夏为秤杆,"缓而不后,平而不怨,施而不德,匪而不责,常平民禄,以继不足"。

秋为矩尺,"肃而不悖,刚而不愦;取而无怨,内而无害;威厉而不慑,令行而不废;杀伐既得,仇敌乃克;矩正不失,百诛乃服"。

冬为秤砣,"急而不赢,杀而不割,充满以贯,周密而不泄,败物而弗取,罪杀而不赦,诚信以必,坚悫以固"。

以春秋为历史的称谓,取意规矩,隐含权衡之道,融入天地准绳之内。

春秋,既是史书的名称,也是一段国家历史。

从公元前770年到公元前221年,是中国历史中时间最长的国家大分裂时期,长达五百五十年的社会动荡,诸侯割据自治,乃至无休止的硝烟战火。这个漫长的阶段,名誉上叫东周,但可分为春秋和战国在正史中,以《春秋》和《战国策》两部史书的名称指代。公元前770年,至公元前476年为春秋时代;公元前475年,至秦始皇一统天下的公元前221年,为战国时代。

西周是孔子梦寐心仪的大治时代,从公元前1046年到公元前771年,礼制循序,国家昌明。公元前770年,以周平王由西安迁都洛阳为标识点,国运由盛而衰,由西周滑入东周的门槛。春秋时期,列国诸侯还没有撕下面具,表面上认可周天子为国家君主,到战国时期,终于把周天子一脚踢开,各自举旗为政。春秋和战国的分水岭,就在于"国家一体"的意识有或者无。

孔子生活在春秋后期,生于公元前551年,卒于公元前479年。晚年的孔子感慨所居时代的礼崩乐坏,克己复礼,梦幻着西周盛世再现,于是在鲁国国史的基础上,修著《春秋》。孔子去世三年之后,春秋时代结束。

董仲舒的《春秋繁露》,是自汉代至今最好的《春秋》解,既解经典,也由此创立了史学研究的一宗上乘法门。《春秋繁露》十七卷,实存七十九篇文章。这些文章意蕴沉实丰润,写法生动趣味。可以由前往后读,也可以从后往前读,还可以断章随心随

意读。十多年前,我初读这部书时,做了读书札记。摘取几处舍不得扔的段落,累赘如下:

中国历史的学名叫"春秋",不叫"冬夏",是有多重机心的。

孔子著《春秋》,一万八千言,覆盖二百四十二年历史,从公元前722年到公元前481年。从鲁隐公元年写起,到鲁哀公十四年落笔。《春秋》以鲁国十二位君主为大线索(隐公、桓公、庄公、闵公、僖公、文公、宣公、成公、襄公、昭公、定公、哀公),同时旁及一百二十个诸侯国的史实。在写作内容上,"详己而略人",所录史事,鲁国详细,他国简约。

孔子身在鲁国,又不是国家史官,他是怎么得到一百二十个诸侯国史料的呢?《春秋繁露》中没有交待过这一点,但《春秋公羊传注疏》中有一句话,"昔孔子受端门之命,制《春秋》之义,使子夏等十四人求周史记,得百二十国宝书,九月经立"。孔子受周王室之命著《春秋》,端门,指周王室。派子夏等十四位学生搜集诸侯国资料,得到一百二十个诸侯国的国家档案,用九个月时间写作完成《春秋》。春秋晚期时候,只是一百二十个诸侯国吗?子夏等人有没有疏漏,这就无法知道了。

在写法上,《春秋》把二百四十二年历史切分为三个档期,"《春秋》分十二世以为三等,有见,有闻,有传闻。有见三世,有闻四世,有传闻五世"。"有见三世",指孔子亲历的三个时代,鲁哀公、鲁定公、鲁昭公三世,计六十一年。"有闻四世",指听经历者讲述之前的四个时代,鲁襄公、鲁成公、鲁宣公、鲁文公四世,计八十五年。"有传闻五世",指据史载的更远的五个时代,鲁僖公、鲁闵公、鲁庄公、鲁桓公、鲁隐公五世,计九十六年,如此共计二百四十二年。

"于所见,微其辞",孔子写他所处的时代,用笔隐讳,多有顾忌。圣人写他的"当代",也是不敢掉以轻心的,怕掉脑袋,担心被割去吃饭的家什。"于所闻,痛其祸",记写听人讲述的时代,富于感情,敢爱敢恨,于祸国的事,下笔不含糊。"于传闻,杀其恩",据史料而知的远代五世之事,就不带感情了,直抒胸臆,就事论事。

"春秋笔法",是我们后人一直推崇的。其实单就写法而言,《春秋》这部书并无长处,是流水账式的,"如旧时记账先生的记账簿"(钱穆先生语)。"春秋笔法"指的不是手法,而是心法,其中藏着两个智慧点,一是用事实材料说话,而且言简意赅。"《春秋》之辞多所况,是文约而法明矣。"《春秋》书中的观点多是比较而言的,不凭空臆断。修辞简约,但方法鲜明。再是"记衰世",记录一个时代,既写明亮处,也留心阴暗面。《春秋》一书,"弑君三十六,亡国五十二",记写了三十六个臣子弑杀其君,五十二个国家由兴至衰,以此乱象,昭示春秋时代的礼崩乐坏。史书不是化妆品,洗净脂粉,保持晴朗面目,是"春秋笔法"的核心内存。

董仲舒把"王"这个字说透彻了,"古之造文者,三画而连其中,谓之王。三画者,天、地与人也,而连其中者,通其道也。"贯通了天地人,是王。疏忽了人,天地也是枉为的,"知广大而有博,唯人道可以参天。"天地育万物,但人是尘世间立地参天的树。

世间有春夏秋冬,"春气爱,秋气严,夏气乐,冬气哀","春主生,夏主养,秋主收,冬主藏。生溉其乐以养,死溉其哀以藏,为人子者也。故四时之行,父子之道也。"春生夏,秋藏于冬,循父子人本之道。以天地四时寓人间历史,用"春秋"命名史书真是恰到好处。

"不知来,视诸往",是《春秋》这部著作的立书基本。一个国家的将来,潜伏于过往之中,于命运中察知未来,如那句话,"性格即命运"。往事千年万绪,浩瀚如天空。天真是空的吗?于没眼的人一无所见,于有心的人则无物不在。"弗能察,寂若无。能察之,无物不在",中国人称呼天为老天爷,但老天爷言辞金贵,不随便说话的,也不做什么,而是看你怎么做。人在做,天在看。"天不言,使人发其意。弗为,使人行其中。"

一个时代里,人们对天地的认知之心有多厚实,这个时代就有多大。

主气和客气

一

气,繁体字的写法是"氣",下边有个米字底,一个人的气象是由米谷做基础的。

米谷是主食,小孩子嘴馋,好吃零食,牙吃蛀了,身子吃瘦了,家里的老人要实行严厉的"嘴禁","嘴禁"就是正餐之外的食物一概免开尊口。吃主食是人活着的基本,老人年迈了卧床不起,孝顺的子孙四下里访名医,寻延年增寿的办法,医生开口问的第一句话,差不多就是"饭量还行吧",只要还能吃,就不会有眼前的危机。穷人以主食填饱肚子,攒一膀子力气养活全家老少。在富人家的餐桌上,无论怎么花样迭出,那几样米面的主食是固定的。主食宽胃,苏轼有著名的"三养"说,一曰安分以养福,二曰宽胃以养气,三曰省费以养财。我们中国人讲养生,养生就是养气,阴阳和合,六神安详充盈,气是养护调理出来的。

养正气或浩然之气,仅靠宽胃是不够的。空洞的背诵理想信条,是给自己戴高帽子,是假大空,没有实际益处的。养出大气需要磨砺,古代中国人学习射箭,除了练力道和准度之外,还注重练气。记得读过一个佚文,是讲练气的具体步骤的,最开始的时候,在胳膊肘处平放一个碗,开弓放箭,碗丝毫不动摇,是度过了初级阶段。之后往碗里注入水,半碗,多半碗,渐次加满,碗不动摇,水不外溢,可取得中级职称。高级职称就悬了,是站在悬崖峭壁处,脚下是深渊,"登高山,履危石,临百仞之渊,若能射乎?"这样的方法好,内外兼修。其实无论武艺还是文艺,底气的培养都是基础。

二

中国古人把大自然中的气,分为主气和客气。

主气是主理一年四时的基本气象,细化为二十四个节气,从大寒这一天开始计时,立春、雨水、惊蛰、春分、清明、谷雨、立夏、小满、芒种、夏至、小暑、大暑、立秋、处暑、白露、秋分、寒露、霜降、立冬、小雪、大雪、冬至、小寒,到大寒止,为一回归年,周而复始,年又一年。二十四节气是一年之中气象变化的路线图,这个运行规律是固定不变的,因而称为主气。

把立春确定为第一个节气,是古代中国人的科学发展观。在中国古人的认识里,一年肇始的第一天是冬至日,地下的阳气开始上行,冬至称为"一阳"。"二阳"在小寒与大寒之间,地气经过45天的运行,在立春这天突出地表,万物开始葱茏生长,因此"立春"这一天也称为"三阳开泰"。

天气是天意,是天降的旨意。地气古称"在泉之气",是土地山川的深呼吸。天地之气在一年之中的变化,被分割为二十四个观察区间,这是二十四节气的基本功能。每个区间15天多一点点,15乘24是360,多出的一点点全年累积起来是五天多,一年365天,再加个小零头。这一点点是怎么多出来的呢?每个节气开始的第一天,是具体到时辰分秒的。比如2020年立春,是2月4日17时03分12秒,2021年的立春,是2月3日22时58分39秒。《尚书·尧典》中对一回归年的记载是366天,"期三百有六旬有六日,以闰月定四时,成岁"。尧帝时期中国建立了世界上最早的天文台,"乃命羲和,钦若昊天,历象日月星辰,敬授民时",《尧典》可以理解为中国现存最早的天文学记录。

现代高科技手段测定地球绕太阳一周年的精确时间,是365天5小时48分46秒,《尚书·尧典》记载的是366天。中国古代天文学达到的水平,以及严谨态度,足够我们后人尊重并敬重。

二十四节气,在汉代的《淮南子》和《礼记·月令》中,均有充分表述。

二十四节气名称的命名,是对一年之中气候变化特征的生动概括。"两分""两至",是一年中的四个重要节点,古称"四时"。春分和秋分这两天,昼与夜时间相当,古人称"日夜分"。夏至和冬至这两天,是夏与冬的最高点。至,不是来到的意思,是极至。"四立"即立春、立夏、立秋、立冬,"四立者,生长收藏之始"(《周髀算经》),生长收藏是四季的特征,"春为发生,夏为长嬴,秋为收成,冬为安宁"(《尔雅》)。立春是万物萌生的开始;立夏是全方位生长的开始;立秋是收敛与收获的开始。中国古人讲的收成,有两层含义,一是收敛,再是收获;立冬,是冬藏的开始。冬即终,古人结绳记事,一个时间段结束了,在绳子上挽一个疙瘩。冬的本意,是天地之间上下失联,不再交通,生机潜入地下,一派安宁。

立春、春分、立夏、夏至、立秋、秋分、立冬、冬至,古人称"八节"。

八节之外的十六个节气,以物候变化的特征命名。

"雨水",天降雨水自此时起。"惊蛰",冬眠的动物苏醒。"清明"是八风之一,一年四季有八个方向的风,古称"四时八风",清明风是东南风。"谷雨",土膏脉动,雨生百谷。"小满",有两层指向,在南方,雨水充沛,河湖渐而盈满。在北方,谷物小成,颗粒近于饱满。"芒种"是忙种,果实有芒的农作物,已到紧要关头,北方收麦,南方种稻。"小暑"和"大暑",上蒸又下煮,土润溽蒸,高温多雨,闷热难挨。"处暑"是出暑,"处,止也,暑气至此而止"。"白露",天气转凉,水土湿气在草木叶子上凝而为露。秋在五行中属金,在五色中属白,称金秋白露。"寒露",进入深秋,冷风南下,寒意显露。"霜降",地气凝结由露而霜,"霜降杀百草",阳下入地,万物毕成,时令由收进入藏。"小雪","天地积阴,温则为雨,寒则为雪",小雪,不是雪量小,是指此时寒流活跃,降水量渐增。"大雪",也不是天降大雪,而是降水量持续增多。"小寒"与"大寒",数九寒天,是一年之中最冷的时令,"小寒大寒,冻成一团"。大寒之后,一个新的天地轮回重新开始。"小寒大寒,杀猪过年","过了大寒,又是一年"。

三

中国古人观察天地是细致入微的。

一年二十四个节气,每个节气又分为"三候",五天为一候,二十四节气七十二候。"五日谓之候,三候谓之气,六气谓之时,四时谓之岁","气候"这个词也由此发端。

候,是征兆的意思,医生瞧病看症候,厨师炒菜看火候,古人观察天地看气候。七十二候具体是这样的:

立春三候,初候,"东风解冻",立春后第一个五天,东风吹来,大地开始解冻。二候,"蛰虫始振",第二个五天,冬眠的动物开始苏醒,但只是"振",伸伸腰,动动身子,仍窝藏在冬眠的洞中。三候,"鱼陟负冰",第三个五天是"鱼陟负冰",这句话很生动,冬天寒冷的日子,鱼贴着河底游,天气转暖,鱼上升浮游,好像肩负着冰在游。

雨水三候,初候,"獭祭鱼",水獭捕食鱼。二候,"候雁北",大雁北飞。三候,"草木萌动",草木萌生。

惊蛰三候,初候,"桃始华",桃树开花。二候,"仓庚鸣",黄鹂鸟鸣叫。三候,"鹰化为鸠",布谷鸟出现于田野,鸠是布谷鸟。在中国古人的意识里,动物与动物之间,包括人与动物之间,存在着某种相互化生的神秘密码。这种认识,有玄机在其中,但更多的是受科学认识的局限。

春分三候,初候,"元鸟至",燕子归来。二候,"雷乃发声",天降雨时,阴气和阳气相搏,伴随阵阵春雷。三候,"始电",闪电出现。

清明三候,初候,"桐始华",桐树开花。二候,"田鼠化为鴽",鴽鸟出现。三候,"虹始见",空中见彩虹。

谷雨三候,初候,"萍始生",河湖的水面出现浮萍。二候,"鸣鸠拂其羽",布谷鸟已经长大,振翅而飞。三候,"戴胜降于桑",戴胜鸟在桑树间跳跃。

立夏三候,初候,"蝼蝈鸣",蝼蝈,又名蝼蛄,俗称拉拉蛄,对农作物危害大,亦可入药。二候,"蚯蚓出",蚯蚓,冬眠虫类,可入药,药名地龙。三候,"王瓜生",王瓜,多年生草质藤本,块根纺锤形,茎细,枝多发,果实可入药。

小满三候,初候,"苦菜秀",苦菜,草本菊科植物,可食亦可入药。二候,"靡草死",靡草,草本植物,感阴而生,不胜阳而死。三候,"麦秋至",麦子成熟。

芒种三候,初候,"螳螂生",螳螂,节肢动物门昆虫,益虫。二候,"鵙始鸣"。鵙鸟,伯劳鸟。三候,"反舌无声",反舌鸟,春天活跃,此时少发声。

夏至三候,初候,"鹿角解",鹿,本性主阳,夏至一阴生,感阴气而鹿角脱落。二候,"蜩始鸣",蜩,蝉,民间称知了。三候,"半夏生",半夏,药用植物,生于夏至前后,故称半夏。

小暑三候,初候,"温风至",温热之风此时到达极至。至,极至之意。二候,"蟋蟀居壁",此时蟋蟀羽翼初成,居墙壁中,尚不能生活于田野。三候,"鹰始击",《礼记·月令》中的记载是"鹰乃学习",此时鹰在幼时,练习搏击。

大暑三候,初候,"腐草为萤",腐草中见萤火虫。二候,"土润溽",水土蒸郁,溽热。三候,"大雨时行",大雨不断。

立秋三候,初候,"凉风至",天有八风,一年之中有八个方向的风,凉风是西南风,又称凄风。二候,"白露降",早晨或雨后,地气遇凉风,凝聚为雾气,此时尚未凝结成露珠,白露节气后才出现凝珠。三候,"寒蝉鸣",寒蝉,个头小,声音却脆亮。

处暑三候,初候,"鹰乃祭鸟",鹰已长大,开始捕食鸟。二候,"天地始肃",秋意肃然。三候,"禾乃登",庄稼成熟。

白露三候,初候,"鸿雁来",大雁由北方南飞。二候,"元鸟归",燕子南飞。燕子是南方鸟,因此称归。中国古人是在黄河流域,具体是渭河流域观察天文地理,"鸿雁来""元鸟归",来与归,是就观察地而言的。三候"群鸟养羞",羞,美食。群鸟准备过冬食物。

秋分三候,初候,"雷始收声",二月阳中雷发声,八月阴中雷收声。二候,"蛰虫坯户",冬眠虫类开始修葺洞口。三候,"水始涸",河水流速放缓。

寒露三候,初候,"鸿雁来宾",先来为主,后来为宾,最后一批大雁自北方南飞。二候,"雀入大水为蛤",蛤,一种小蚌。三候,"菊有黄华",草木感阳气生长,独菊遇阴气开花,古人以菊寓君子品格,于寒风中开放。

霜降三候,初候,"豺祭兽",豺捕食兽类。二候,"草木黄落",草木叶黄飘落。三候,"蛰虫咸俯",咸,全部。俯,垂首。此时寒气肃凛,冬眠虫类不再进食。

立冬三候,初候,"水始冰",水面开始凝结为冰,此时冰面尚单薄。二候,"地始冻",大地寒气凝聚。三候,"雉入大水为蜃",稚,野鸡;蜃,一种大蛤。

小雪三候,初候,"虹藏不见",清明节气阳盛彩虹见,此时阴盛,虹藏不见。二候,"天气上升,地气下降",天气上升,地气下降,天地之气各自归属,天高地寥。三候,"闭塞而成冬",天地之气失联,各正其位,不再交通,闭塞而成冬,冬即终。

大雪三候,初候,"鹖旦不鸣",鹖旦又称寒号虫,不是鸟,是鼠科,栖居于针阔叶林混生地带,比松鼠略大,穴居在石洞或石缝中,多独居,爱清洁。吃食时前足抱住食物,后足站立,萌态毕显。前后腿之间有翼蹼,能在峭壁和大树之间滑翔,因而古人误认为鸟类。二候,"虎始交",阳气动,虎求偶交配。三候,"荔挺出",荔挺,草科,根系坚硬,民间以此制刷子。荔挺野生,古时寓指民心不可欺,"荔挺不生,卿士专权"。

冬至三候,初候,"蚯蚓结",蚯蚓自缠绕如绳,阳气未动,屈首向下,阳气已动,回首向上,此时阳气蠢蠢欲动,因此称"结"。二候,"麋角解",麋本性主阴,冬至一阳生,遇阳气而角脱落。三候,"水泉动",冬至一阳生,阳气上行,泉水感热而动。

小寒三候,初候,"雁北乡",乡即向,大雁北向而飞。二候,"鹊始巢",喜鹊在树端筑巢。三候,"雉雊",雉,野鸡,雊,鸣叫求偶。"雉之朝雊,尚其其雌"。

大寒三候,初候,"鸡始乳",鸡得阳气而育乳。二候,"征鸟厉疾",此时节猛兽愈加凶悍。三候,"水泽腹坚",此时是一年中的冷极,腹坚,指冻透了,冻结实了。

四

主气是一年中的常在之气。

客气是变数,是家里来的不约而至的客人,上门叙旧的,拉家常的,说委屈的,找茬的,不把自己当别人的,脾气不一,各具秉性。酷暑,倒春寒,暖冬或奇寒,大旱或大涝,台风,海啸,"厄尔尼诺""拉尼娜"等等,气候的这些异常,与客气相关联。但客气也不是职业干坏事的,一个巴掌拍不响,主气与客气和谐了,风调雨顺,天安地泰。如果兄弟俩赌气,或者僵持拉下了脸,麻烦就出来了。

界定主气与客气,是中国古代天文学的范畴。而对主气与客气运行原理的认知,是中国古代哲学的轴心地带。

主气在一年中依五行原理运行,分为六个步骤,称"主气六步"。五行在四季中的顺序是木火土金水,木主春,火主夏,金主秋,水主冬,土居夏与秋的中央。木生火,火生土,土生金,金生水,水复生木。主气在大寒那一天生发,由大寒到春分,是初之气,称"厥阴风木";春分到小满是二之气,称"少阴君火";小满到大暑是三之气,称"少阳相火";大暑到秋分是四之气,称"太阴湿土";秋分到小雪是五之气,称"阳明燥金";小雪到大寒是终之气,称"太阳寒水"。

主气六步的气理顺序是"厥阴风木""少阴君火""少阳相火""太阴湿土""阳明燥堂""太阳寒冰"。

天有"寒暑燥湿风火"六气,地有"金木水火土"五行,"神在天为风,在地为木;在天为热(暑),在地为火;在天为湿,在地为土;在天为燥,在地为金;在天为寒,在地为水。故在天为气,在地成形,形气相感而化生万物矣"(《黄帝内经·天元纪大论篇》)。天有六气,地生五行,地上承天,于五行之中又增置一火,因而有"君火"和"相火"之分属。顺序是"木、火、土、金、水、火"。

主气是稳定的,由初之气到终之气,周行四时,年年无异。

客气在一年中的运行也分为六个步骤,主理上半年的气称"司天之气",主理下半年的气称"在泉之气",在"司天"和"在泉"的左右,各有两间气,称"司天两间气"和"在泉两间气"。

客气六步依五行原理运行的气理顺序是三阴在前,三阳在后,一阴"厥阴风木";二阴"少阴君火";三阴"太阴湿土";一阳"少阳相火";二阳"阳明燥金";三阳"太阳寒水"。

客气是不稳定的,每一年都有变化,具体有两个层面的变量。

其一,推算客气六步,以五行配合十二地支的顺序,子、丑、寅、卯、辰、巳、午、未、申、酉、戌、亥,以值年地支为基础,十二年一个循环,六十年五循环,为一甲子周期。"天以六为节,地以五为制。周天气者,六期为一备。终地纪者,五岁为一周。君火以明,相火以位。五六相合,而七百二十气为一纪,凡三十年。千四百四十气,凡六十岁而为一周"《黄帝内经·天元纪大论篇》。天以六气为节,地以五行为制。六气司天,六年运行一周。五行制地,五年运行一周。地之五行又有君火和相火分属。五六相合,为三十年,每年二十四节气,合计七百二十个节气。六十年为一甲子循环,合计一千四百四十个节气。

"君火以明,相火以位",这句话很重要。君火在天主宰神明,相火在地主宰运数。五行又称"五运",天地之间的气理运行,称为"运气"。

其二,"司天之气"与"在泉之气"的左右间四气,是不确定因素,司天与在泉有变化,左右间气随之而动。

《黄帝内经》中,《天元纪大论篇》《五运行大论篇》《六微旨大论篇》《气交变大论篇》《五常政大论篇》五篇文献,具体阐述主气与客气的运行原理,以及二者相持相克导致的气候异常。《黄帝内经》是中医学的源头著作,也兼容天文学和哲学。中国古代的学术著作,都是兼容制式的,《周髀算经》《九章算术》是数学的源头著作,兼容天文学、哲学。《周易》更具典型,兼容天文学、哲学、逻辑学、社会学等。中国这四部重要古典著作的基础,都是天文学。

摘录《气交变大论篇》中关于"太过不及,专胜兼并"导致气候异常的论述如下：

主气与客气在交融运行中,如果一气独盛,称为"专胜","专胜"即"太过"。主客二气相互侵占吞并,称为"兼并","兼并"即"不及"。

"岁木太过,风气流行,脾土受邪""化气不政,生气独治,云物飞动,草木不宁,甚而摇落"。一年中,木运独盛,则风气流行,土受侵伤。"化气"是土气,"生气"是木气,木盛而土衰,导致天空云层失衡,地上草木不宁,乃至枝叶早落。

"岁火太过,炎暑流行,肺金受邪""收气不行,长气独明,雨冰霜寒"。一年中,火运独盛,则暑热流行,金受侵伤。"收气"是金气,金秋之气敛收。"长气"是火气,夏季的别称为"长赢"。火气独旺,则金气不行,导致冰雹霜寒。

"岁土太过,雨湿流行,肾水受邪""变生得位,脏气伏,化气独治之,泉涌河衍,涸泽生鱼,风雨大至,土崩溃,鳞见于陆"。一年中,土运独胜,则雨湿流行,水受侵伤。"变生得位",指变异之气主宰时令。"变而生病,当土旺之时也。""脏气伏"是水气无能为力。土气独盛,则湿令大行,泉水喷涌,河湖暴涨,本已干涸的池沼复生鱼鳖。风雨肆虐,堤岸崩溃,河水泛溢,陆地见鱼。

"岁金太过,寒气流行,邪害心火""上临太阳,则雨冰雪,霜不时降,湿气变物"。一年中,水运独盛,则寒气流行,心火受侵伤。"上临太阳",指三阳"太阳寒水"司天,则冰雹霜冻时降,湿寒气重,万物失形。

"岁木不及,燥乃大行,生气失应,草木晚荣。肃杀而甚,则刚木辟著,柔萎苍干"。一年中,木运不济,则燥气旺盛,植物生机失时,草木晚荣。肃杀之气弥漫,刚硬的树木断裂,柔嫩的枝叶枯萎。"上临阳明,生气失政,草木再荣,化气乃急"。如果遇到二阳"阳明燥金"司天,则木气无能为力,会发生秋天草木再荣的异常。

"岁火不及,寒乃大行,长政不用,物荣而下。凝惨而甚,则阳气不化,乃折荣美"。一年中,火运不济,则寒气旺盛,夏季的生长之势无能为力,植物荣而不久。寒凝之气过重,阳气不能生化,万物生长受挫。

"岁土不及,风乃大行,化气不令,草木茂荣。飘扬而甚,秀而不实"。一年中,土运不济,则风气横行。土气无能为力,草木过于茂盛生长,华而不实。"上临厥阴,流水不冰,蛰虫来见,藏气不用,白乃不复"。如果遇到一阴"厥阴风木"司天,则一阳"少阳相火"在泉。冬天水不结冰,冬眠的虫类早现。"藏气"是水气,寒水之气无能为力,金气则不予复正。"白乃不复",白指金气,在五色中,白寓指秋天。

"岁金不及,炎火乃行,生气乃用,长气专胜,庶物以藏,燥烁以行"。一年中,金运不济,则火气流行,土气当政,夏季生长之势旺盛,万物繁茂,气候干燥炎热。

"岁水不及,湿乃大行,长气反用,其化乃速,暑雨数至"。一年中,水运不济,则湿气弥漫,水不制火,火气反行其令,热雨多降。"上临太阴,则大寒数举,蛰虫早藏,地积坚冰,阳光不治"。如果遇到三阴"太阴湿土"司天,则三阳"太阳寒水"在泉,则大寒之气不时侵扰,冬眠的虫类过早蛰伏,地积坚冰,阳气藏伏"。

五

中国古人是怎样做天气预报的?

《黄帝内经》这部书是对话体,黄帝提出问题,岐伯等人回答。岐伯是黄帝的首席医学顾问,后世尊岐伯为中医祖源,中医术也称为岐黄之术。

黄帝问:"夫气之动乱,触遇而作,发无常会,卒然灾合。何以期之?"主气与客气的不和触遇引起动乱,发作又没有规律,是突然的灾变,如何预判呢?

岐伯说:"夫气之动变,固不常在,而德化政令灾变,不同其候也。"天气的变化,看似无常,但气象的种种表现,各有不同的征兆。

岐伯从一年四季的守常运行和不同季节的异常变化两方面,透过不同的物候现象,梳理出潜在的规律。

一年四季是守常的。

"东方生风,风生木。其德敷和,其化生荣,其政舒启。其令风,其变振发,其灾散落"。东方生风,风助木旺。木质祥和,其功能化生万物,其职责舒活闭塞。木主春,时令形态为风,气候异常是寒风振作,灾害是摧残草木。

"南方生热,热生火。其德彰显,其化蕃茂,其政明曜。其令热,其变销烁,其灾燔焫"。南方生热,热助火盛。火质光明卓著,其功能繁荣万物,其职责光耀万物。火主夏,时令形态为热,气候异常是酷暑煎熬,灾害是焦灼。

"中央生湿,湿生土。其德溽蒸,其化丰备,其政安静。其令湿,其变骤注,其灾霖溃"。中央生湿,湿助土功。土质湿热滋养,其功能充实万物,其职责使万物静心守本,"静以中央为轴"。土居四季中央,时令形态为湿,气候异常是暴雨骤降,灾害是久雨不止,泥泞土溃。

"西方生燥,燥生金。其德清洁,其化紧敛,其政劲切。其令燥,其变肃杀,其灾苍陨"。西方生燥,燥助金威。金质纯正,其功能是制约和敛收,其职责使万物刚劲峻急。金主秋,时令形态为燥,气候异常是肃杀,灾害是农作物未成熟时衰落。"苍陨",苍,青色,植物的主干尚青时即衰落。

"北方生寒,寒生水。其德凄沧,其化清谧,其政凝肃。其令寒,其变溧冽,其灾冰雪霜雹"。北方生寒,寒助水势。水质沧凉,其功能是清静安宁,其职责使万物凝神肃穆。水主冬,时令形态为寒,气候异常是严寒凛冽,灾害是冰灾雪灾。

岐伯在讲述四季的运行时特别强调,地上五行上承天际的五星,木火土金水,上承对应木星(岁星)、火星(荧惑星)、土星(镇星)、金星(太白星)、水星(辰星),"承天而行之,故无妄动,无不应也"。太空中的五星,随天道运行,天行守常,不会妄动。气候正常时,五行与五星在天地之间相互感应。"卒然而动者,气之交变也。其不应焉"。如果发生气候突变,是偶然现象,与天道运行无关。五星不会随之响应。五星应常规,不应交变,这是基

65

本的原则。

用一句通俗话解释岐伯的理论,树根不动,树梢妄自摇。

季节的异常变化是有规律可循的。

"木不及,春有鸣条律畅之化,则秋有雾露清凉之政。春有惨凄残贼之胜,则夏有炎暑燔烁之复。""鸣条",鸟鸣,树木扬枝抽条。

在木运不济之年,如果春天时令正常,风调雨顺,草长莺飞,树木抽枝扬条,秋天就会守常,雨露适宜,凉爽宜人。如果春天出现倒春寒这类"太过"的异常气候,夏天就有酷暑燔烁的复正。

"火不及,夏有炳明光显之化,则冬有严肃霜寒之政。夏有惨凄凝冽之胜,则不时有埃昏大雨之复。""炳明光显""严肃霜寒",是夏天和秋天的常态气候。

在火运不济之年,如果夏天时令正常,冬天就会守常。如果夏天出现惨凄凝冽(如六月雪)的异常,接下来就会有雾霭和大雨交替发生的复正。

"土不及,四维有埃云润泽之化,则春有鸣条鼓拆之政。四维发振拉飘腾之变,则秋有肃杀霖霪之复。"四维,在时令中指春夏秋冬四季最后一个月,具体指农历三月(辰月)、九月(戌月)、十二月(丑月)、六月(未月)。"土居中央,分四维而居""土居四维,旺于四季之末"。"鼓拆",指草木萌芽时破土而出的形态。"振拉飘腾",振,振作。拉,破坏,摧残。"飘腾",指狂风摧屋拔树。

在土运不济之年,如果四维之月时令正常,春天就会守常。如果四维之月气候出现异常,秋天就会有久雨成灾的复正。

"金不及,夏有光显郁蒸之令,则冬有严凝整肃之应。夏有炎烁燔燎之变,则秋有冰雹霜雪之复。"

在金运不济之年,如果夏天时令正常,冬天就会守常。如果夏天出现酷暑的气候异常,秋天就有冰雹霜雪的复正。

"水不及,四维有湍润埃云之化,则不时有和风生发之应。四维发埃骤注之变,则不时有飘荡振拉之复。"

在水运不济之年,如果四维之月时令正常,则一年之中基本守常。如果四维之月有狂风暴雨的气候异常,一年之中则时有风暴骤起,摧屋拔树的复正。

六

我们的中医很了不起,用风和气的原理解释人的身体。

关于风和气,描述的最早也最文学的是庄子,"大块噫气,其名为风"。风是无形状的,人们走在旷野里,被风簇拥着,那是身体的感觉。风吹皱一池春水,那是水的响应。风也是无声的,人们听到的种种声音,风声鹤唳,冷风嗖嗖,狂风怒号,是风碰到了东西摩擦碰撞引发的动静。风碰到实的、虚的东西,发出的音乐是不一样的,有些如击鼓,有些如拿捏笛箫,有些如撩拨琴瑟,有些简陋的就是喇叭唢呐。庄子还发明了一个词,叫"吹万",世间万物的千姿百态,都是大自然这么"吹"出来的。

风协调着世间的万有。和谐了,则风和日丽,风调雨顺。风遇到梗阻,风云突变,就会出问题,如台风、龙卷风、沙尘暴、大旱、大涝、酷暑、奇寒、厄尔尼诺现象、拉尼娜现象。"吹万"是大环境,大环境是人力不能左右的。有人类历史以来,大环境基本没有什么变化,太阳还是那个太阳,月亮还是那个月亮,星辰还是那样的星辰,包括海洋和大江大河,基本还是老样子,中间出现的局部问题,都是人类自酿的苦酒。"人定胜天"这个词,不是去挑战大自然。本意指人心的祥和安定,是天之胜,是老天爷最大的愿望,中国古人不倡导逆天的行为。

我们每个人的身体,都是一个小地球,也可以叫小宇宙。一个人起早贪黑的忙碌,就是地球在一天一天自转。我们的身体被风内控着,意气风发,神清气爽,满面春风,甚至趾高气扬,都是风在体内运行正常的形态。风行不畅,麻烦就来了。风在"窍"处遇阻,会打嗝,放屁。风滞在经脉上,风湿、类风湿、关节炎,包括痛风这些病状就出现了,这些都是小麻烦,"中风"就复杂了,不仅仅是风行不畅,是风控制不了身体的局面了。中风的初级阶段眩晕、肢体麻木,高级阶段的恶果就不用我说了。

一个老中医说过两句顺口溜,一句是"通则不痛,痛则不通",指的就是风在体内的运行原理。另一句是"有病没病,防风通圣"。"防风通圣丸"是老方剂,如今已是中成药,很普通,很便宜,两三块钱就给一大包。药普通,效果却神奇,有病治病,没病调理身子。

风和气不仅是生理的,还连着心理。喜怒哀乐是生理的,但和心理纠缠在一起。心安理得,心澄意远,也是这一层意思。生理和心理是"意识"的基础,说地基也行。意识的俗称叫念头。一个人从早晨醒来第一个念头计算起,到晚上睡着之前最后一个念头(把"梦想"排除在外),一天之中要生出多少"杂念"?主动的、被迫的、潜意识的、下意识的,恐怕再细心的人也不便统计出来。这些念头串联在一起,一天又一天,一年又一年,人活一辈子,就是活这些念头。万念俱灰是形容一个人活够了,活烦了。因此,儒家强调明心见性,修心养性。道家不仅修心,连身子骨都修。儒和道两家都是围绕着一个人的"万念"去修,去粗取精,去伪存真。庄子讲的"吹万",也涵盖着人的具体过日子。

修身养性是内装修,但内装修妥帖了,还要有所为,一个身心健康的人,如果一辈子碌碌无为,应该是最大的憾事。儒家的核心价值观是"修齐治平",修身、齐家、治国、平天下。修身、齐家是内装修,治国、平天下是有所为。但要留心并警惕"平天下"这个词,平天下,不是征伐四方,而是天下平。一个人做好内装修,安顿妥当了自己和家人,之后去做一番治国安邦的大事业,但最高的理想状态不是傲视群雄,一览众山小,而是与天下人和谐相处,共筑大同世界。

在中国古人的观念里,气是生命的根源,"人之生,气之聚也,聚之则生,散之则死"(庄子《知北游》)。也是动力源,"天地合气,万物自生,犹夫妇合气,子自生矣"(王充《论衡·自然》)。气贯通着天地人,"人与天地相参也,与日月相应也"。气是虚的,达到至虚的境界,精气化为神。神气,是大清和的澄明境界。但气产生于实,脱离了脚踏实地,就成了无根的逍遥。气有实质,一个有气质的人,如同高耸的大厦具备了不朽的地基。

经济膨胀之下的政治滩涂
——汉代的吴地面貌

汉代的吴和越

经过漫长时间的纷争和割裂,到了汉代,吴和越被重新洗牌,兼容并蓄着走到了一起。

公元前494年,吴王夫差大胜越军,越王勾践卧薪尝胆,韬光养晦。二十二年之后,公元前473年,越国举兵伐吴,取得完胜,夫差自刎,吴亡国。这是我们中国人耳熟能详的励志典故之一。勾践之后又沿嗣六代,越国被楚国灭亡,这一年是公元前306年,"粤(越)既并吴,后六世为楚所灭"(《汉书·地理志》),至此,吴与越在中国大历史的政治视域中被覆盖。

公元前223年,秦始皇灭楚国,越地旧部避秦乱散入闽中、闽北山区,和浙江东部沿海,并称东越。

公元前221年,秦朝一统天下,但仅仅十五年之后即大厦崩溃。一个强大的军事帝国,为什么如此短命?这个问题成为后世有作为的政治家思考和警惕的焦点。公元前206年西汉建国,汉高祖十一年(公元前196年),刘邦册封侄子刘濞为吴王,吴国都邑在扬州,下辖三郡(省):东阳郡(郡治在金华)、鄣郡(郡治在吉安)、吴郡(郡治在苏州),共领五十三个县。公元前154年,刘濞牵头串联六个藩国造反,史称"吴楚七国之乱",三个月后被平复,吴国撤藩设郡。到西汉末年,吴地共存置七个郡,会稽、九江、鄣郡、庐江、广陵、六安、临淮。

汉初的越,分东越和南越。

东越有两脉,闽越和东瓯,均是越王勾践的后代,避秦战乱远走异乡。公元前202年,刘邦与项羽争天下时,闽越的首领助汉有功,被刘邦封为闽越王,都邑在东冶(福州屏山)。公元前192年,汉惠帝(刘邦之子)封立东瓯王,都邑在东瓯(温州永嘉县)。

闽越与东瓯虽为同宗,却彼此不睦。公元前138年(汉武帝建元三年),闽越伐东瓯,东瓯王寻求汉朝廷保护,得以解困,后申请内迁,东瓯国举国移民,被分散安置在江淮之间。公元前111年(汉武帝元鼎六年),闽越叛乱,闽越王在平叛中被诛,之后汉武帝下诏,闽越国民全部内迁,仍遣散安置在江淮之间。汉武帝的政治智慧,是把勾践的两脉后裔,分散置入吴地,使吴与越融会贯通,兼容并蓄。

南越在岭南,有势力,也有影响力。秦朝时已经设郡,郡治在番禺(广州)。南越王赵佗是今河北正定人,秦时为南海郡的一个县令,后来取得郡尉信任得以继位。公元前204年,赵佗自立称王。公元前196年(高祖十一年),刘邦封赵佗为南越王,南越正式成为汉朝廷的藩属国。

刘邦时期,南越有完全的自治权,不受汉律节制,而且拥有军队。"与剖符通使,和集百越,毋为南边患害,与长沙接境"(《史记·南越列传》)。吕后执政时,汉朝廷限制相互间贸易往来,尤其禁止铁器物资南运。赵佗宣布独立,自号"南越武帝",不断北犯,相继攻掠长沙周边诸县,构成汉朝南部边疆的隐忧。

汉文帝刘恒继位后,委派官员修葺赵佗位于今河北正定的祖坟,且按时祭扫。赵佗深为感动,自撤帝号以藩臣事汉,循守高祖刘邦时期旧制。公元前112年(汉武帝元鼎五年),南越宰相吕嘉谋反叛乱,弑杀南越王及汉使臣。一年后叛军被剿灭,吕嘉被诛,南越国灭。自赵佗称王,南越国历五代而终,存世九十三年。

汉朝建立之初,最大的外患是北方匈奴。

此时的匈奴正值鼎盛时期,兵强马壮,以浩瀚的草原和大漠为根据地,引弓傲视中原。汉高祖七年(公元前200年)农历十月,刘邦统帅汉军与匈奴的彪悍之师在山西大同沿线巅峰对决。这一年的冬天来得格外早,刘邦对北方寒冬的冷酷预判不足,近三成的士兵被冻伤脚趾和手指,战斗力大打折扣,三十万汉军被二十万骑兵分割围困,几乎全军覆没,无奈之中屈辱求和,惨败而归。为集聚国力对抗来自北方的威胁,刘邦对南方采取绥靖政策,册封南越王,安抚东越,以稳定南国边疆。历经汉惠帝、吕后、汉文帝、汉景帝,到汉武帝执政中期,东瓯和闽越内迁江淮之间,南越国平复,南方的隐患终于消除,得以全力北御匈奴。但汉朝完全钳制住匈奴，已到了汉宣帝时期。汉宣帝甘露二年（公元前52年），匈奴内部大分裂，一分为五，南单于呼韩邪以臣子身份朝觐汉朝，以此为标志，彻底终结了荒原狼扰乱中原大地的历史，这期间淤积着长达一百五十年的苦难艰辛和国家疼痛。

吴王刘濞发动的"吴楚七国之乱"，正值北方匈奴猖獗时候，是给处于艰难之中的国家雪上加霜。

汉代的政治制度实行"双轨制"，一是沿袭秦朝的郡（省）县制，郡下设县。二是循用周代的"分封建国制"。汉初，刘邦册封七个异姓功臣王国，很快又以各种理由废止，只保留势孤人和的长沙王吴芮。册封九个刘氏宗亲王国，诸侯藩国实行自治，但比今天的自治区权限大，经济和行政独立，而且"宫室百官同制京师"。九个藩国辖地三十九郡，超过中央直辖的郡数（汉初设六十二郡），也就是说，超过半数的国土面积由藩国掌控。而吴国是藩国中的龙头老大，所辖三个郡共领五十三个县，范围包括江苏、安徽、浙江、江西及福建部分地区，占据江淮地理富饶优势，农业发达于其它地区，经济富足，物产丰厚。刘濞于公元前196年即吴王位，到公元前154年发动叛乱，经营吴地四十二年。

汉代之前的吴越民风，与今天江浙地区差异很大，气候宜居，物产丰饶，但民风尚勇奢野，"吴、粤（越）之君皆好勇，故其民至今好用剑，轻死易发"（《汉书·地理志》）。从孔子编选《诗经》时的"楚无诗"，到秦汉的"楚人轻悍，又素骄"（《汉书·刘濞传》），探究其动因，应是文化上的薄弱所致。这种局面自唐宋之后，再经明清，及至近现代，重科举，尚儒崇仁，既经济上甲天下，在文化上也滋润形成了蔚为大观的厚重之地。

仅仅天地养人是不够的，人之大更需要文化上的自我修养。

经济膨胀的背后和身后

有一个显而易见的问题：刘濞经营吴国四十二年后，在没有胜算的前提下，匆忙之中联络六个鲜有往来的藩王揭竿而起，这七位诸侯均是刘邦的直系族亲，是典型的"二代"造反，意欲推翻刘氏政权，究竟因为什么？要找到这个答案，先从刘濞的任命，以及他父亲的一个细节说起。

册封刘濞的时候，刘邦没有见过这个侄子，"已拜受印"之后，召见新晋爵位的吴王，一见面就后悔了，说，"你面有反相呵"，然后走到他身边，按着肩膀告诫，"五十年后东南方位有反叛者，不会是你吧？天下同姓是一家人，切记毋反！""已拜受印，高祖召濞相之，曰：'若状有反相。'独悔，业已拜，因拊其背，曰："汉后五十年东南有乱，岂若邪？然天下同姓一家，慎无反！"（《汉书·荆燕吴传》）这一年刘濞二十岁，俯在地上边叩首边说"不敢"。从公元前196年受封吴王，到公元前154年祸乱起兵，时间长度是四十二年。

大人物都是有预见力的。

刘邦封刘濞为吴王，属于迫于无奈。吴地是皇家后方大本营,江淮区域位置重要。又南接东越与南越,关涉国家防务。还有一点,吴越民风强悍,"轻死易发",因而需要一位作风硬朗的人物镇守。自己的儿子都小,不能担此大任。即便心有悔意,也只好由刘濞好自为之了。"上患吴、会稽轻悍,无壮王填之,诸子少,乃立濞于沛,为吴王"(《汉书·荆燕吴传》)。

刘濞是刘邦二哥刘仲的儿子。刘仲,字喜,汉高祖七年(公元前200年,刘邦与匈奴巅峰对决那年)被封为代王,驻守北疆要塞。代国的都邑在代县(河北张家口蔚县),下辖三郡,云中郡(内蒙古东南部)、雁门郡(山西北部、内蒙古南部)、代郡(山西东北部、河北西北部)。刘仲身为戍守边关的诸侯王,匈奴来袭时,弃都城只身逃亡,依律当斩。刘邦念及手足情,降职为郃阳侯(郃阳,陕西渭南合阳县)。刘邦这位二哥,基本是个不太靠谱的人。

一个失败的结局,往往在事情刚发端的阶段,就埋下了伏笔。

用现代的眼光看,刘濞不太具备一个政治人物的基本素质,性格外露,脑子不够清醒,执拗任性,甚至还有点一根筋。但就是这么一个人,在扬州城(时称广陵,旧称城邗)盘根错节,到了树大根深的规模。他牵头发动的"吴楚七国之乱",给建立不足五十年的西汉政权带来一场严重的危机。腐鱼从肚子开始烂起,三个月后,汉景帝止乱平叛,整饬清理了七位族亲带来的乱局,转危为安。西汉的统治者,也正是从这场危机中警醒,改革体制的弊端,逐步削弱藩国的权力,弱枝以强干。

让刘濞走向不归路的动因有三点:不受制约的体制;经济

膨胀之后,商业技术思维渗入吴国空气之中;精神苍白,土壤肥沃却不生长文化之树。人是活精神的,一个人少了精神,脑满肠肥空空皮囊,于社会不算什么。但如果一个区域,乃至一个国家缺失主体精神,问题就严重了。

汉代的政治构架是"郡县"和"藩国"双轨体制,一个国家,两种制度。郡县制的体制是清晰的,由郡到县,再上属中央集权。藩国是"自治区",从表面上看是上承两周的"分封建国",但藩王们都是刘邦的血缘近亲,在实际效能上有战国时期"主权而治"的阴影。藩国的权力空间很大,中央政府又缺乏行之有力的制衡机制。吴国是藩国中为所欲为的典型,到七国之乱时,刘濞已经连续二十多年"称病",不进京述职朝奉。

刘濞与朝廷的僵持抗礼起于"太子误伤至死"事件。吴太子进京,与汉文帝的皇太子游戏。吴太子"博争道,不恭",被皇太子失手误伤至死。说白了,就是两个孩子玩急眼了,皇太子失手误杀了吴太子。吴太子的尸体归葬至扬州时,刘濞恼羞成怒,说:"天下刘姓是一家人,死在长安就葬在长安吧。"又遣人把尸体送回长安,自此之后称病不朝。多年之后,汉文帝竟也默认了"堂兄"的僭越失序,赐吴王几杖(几案和拄杖,古人敬老之物),准允年老不朝。"而赐吴王几杖,老,不朝",是给自己找了个台阶,也是维护朝廷的脸面。

自此之后,"吴王日益横",其他郡国的罪犯纷纷逃来避罪,吴国则当成人才给予保护,禁止官差入境搜捕。这种水泊梁山式的招揽人才办法以及视朝纲国纪如无物的行为方式,渐渐被刘濞常态化。

"吴楚七国之乱"的惨痛教训是：如果一个国家内实行两种体制，对享有特权的一方，需要建立特殊的制衡机制。

与刘濞比较，汉文帝刘恒是有敬畏心的。胸怀敬畏之心是政治人物的美德，也是境界政治的重要标识。

刘恒是"公议选举"出来的皇帝，这在中国帝制史里是仅有的一例。吕后执政八年崩（公元前180年），丞相陈平、太尉周勃等几位老臣清除乱政的吕氏兄弟及门人，与众臣公议推举远在太原的代王刘恒为皇帝，即汉文帝。

即位元年，有司奏请册立太子，汉文帝答奏："楚王刘交是我叔父，年长德勋，通治国之道。吴王刘濞是我兄，淮南王刘长是我弟，都具德辅佐我。还有诸侯王室族亲以及功臣，如果从这些人中推举出可以弥补我不足的，是社稷之灵，天下之福。"这些话，或有些姿态之嫌，但一个皇帝敢这么讲，已经了不起了。

汉文帝即位第二年颁布法令，广开言路，废除妖言获罪法。"古之治天下，朝有进善之旌，诽谤之木，所以通治道而来谏者。今法有诽谤妖言之罪，是使众臣不敢尽情，而上无由闻过失也。"（《汉书·文帝纪》）

汉文帝十三年，为鼓励农耕，在国家财力紧张的前提下，免除全国的农业税，一直到其去世，共十三年。"农，天下之本。务莫大焉。今廑（勤）身从事，而有租税之赋。是谓本末者无以异也，其于劝农之道未备。其除田之租税"（《汉书·文帝纪》）。以农业为经济主体的国家，免除全国的农业税，是破天荒的伟大创

77

举,也是大胆的尝试,汉文帝取得了成功。当时吃不饱肚子的情况很普遍,饥民流亡,哀鸿于野,免除田租,农民被留在了土地上,日子可以过下去了,并且渐渐好转。富民以养国,小河水满,大河水涨,水涨船高于千里行。汉文帝在位二十三年,为汉代首个兴盛时代"文景之治"夯实了基础。

刘恒是一位开明帝王,宽仁为宗,心疼世人疾苦。既广开言路,又允执厥中。刘恒对堂兄刘濞心存不满,但又多予体谅。刘恒在位时,刘濞终不敢反。公元前157年文帝崩,景帝即位。三年后,刘濞彻底忘记了刘邦当年的告诫,自取灭亡。

吴国的经济实力雄厚,按GDP计算的话,人均比例在全国遥遥领先。其经济来源主要是铜和盐,是当年的"资源大省"。盐是民用物资,"煮海为盐",沿江淮广销多地。铜是铸币的原材料,本该是国控物资,却被吴国封锁占据。汉代建国之初,是真正的一穷二白,许多重要领域都是因陋就简,汉朝廷甚至没有能力发行货币,袭用秦朝的"半两"钱,以币重十二铢(一两二十四铢)而得名。吕后执政时期,因铜资源紧缺,一枚币重缩水为八铢,到汉文帝时又缩水为四铢,但币面仍铸印"半两"二字。直到汉武帝元狩五年(公元前118年)才废止"半两"钱,由中央政府统一发行"五铢"钱。"罢半两,行五铢钱"(《汉书·武帝纪》),并且严禁民间私铸。而在此之前,朝廷是默认民间私铸的。汉武帝之前的货币,没有统一的制式,轻重不一,薄厚不等,有的甚至只有"榆钱"大小,被讥为"榆荚半两"。吴国大量盗铸钱币,辖区内的彰郡(安徽省境内)有铜矿,"吴有豫鄣郡(鄣郡)铜山,即招致天下亡命者盗铸钱"(《汉书·荆燕吴传》),采矿、冶炼、铸币一条龙生产。吴国的财富,用盐挣来一部分,更多的是自己盗铸"生产"出来的。发动"七国之乱"后,刘濞给其他六国的"诏书"中,有这样土豪的奖励条款:"能斩捕大将者,赐金五千斤,封万户;列将,三千斤,封五千户;裨将,二千斤,封二千户;二千石(郡守级官员),千金,封千户……寡人金钱,在天下者往往而有,非必取于吴,诸王日夜用之不能尽。有当赐者告寡人,寡人且往遗(送)之。"(《汉书·荆燕吴传》)

在当年,吴国民众的日子也滋润,"百姓无赋"。赋,是国家征收的用于军事用途的税收。西汉前期,北方匈奴常常犯边扰境,国家戍边压力很大。朝廷规定,国内十七岁至五十六岁男子,每人每年有三天的义务兵役期,无力或无意戍边者,可上缴朝廷三百钱。此项赋种又称更赋,细分为卒更、过更、践更。已服兵役叫卒更,上缴朝廷三百钱抵代,由官方应征戍边者,叫过更;自行出钱雇佣人代为服役,叫践更。吴国全民无赋,由藩国出资承担,而且此项费用也不上缴朝廷,而是施行践更,按市场价雇佣人代为戍边。"卒践更,辄予平贾。"吴国对待戍边卫国这样的大事情,明码标价,而且账是算得很细的。

刘濞富可敌国,"吴以诸侯即山铸钱,富埒天子"(《汉书·食货志》),但在文化上毫无作为。刘濞主政的四十二年间,正是汉代整理修复先秦文化典籍从开始到兴盛的阶段。秦始皇公元前221年统一全国,八年后,下达"焚书令",全国范围内禁书、烧书,《诗经》《尚书》以及诸子百家著作均是首要禁书,私自藏书以罪论处,甚至"弃市"(斩首示众)。六年之后,秦朝灭亡。刘邦读书少,但纳谏明听,即位不久就在全国范围内下达"征书令",由政府出资,在全国范围内征集典籍著作。到文帝和景帝时期,抢救性整理中华文化典籍蔚然成风,已达到"显学"的程度。与吴国相邻的淮南王刘安,地跨河北、山东的河间王刘德,成为这一方面的代表人物。河间王刘德嗜书成癖,散金募书,整理留传了《毛诗》《左传》《尚书》《礼记》等。淮南王刘安门下礼遇儒生术士几千人,著成《淮南鸿烈》(《淮南子》)。汉代文化先贤们上接传统,恩泽后世,修复了被秦始皇割裂的文化生态,以向后走的方式向前行进,把文化的大后方照亮成了远方。

文化是虚象的,但时间久了沉淀下来,浸入土壤地脉就成了实的。现代汉语中称文化是软实力,指的就是这一层意思。

万幸!刘濞给江淮之间这片沃土留下的烙印,早已经被风吹走了。

端午节,自汉代开启的国家防疫日

端午中的这个午,是十二地支序次里的午。

中国古人的天文观念,以冬至日为一年开始的第一天。这一天阳气由地心上行,因而也称"一阳"。"冬至一阳初动,鼎炉光满帘帏。五行造化太幽微。颠倒难穷妙理。""新阳后,便占新岁,吉云清穆。"冬至所在月是今天农历的十一月,古人以十二地支纪年,这个月称子月,之后依次序是丑、寅、卯、辰、巳、午、未、申、酉、戌、亥,午是农历五月。端午具体指五月的首个第五日,即五月初五。

古代中国人对五月有顾虑,甚至有恐惧。五月不宜盖房子,"五月盖屋,令人头秃"。五月上任官员的仕途,就此止步,不再高就,"五月到官,至免不迁"。这个月,须处处谨慎行事,"掩身,毋躁,止声色"。夫妻房事也暂停,一些地方的民俗,新媳妇要送回娘家住一个月,叫"躲五",这个月播种出生的孩子,男伤父,女伤母。在古代,五月还称"毒月",上中下旬的五、六、七日,合称"九毒日"。古代的这些认识,与对瘟疫的恐惧有关联。五月阳气炽盛,同时阴气滋生,阴阳交争易发瘟邪。"九毒日",用今天的话表述,叫"瘟疫高发期"。端午,是"九毒日"之首,在汉代,这一天要举行国家大祭祀驱瘟。把这一天确立为节日,是唐代之后(此说依据马汉麟先生)。这个节日的涵义特殊,不是节庆,可以理解为古代的"全民防疫日"。

我说说汉代时候,人们对端午的一些认识:

十二地支纪年,从"冬至"所在的农历十一月开始,"冬至子之半,天心无改移。一阳初动处,万物未生时"。子,对应农历十一月,丑是腊月,寅是正月,卯是二月,辰是三月,巳是四月,午是五月,未是六月,申是七月,酉是八月,戌是九月,亥是十月。

十二地支依据天地时令的大序,有具体的涵义和指向,子即"兹",农历十一月一阳初动,万物由此发端萌生。丑是"纽",腊月里阳气上通,阴气固结渐解。寅是"演",正月前后见立春,三阳开泰,万物衍然而生。卯是"冒",万物在二月出地表。辰是"震",三月里,蛰伏的动物苏醒,蠢蠢而动。巳,本义是胎儿,引申为后嗣,人间四月天,生机旺盛。午是"杵",舂米的木杵,引申为"啎",抵触、忤逆。"五月,阴气午逆阳,冒地而出。"(《说文解字》)。"午者,阴阳交"(《史记·律书》),阴气和阳气交相抵触。未是"味",六月里万物有成,有滋有味。申是"神明","申,神也。七月,阴气成,体自申束,从臼,自持也"。七月,阴气持重,民俗以此为鬼月。酉,本义是盛酒的器皿,引申为"成就","八月黍成,可为酎酒"。戌,本义是宽刃兵器,引申为"灭","九月阳气微,万物毕成,阳下入地"。亥是"荄",指草根,"十月,微阳起,接盛阴""阳气根于地下"。农历十月,阳气收藏于地下,以待来年重生。

午,在一天的时辰里,对应十一时至十三时之间,是最热的时候。在一年中,对应五月,是最热的季节。这个月里,有"夏至"节气,"是月也,日长至,阴阳争,死生分"(《礼记·月令》)。夏至,不是夏天到来,而是夏之极至。这一天,白天时间最长,是"阳极"。中国古代哲学讲究辩证法,"阳极"之中藏着"阴变"。这一天,阴气由地心开始上行,称"一阴","夏至一阴生,阴动而阳复于静也"(《周易·正义》)。"璿枢无停运,四序相错行。寄言赫曦景,今日一阴生。"这一天,阴气上行,与阳气抵触,纷相争扰。汉代的《淮南子·天文训》对五月的概括是:"阴生于午,故五月为小刑,荠、麦、亭历枯。"一阴生于夏至,五月已有轻度的肃杀之气,荠菜、麦子、葶苈子等植物枯黄。

五月也称"毒月",上中下旬的五六七日,合称"九毒日",再加上五月十四"天地交泰日",共十天,是传统认识里的"疫情多发期"。进入五月,长江流域是梅雨季,雨多、溽热、潮湿,吃的、穿的、住的、用的易霉变。在黄河流域,蝼蛄(拉拉蛄)、螳螂等害虫现身,而且这个季节,北方最怕干旱,旱则百虫生,秋收基本就没有指望了。端午这一天,是"九毒日"之首,从汉代开始,这一天要举行国家大祭祀,用以南方防疫,北方祈雨。"命有司为民祈祀山川百源。大雩帝(祈雨祭祀),用盛乐(祭祀时多种乐器合奏)。乃命百县雩祀,百辟卿士有益于民者,以祈谷实"(《礼记·月令》)。"乃命渔人伐蛟取鼍(扬子鳄一类),登龟取鼋。令溠人(湖政官员)入材苇(湖畔蒲苇)。命四监大夫,令百县之秩刍(有防疫效用的百草),以养牺牲,以供皇天上帝、名山大川、四方之神、宗庙社稷,为民祈福行惠"(《淮南子·时则训》)。今天的民俗里,仍散落着当年国家大祭祀的一些细节,门前悬菖蒲、艾草,用苇叶包粽子,雄黄酒涂于孩子额头、手心、脚心等。《礼记·月令》中"乃命百县雩祀,百辟卿士有益于民者"这句话,指各地的祭祀要因地制宜,多挖掘一些有影响的历史人物,"百辟卿士",以使祭祀免于形式主义,贴近老百姓的生活,"有益于民者"。端午节与屈原的关联,应该是当年这么挖掘出来的。

古人对天地的观察是细致入理的。五月有"芒种"和"夏至"两个节气,各十五天。每个节气又分为"三候",候是时令变化后发生的自然界状态,五天为一候。芒种三候:初候,螳螂生;二候,伯劳始鸣;三候反舌无声。伯劳和反舌是两种鸟,一种开始叫,一种不再发声。夏至三候:初候,鹿角解,鹿是阳物,此时一阴生,遇阴气,鹿角脱落;二候,蜩始鸣,蜩是蝉;三候,半夏生。半夏,中草药一种,生于此时,故名半夏。

《礼记·月令》对五月里人们的行为有具体的规范和建议,归纳一下,大致有七种:

一、仲夏之月,"其帝炎帝,其神祝融"。五月的主宰,天帝是炎帝,天神是祝融。两位均是火神,居南方。五行属水,主色是赤。

二、命乐师修鞀鞞鼓,均琴瑟管箫,执干戚戈羽,调竽笙埙篪,饬钟磬柷敔(上述均为祭祀乐器)。命有司为民祈祀山川百源,大雩帝,用盛乐。乃命百县雩祀,百辟卿士有益于民者,以祈谷实。

三、令民毋艾蓝以染,毋烧灰,毋暴布。门闾毋闭,关市毋索。这些是防疫的具体措施,不以蓝草染布,不烧灰涑布,不晒布。家门街户多通风,关隘和市场畅通。

四、"是月也,日长至,阴阳争,死生分""毋或进"。这个月,阴阳纷扰,严禁给君主进献嫔妃。

五、君子齐(斋)戒,处必掩身,毋躁,止声色。斋,指养斋心,心安是斋。吃素食不是斋,是戒。有些人天天吃素食,但做出的事,比吃生肉的还凶猛,这样就和斋这个字有距离了。止声色,夫妻间这个月暂停房事。

六、是月也,毋用火南方。可以居高明,可以远眺望,可以升山陵,可以处台榭。这个月,宜登高远望,但登高先要知自卑。知自卑,戒自大,才有自重,这是中国人的生存哲学。

七、五月,给政府乱作为的警告是:仲夏行冬令,则雹冻伤谷,道路不通,暴兵来至。行春令,则五谷晚熟,百螣(蝗虫)时起,其国乃饥。行秋令,则草木零落,果实早成,民殃于疫。

85

没有底线的时代,笨人是怎么守拙的

一

笨的本意,是竹子的一部分。

竹子外表的青皮,叫筠,俗话称竹篾。竹子内部的那层白膜,叫笨。这是《广雅疏证·释草》给出的定义和定位,"其表曰筠,其里曰笨"。

竹子,在我们中国人的观念里,走两个极端。竹,又名冬生草,与梅、松并称"岁寒三友",又与梅、兰、菊合誉为"四君子"。竹有君子之德,正直挺拔,节节向上;澹泊澄心,抱朴守拙;谦谦古风,虚怀知退;卓尔自立,怡然合群。这些是正形象。负形象是腹中空空,"竹之大体多空中,而时有实,十或一耳",明朝的解缙有个生动的老对联,"墙上芦苇,头重脚轻根底浅;山间竹笋,嘴尖皮厚腹中空"。

笨,引申的意义是守本分。

中国的传统既崇尚智慧，又对"智"保持警惕，"德荡乎名，知(智)出乎争。名也者，相轧也。知也者，争之器也。二者凶器，非所以尽行也""君子之处也，若无知"；"夫道不欲杂，杂则多，多由扰，扰则忧，忧而不救""慎汝内，闭汝外，多知为败……我守其一，以处其和""说(悦)知邪，是相于疵也""喜怒相疑，愚知相欺，善否相非，诞信相讥，而天下衰也"。中国人讲究大智若愚，讲大音稀声，默雷止谤，反感聪明自泄。空心的竹子，是箫、笛子这些响器的基础材料，而竹子内部的那层白膜，与闹动静者为邻而缄默自省，这份拙，是守住了。

二

《列子·黄帝》这篇老文章中，讲了一个笨人自守的故事。

中国的大历史里，国家分裂最惨重的是"春秋"和"战国"两个阶段，时间长达五百五十年，公元前770年至前476年是春秋，公元前475年至前221年是战国，这两个阶段，诸侯割据分治，由四分五裂，到七零八落，连朝代的名称都含糊其辞，用《春秋》和《战国策》两部史书替代，可见其乱的不堪与难堪。乱世出大人物，但如果大人物们百舸竞流，不汇聚成共同前进的主流，而是各自奋楫，各自西东，支流漫过主流，大人物们的智慧有多高，世态和世象就有多乱。

《春秋》记载的诸侯国是一百二十个："孔子受端门之命，治《春秋》之义，使子夏(子夏，孔子学生，名卜商)等十四人求周史记,得百二十国宝书,九月经立。"孔子受周天子之命,以鲁国国史为基本框架,兼容一百二十个诸侯国的国家史料,用九个月的时间,著成《春秋》。《战国策》中记载的诸侯国是三十四个,由春秋到战国,有近九十个诸侯国在混战中亡国。春秋和战国,理论上是东周序列,但在春秋时期,周天子已经名存实亡了,仅仅是个摆设,是名分上的国家君主。进入战国之后,连这个名分都没有了。

《列子》中这个故事的背景就是战国时候,主人公有两位,一位是达人,叫范子华,一位是笨人,叫商丘开。

战国,是天下无主,达人料理国家的时代。

达人,是社会精英,是文化翘楚。诸侯国君们是董事长,聘任达人出任CEO,达人们不仅是思想智库,还是执行者,由后台走上前台,像运营企业那样各自治理国家。儒家、墨家、法家、黄老家、兵家、名家、阴阳五行家以及黑恶势力、车匪路霸,各彰其长,同场角逐,中国思想史中最璀璨的时代来临了,但思想者闪烁的光芒并没有照亮那个时代。思想者们为自己的思想寻找落脚点,或叫试验田,代表人物是孔子,从五十五岁到六十八岁,他周游列国,走了九个诸侯国,到处碰壁。儒家奉行规矩治国,礼仪天下,寻求放长线钓大鱼,但这在当年是行不通的。公元前479年孔子辞世,三年后,春秋时代结束。战国时代开启,速效政治与趋利主义的特征更加突出,诸侯国君与达人们双向选择,达人们是教练员,也是运动员,但没有裁判,没有共守的法则,一切以胜负输赢为前提。思想者之间的理性碰撞固化为你死我活的政治丛林,究其本质,这样的文化生态是反文明的。诸侯列国在这样的生态中尔虞我诈,相互兼并,由三十四个重组为七个,即"战国七雄",到公元前221年,秦始皇以"暴秦"的模式吞并六国,一统天下。但仅仅过了十四年,公元前207年,秦朝这座大厦轰然倒塌。一个拥有强大军事力量的超级帝国,仅存世十四年的时间,在世界历史中也是罕见的。

短命的秦朝,是战国时期社会意识形态的集中呈现,也可以理解为是战国式思维的回光返照。

三

《列子·黄帝》节选:

> 范氏有子曰子华,善养私名,举国服之。有宠于晋君,不仕而居三卿之右。目所偏视,晋国爵之;口所偏肥,晋国黜之,游其庭者侔于朝。子华使其侠客以智鄙相攻,强弱相凌。虽伤破于前,不用介意。终日夜以此为戏乐,国殆成俗。
>
> 禾生、子伯,范氏之上客。出行,经坰外,宿于田更商丘开之舍。中夜,禾生、子伯二人相与言子华之名势,能使存者亡,亡者存;富者贫,贫者富。商丘开先窘于饥寒,潜于牖北听之,因假粮荷畚之子华之门。
>
> 子华之门徒皆世族也。缟衣乘轩,缓步阔视。顾见商丘开年老力弱,面目黧黑,衣冠不检,莫不眲之。既而狎侮欺

诒,擽拟挨抶,亡所不为。商丘开常无愠容,而诸客之技单,愈于戏笑。

遂与商丘开俱乘高台,于众中漫言曰:"有能自投下者,赏百金。"众皆竞应。商丘开以为信然,遂先投下,形若飞鸟,扬于地,骱骨无毁。范氏之党以为偶然,未讵怪也。

因复指河曲之淫隈曰:"彼中有宝珠,泳可得也。"商丘开复从而泳之。既出,果得珠焉。众昉同疑。

子华昉令豫肉食衣锦之次。

俄而范氏之藏大火,子华曰:"若能入火取锦者,从所得多少赏若。"商丘开往无难色,入火往还,埃不漫,身不焦。

范氏之党以为有道,乃共谢之曰:"吾不知子之有道而诞子,吾不知子之神人而辱子。子其愚我也,子其聋我也,子其盲我也,敢问其道。"

商丘开曰:"吾亡道。虽吾之心,亦不知所以。虽然,有一于此,试与子言之。曩子二客之宿吾舍也,闻誉范氏之势,能使存者亡,亡者存;富者贫,贫者富。吾诚之无二心,故不远而来。及来,以子党之言皆实也,唯恐诚之之不至,行之之不及,不知形体之所措,利害之所存也。心一而已。物亡迕者,如斯而已。今昉知子党之诞我,我内藏猜虑,外矜观听,追幸昔日之不焦溺也,怛然内热,惕然震悸矣。水火岂复可近哉?"自此之后,范氏门徒路遇乞儿马医,弗敢辱也,必下车而揖之。

四

范子华和商丘开是虚拟的两个人物。

范子华是政治达人的典型,出生于晋国望族,尽管在政府中无官无职,但取信于晋国国君,势力和影响力在三公之上。"范氏有子曰子华,有宠于晋君,不仕而居三卿之右"。范子华在晋国举足轻重,"能使存者亡,亡者存;富者贫,贫者富"。他看好的人一路飙升,他不待见的人在晋国没有容身之地,"目所偏视,晋国爵之;口所偏肥,晋国黜之"。

战国那个时候,还没有"科举取士"这样的国家选拔人才的渠道,一个人,如果想成为政府公职人员,要通过政治达人的举荐,才能脱颖而出,这是战国时期"门客"之风盛行的主因。范子华的门楣之下,荟萃着众多投靠而来的人才,"善养私名,举国服之"。还有一句话很重要,"游于庭者侔于朝"。侔是相当的意思。来范子华家里走动的人,数量与朝廷相当。

商丘开是老农民,是"田更",更是叟的异体字,家住郊野。这一天,范子华的两个门客来家里借宿,半夜里侃大山,商丘开偷听到了范子华的超级能量,第二天就借了盘缠背上铺盖去投奔范子华了。"潜于墉北听之,因假粮荷畚之子华之门",商丘开"听窗根"这个细节很生动,故事就由此展开了。

范氏门客多为世族显贵,"子华之门徒皆世族也",既骄奢淫逸,也弱肉强食,"智鄙相攻,强弱相凌,虽伤破于前,不用介意",彼此之间的斗法导致伤残,自担后果。身为老板的范子华

"终日夜以此为乐",这种丛林习气是常态,甚而蔓延至整个晋国,"国殆成俗",由习气而成为社会风气,"殆"这个字评点到了要害处,已陷入危境。

商丘开一介农夫,"年老力弱,面目黧黑,衣冠不检",与范门之风格格不入,如刘姥姥进大观园,旋即成为众门客"找乐子"的对象,"莫不眲之,狎侮欺诒,攩㧙挨抶,无所不为","眲"是轻视的意思,"狎侮欺诒"是态度,后边还跟着四个动作,攩是摇,㧙是推,挨是揉,抶是刺。当这种便捷式的人身攻击渐成无趣之后,升级版的绝命套路就连环上场了。

第一个套路是赌局。先把商丘开哄到一处高台之上,一个人当众宣布赌注:"谁从这里自愿跳下去,我出一百金。""众皆竞应",众门客纷纷做出跃跃欲试的样子。商丘开唯恐落后,率先跳下,"形若飞鸟,扬于地,骪骨无毁",这是商丘开高空落地的状态。"骪骨无毁"是没有伤到骨头,皮肉之苦应该是有的。众门客以为商丘开命大,傻小子有傻福,"范氏之党以为偶然,未讵怪也"。

《列子·黄帝》这篇文章在此处深埋了一笔。

在列子的思想中,人的最高境界是诚,"诚者,信也",至诚至信之人存天真,可守天元,可得天佑。儒家也有类似的认识,"诚者,天之道也。思诚者,人之道也""诚者自成"。吕洞宾后来发扬了列子的思想,"恍惚之间专志气,虚无里面固元精""返本还元道气平,虚无形质转分明""时而试问尘中叟,这个玄机世有无"。现实生活中也有这样的例子,睡熟之人、婴儿以及醉鬼,自高处跌落,极少伤及性命。心中不设防线的人,得天独厚。

第二个套路是骗局。门客们把商丘开引到一处河流急转弯的地方,"河曲洇隈",是河流转弯之地。有人指着水势湍急的漩涡,"这里面有宝珠,水性好的可以取之"。商丘开跃入漩涡之中,从水中出来的时候,手中真的举着宝珠。"既出,果得珠焉。"

此处是列子的第二个伏笔。

道家观念里的"空",是对有和无的辩证思维,与佛家有相似之处,但也有区别。空有两个指向,一是没有,再是大有。空房子、空水杯,这个空是具体的,是无。但天空和太空中,不仅有,而且是大有,其中太多东西在人类的认知之外。大有是无限的,引领着人类的智慧不断地上台阶,升境界。佛家讲色即是空,空即是色。道家讲"真空",最高境界是连空也没有了。《西游记》中的孙猴子是道与佛的兼容体,出身于道,成身于佛,并且有太上老君的锤炼和佛祖的加持,这位可上九天揽月,可下五洋捉鳖的超级男,法名叫"悟空",指的就是需要不断地上台阶,升境界。

吕洞宾对"空"的开悟是,"水中白雪微微结,火里金莲渐渐生""谁知神水玉华池,中有长生性命基""尽向有中寻有质,谁能无里见无形"。

这两个回合之后,众门客对商丘开的态度发生了改变。"众昉同疑","昉"是曙光初现。范子华也注意到了商丘开的不同凡响,"子华昉令豫肉食衣锦之次",商丘开的地位和待遇提高了,"肉食衣锦之次",进入了重要门客的序列。

接下来一场火灾彻底改变了商丘开的命运。

范氏藏宝楼发生大火,"俄而范氏之藏大火",在火灾现场,范子华发布命令,"谁从火中抢救出宝物,宝物就奖赏给谁"。商丘开的高光时刻来到了,在熊熊烈火中往来穿梭,最神奇的是,"埃不漫,身不焦",身上不沾火星烟尘,衣服、头发毫无焦伤。

藏宝楼事件之后,范氏门客都服气了,以商丘开为得道高人,集体向他请罪:"我们不知先生有道术而欺骗您,不知先生是神人而侮辱您,您把我们当呆子、当聋子、当瞎子吧。请您给我们布道吧。"

"我没有什么道术",商丘开接下来所说的,也是这个老故事的核心要义,"我能够做到这些,自己也不知道是怎么回事。既然诸位询问,我试着说说吧。当初两位门客在我家里留宿,讲到子华先生可以使存者亡、亡者存,贫者富,富者贫,我深信不疑,才投奔而来的。从我来到的第一天开始,以你们诸位讲的话句句为实,而且唯恐诚之不至,行之不及。外物不能伤及到我的身体,就是心诚所至吧。今天才知道你们是在设计欺骗我,我的内心开始有疑虑了,这几次事件中,我没有被摔死、被溺死、被烧死,现在我是又庆幸,又忧伤,还担惊后怕,我真是笨到家了,以后再不可能接近无情之水火了。"

心中有了疑惑,诚就没有了。这是道家的理念。

笨到家的商丘开,改变了范氏的门风。自此之后,众门客们在道路上遇见乞丐、马医等社会底层人,不敢再冒犯,必定下车拱手行礼。

五

　　宰我闻之,以告仲尼。仲尼曰:"汝弗知乎?夫至信之人,可以感物也。动天地,感鬼神,横六合而无逆者,岂但履危险,入水火而已哉?商丘开信伪物犹不逆,况彼我皆诚哉?小子识之!"

　　商丘开的经历,被孔子的门生宰予知道了。宰予,字子我。他讲述给孔子,孔子做出了精彩评论:"你不知道吗?至诚之人,可以感化万物,动天地,感鬼神,纵横天地之间所行无阻碍,岂止是履危险、入水火这样的事。商丘开在谎言伪物面前都能持之以诚心,更何况我们这些以守诚为信念的人呢。牢牢记住吧。"
　　《列子·黄帝》是寓言,所谓寓言,就是下潜了深度的故事。列子的文章,不仅有深度,而且笔法生动,虚实掩映,开合有致。以孔子的评述作为结语,是给这个寓言开了一个天窗。

六

　　守本分,就是守住人的底线。
　　坊间有一句数落人的大实话,"四六不懂",是批评人不懂规矩,不守本分的。四和六的涵义有多种说法,一种是"四维"和"六艺",四维是礼义廉耻,六艺是古人强调的六种生存本领,礼乐射御书数。还有一种说法挺有趣,以"天地""父母""夫妇"的笔画数而论,天是四画,地是六画;父是四画,母是六画;夫是四画,妇是六画。寓指不知天高地厚,不守人之根本与伦常。

吕洞宾悟道,多以日常事物为出发点,日常事务中蕴藏着人的根本,"我家勤种我家园,内有灵苗活万年""有畛有园难下种,无根无脚自开花",还有一句也涉及四六,"四六关头路坦平,行人到此不须惊"。悟道是开窍,是去做云端之上的高人,但高楼大厦的地基,是与高度相呼应的,地基不牢靠,高度就是虚的。

在掌控与失控之间
——汉代的五个特别行政区

前提,或者背景

五陵邑,是汉代的五个国家级开发区,但不是经济特区,是政治特区。

西汉一朝,从公元前206年到公元25年,二百三十年的历史。事实上,刘邦是汉五年(公元前202年)才称帝,以公元前206年为建国纪元,因为他与项羽的那个约定——"先破秦入咸阳者王之"(《史记·项羽本纪》)。公元前206年十月,刘邦先项羽攻入咸阳城,并接受秦朝皇帝子婴投降,"沛公兵遂先诸侯至霸上。秦王子婴素车白马,系颈以组,封皇帝玺符节,降轵道旁"(《史记·高祖本纪》)。但此时,刘邦的军事实力与政治势力,远逊于项羽,著名的"鸿门宴"故事就发生在这个环节。请客吃饭也是革命,项羽在鸿门(今西安市临潼区内)给刘邦摆了一桌子饭菜,布下陷阱,用西安话表述,是"挖了一个坑"。刘邦不得已放弃胜利果实,在宴席中间智慧逃生。

公元前202年一月,刘邦在转战途中称帝,但称帝的具体时间和地点均不详细。《汉书·高帝纪》记载是"春正月",但依"秦历",正月应为十月。秦朝奉行"颛顼历",农历十月为岁首正月。《汉书》记载"春正月",是含糊其辞,相当于"就按一月算吧"。地点也无定论,大致在山东、安徽、河南三省的交界地带。一种说法是山东菏泽城内,也是衍说。五月,刘邦定都洛阳。这也是说说而已,没有任何定都的举措,是行军到了洛阳。六月里的一天,一个叫娄敬的人冒死求见,陈述定都长安的种种益处,刘邦当天即决定"迁都"长安,拔营西向,来了一次说走就走的旅行,"是日,车驾西都长安"。从这个细节也可以看出,刘邦的军营就是"国都"。冒死上谏的娄敬是"戍卒",一名普通的边防军战士,但此后大受器重,并获赐刘姓,换姓不改名,称刘敬。《汉书·郦陆朱刘叔孙传》中的刘敬,即是娄敬。

这一年十二月,刘邦终于完胜项羽,基本掌控国家大局。

严格讲,西汉是应该以公元前202年为建国元年的,但称帝的时间、地点不清晰,也过于潦草。比较而言,以公元前206年开纪元,刘邦亲自接受秦朝皇帝的投降,还有"先入咸阳者为王"的历史性约定,就显得体面多了。

但此时的长安,尚不具备作为国家首都的基础条件。北边的秦都咸阳,已经因项羽一把烧了三个月的大火而瓦砾遍地。还有一个重要的因素,由于连年战火,民不聊生,关中地区人口流失严重。公元前189年,有过一次人口普查,长安城人口仅为二十四万多。"户八万八百,口二十四万六千二百"(《汉书·地理志》)。这次人口普查是汉惠帝刘盈诏令进行的,汉高祖十二年(公元前195年),刘邦山崩,刘盈继位。元年,开始修筑长安城,六年而成,之后进行人口普查。刘邦执政时期,首都长安是无城的,人口也不会超过二十四万。

当初之所以选定长安,有两个主因,一是项羽势力仍然强大,雄踞关东。以长安为都,可以凭据秦岭—黄河的天然屏障,进可攻,退可守。二是长安是西周故都,树大根生,人文厚重,可使国家长治久安。

汉高祖七年和汉高祖九年,娄敬又上谏两件大事,均以国家安全为中心,全部被刘邦采纳。一是北和匈奴,攘外先安国内;二是由关东地区向长安大移民。

提出第一个谏议时,娄敬遭到刘邦劈头盖脸一顿臭骂,直接打入牢狱。"'齐虏!以口舌得官,今乃妄言沮吾军',械系敬广武"(《汉书·郦陆朱刘叔孙传》)。"你个靠嘴吃饭的齐国俘虏,胆敢妄言军事,败我大军士气。"然后直接让人捆绑着压入广武县(今山西代县)大牢。娄敬原为齐国人,齐国兵败后,被征为"戍卒"。刘邦称娄敬为"齐虏",肯定是气急了,才揭着老底骂他。这件事发生在刘邦率军北伐的途中。汉高祖七年,驻守山西北部的韩王信与匈奴合谋叛汉,刘邦率军征讨。行军至晋阳一带,派娄敬前往侦查匈奴敌情,娄敬返回时上奏:我们对匈奴的情况掌握太少,此次出兵凶多吉少,当下匈奴正值强大的时候,不战为好。刘邦气急败坏中处理完娄敬,继续挥师北上,在大同白登山与匈奴遭遇,被围困七天,几乎全军覆没。刘邦溃退回到广武,赦免娄敬,而且诚恳道歉,封娄敬为建信侯。随后,娄敬被任命为首任"和亲大使"出使匈奴。

长安城大移民,史称"强干弱枝"之策。

汉高祖九年,娄敬任首位"和亲大使"出使匈奴,返回后上奏,坦言三个潜在的内忧与外患:匈奴距长安最近的地方仅七百里,快马一天一夜即可到达。关中地区久经战乱,人口大量流失,百废待兴之际,当务之急是"实关中",向长安移民。关东六国虽已平复,但各种势力依然强劲,不可不防。迁六国的大户、豪族以及杰出人士到长安,既可削弱地方势力,又可巩固首都,是一举多得的上策。

> 匈奴河南白羊、楼烦王(河套之南两支匈奴部落),去长安近者七百里,轻骑一日一夕可以至。秦中新破,少民,地肥饶,可益实。夫诸侯初起时,非齐诸田,楚昭、屈、景莫与。今陛下虽都关中,实少人。北近胡寇,东有六国强族,一日有变,陛下亦未得安枕而卧也。臣愿陛下徙齐诸田,楚昭、屈、景,燕、赵、韩、魏後(均为名门大户),及豪桀名家,且实关中。无事,可以备胡;诸侯有变,亦足率以东伐。此强本弱末之术也。
>
> ——《汉书·郦陆朱刘叔孙传》

刘邦说干就干,汉高祖九年十一月,一次移民达十万人。

"十一月,徙齐楚大族昭氏、屈氏、景氏、怀氏、田氏五姓关中"(《汉书·高帝纪》)。

将首批十万移民摆在长安的什么位置,显示了刘邦的政治智慧。这不是一群普通人,是齐楚的望族大户,是潜在的政治威胁,不宜与长安人混居,需要集中安置,以保政治安全。

此时刘邦的陵园正值修建,于是,首个长安大移民安置点落成——陵园附近,修筑了一座城邑,命名为长陵邑。

接下去"强干弱枝"计划作为国策持续实施,从高祖刘邦开始,到汉元帝为止,一百六十年间实施了七次大移民。长安城北有五座城邑,即长陵邑(高祖刘邦陵)、安陵邑(惠帝刘盈陵)、阳陵邑(景帝刘启陵)、茂陵邑(武帝刘彻陵)、平陵邑(昭帝刘弗陵),后来并称为五陵邑。

五陵邑是政治特区,政治之外,各种优惠也多。有一项特殊政策,移民们在关东老家的一切财产,土地、房屋以及工商贸易产业等,均给予保留和保护。城邑中的居民均非普通百姓,久而习之,五陵邑成为与长安城遥相呼应的"达人生活社区",在西汉乃至东汉,五陵邑是相当繁荣的。

一个成卒和三项重大国策

娄敬,是汉初五大名嘴之一,与郦食其、陆贾、朱建、叔孙通并入《汉书·郦陆朱刘叔孙传》。进入《汉书》,就是青史留名。这五位在汉代被称为"辩士",用今天的话讲,类似智囊,而且比智囊硬气,不仅动脑子,出主意,还自己去抓落实。

郦食其是汉朝立国的功勋人物。楚汉决战之前,刘邦另一个顽敌是齐国,齐王田广"据千里之齐……将二十万之众军于历城(今济南),诸田宗强,负海岱,阻河济,南近楚"(《汉书·郦陆朱刘叔孙传》)。拿下齐国,便可形成势均力敌的楚汉对峙局面。但刘邦没有实力短时间内灭齐,"虽遣数十万师,未可以岁月破也"(《汉书·郦陆朱刘叔孙传》)。郦食其只身赴齐,凭一张利嘴劝说齐王田广和汉敌楚,"田广以为然,乃听食其,罢历下兵守战备,与食其日纵酒"(《汉书·郦陆朱刘叔孙传》),郦食其一人使齐国七十座城放下武装,韩信趁机大军奔袭。齐王田广弃国逃亡,走之前,把郦食其放锅里煮了。"齐王田广闻汉兵至,以为食其卖己,乃亨(烹)食其,引兵走。"(《汉书·郦陆朱刘叔孙传》)事实上是刘邦为了"国家利益"把郦食其卖了,或者说把他当作牺牲品了。

叔孙通是儒生领袖,秦朝遗老。刘邦乡野习气浓郁,做了皇帝仍然故我,满嘴粗话、脏话,反感各种规矩礼数,尤其反感儒生,羞辱儒生是他的日常乐趣。他还把一位儒生的帽子摘下来,大庭广众之下当尿盆。在这种大背景下,叔孙通制定并推行了一整套严格繁冗的宫廷礼仪制度,并让刘邦带头遵守,还任用了二十几位儒生出任文官。

汉代也是依靠农民和枪杆子取得的政权,政府里边,懂得国家管理的人太少。汉代的办法是"袭秦制",国家管理的基本层面均沿袭秦朝制度。军事上奉行"二十等军功爵制",文治是

"郡县制",也留用了一些旧吏,历法用"颛顼历"(每年的一月是今天的农历十月,也不叫正月,叫端月),货币用"秦半两",一直沿袭到汉武帝时期,才进入全面改革。

叔孙通不是大儒,却是真儒。他让刘邦弄懂了一个道理,作为皇帝个人,可以没有规矩,但一个国家,必须有规矩,而且要按规矩办事。

陆贾出使南越,使南越王赵佗顺北臣汉。

朱建"刻廉刚直,行不苟合,义不取容"(《汉书·郦陆朱刘叔孙传》),是高祖刘邦、惠帝刘盈、文帝刘恒三朝文胆。虎门无犬子,他儿子出使匈奴,"单于无礼,骂单于,遂死匈奴中"(《汉书·郦陆朱刘叔孙传》)。

娄敬,齐国人,被强制性"征召入伍",押解着去陇西(今甘肃)戍边,从济南出发,走到洛阳城时,听说刘邦在城里,恳求带队的"虞将军",让他见一次皇帝,说有国家急需的大策献上,"愿见上言便宜"(《汉书·郦陆朱刘叔孙传》)。虞将军也是齐人,老乡对老乡,再硬的心肠也有柔软的时候,不仅立即同意,见娄敬披着羊皮"衣其羊裘"(《史记·刘敬叔孙通列传》),还想给他换件好一点的衣服,"欲与鲜衣"(《汉书·郦陆朱刘叔孙传》),娄敬说:"就这么着吧,素面朝天着好。"

在中国的皇帝里,刘邦是不拘一格用人才的集大成者。他奉行实用主义的用人原则,只用其才,至于道德或其他层面,上有天地照应着,下有国法辖治着。出错了,就罚;罪大了,就宰,丝毫不含糊。娄敬一生,有三次谏言被刘邦采纳并施行。这三次谏言都是重大的国家政策。一、迁都长安；二、和亲匈奴；三、关中大移民。

娄敬第一次见刘邦上奏的"便宜之言"，是迁都长安。

在虞将军的引荐下，娄敬"上访"成功，被刘邦召见，还获赐一顿美食。说是美食，其实就是一顿饱饭。在战争时期，正规军战士也是勒紧裤带节衣缩食，戍卒的待遇可想而知。但这顿饭，对娄敬意义非凡，这是他吃的第一顿"政府饭"，自此之后，他端上了朝廷的铁饭碗。

饭后，刘邦说："齐虏（在刘邦看来，齐国人都是他的战俘），饭也吃了，有什么话快说吧。"

娄敬："陛下定都洛阳，是想和周朝一比强盛吗？"

刘邦："对！"

娄敬："陛下取得天下和周朝不同。周部落历史久远，自后稷始祖开始，积德累善十余代，夏朝时定居岐山，日渐壮大，商朝时受封西伯位，斡旋调停虞国和芮国的纠纷，威望大振，四海贤达归附。至武王出兵伐纣时，有八百诸侯不期而会。众人拾柴火焰高，商朝由此灭亡。之后周成王即位，周公辅佐。周朝定都丰镐（即长安），在京都之外修建洛阳城，是因为洛阳地理位置居天下中央，四方诸侯述职纳贡方便。有德之王立国，无德之王亡国。而周朝走向衰落，是因为有两个都城，朝觐京都的诸侯少了。周失天下，不是寡德，而是大势分散了。陛下起兵丰沛，以三千队伍起家，一路做大做强，卷蜀汉，定三秦，与项羽会战荥阳，成东西分治局面。这期间，大战七十，小战四十，天下百姓肝脑涂地,父子暴尸荒野,数不胜数。以目前这种形势和周朝比较相当,我以为不妥。关中大地被山带河,秦岭黄河是天然屏障,国有危难,可抵百万大军。秦国故地,资源丰厚,土地肥沃,这是古称天府之国的原因。陛下宜建都长安,关东如有乱,关中可作为稳固的根据地。与一个人搏斗,不扼住咽喉而去按脊背,不可能制服他。如果陛下建都长安,就是扼住天下的咽喉,同时也按住了脊背。"

刘邦立即召集群臣,征求意见。群臣以关东人为主,多数主张定都洛阳,主要理由只有一个:秦朝定都长安,二世而亡。刘邦犹疑之际,张良表态,定都关中才是国家长久大计。刘邦是急性子人,当日起驾,移都关中长安。

上路前,刘邦说:"最初建议定都关中的是娄敬。娄刘谐音,赐姓刘。"刘邦是在沛县长大的,普通话不标准,娄刘不分。

刘敬的第二条谏言是北和匈奴,且与匈奴和亲。

汉高祖七年,白登山汉军兵败之后,匈奴在边境侵土扰民的事件频仍。刘邦大为忧虑,找刘敬问计策。刘敬谏言:"天下初定,民不自己,士兵也患了战争恐惧症,这种情况下,不适宜以武力征讨。我有一个长远之计,但陛下您恐怕做不到。"

刘邦说:"如果可行,有什么不可能的,快说吧。"

匈奴的冒顿单于弑父坐上王位,把父亲的所有妃子收为妻子。"冒顿杀父代立,妻群母"(《汉书·郦陆朱刘叔孙传》)。陛下如能把长公主嫁过去,再有丰厚的陪嫁,冒顿贪财,为陪嫁也会把长公主立为王后,生子必为太子。冒顿活着,他是子婿,冒顿死了，外孙代单于，世上没有外孙和外爷分庭抗礼的事情。

刘邦觉着此计好，但吕后不同意，舍不得鲁元公主外嫁，从诸侯人家中选一女子，以翁主身份嫁单于。皇帝女儿称公主，诸侯女儿称翁主。刘敬成为汉朝"匈奴和亲"政策的始作俑人和首任使者。汉代与匈奴的"和亲"，从实质上讲，是以美女换和平，是大国屈辱。但就当时汉与匈奴的弱强差距，也是迫不得已的韬光养晦。

刘敬的第三条谏言是由关东向关中大移民，拉开了长安成为移民大都市的序幕。

刘邦诏令刘敬立即实施。汉高祖九年十一月，迁徙齐国、楚国名门望族至长安，一次性移民达十余万人口。

"十一月，徙齐楚大族昭氏、屈氏、景氏、怀氏、田氏五姓关中，与利田宅"（《汉书·高帝纪》）。这是汉代第一次移民，也是汉朝规模最大的一次移民。汉代初年，关中地区人口总数约四十万，此次移民占关中总人口的四分之一。

这之前，刘邦实施过一次移民，是把老家丰邑整体搬迁过来，但不是为公，是徇私。

刘邦的父亲太上皇刘煓"居深宫，悽怆不乐"（《西京杂记》），刘邦见父亲整天郁郁寡欢，派人询问原因后才知道，老人家想念故土与故人，是怀念"农家乐"了。"以平生所好，皆屠贩少年，酤酒卖饼，斗鸡蹴鞠，以此为欢，今皆无此"（《西京杂记》）。汉高祖七年（公元前200年），在今天西安市临潼的东北，刘邦诏命仿照老家模样，再建了一个城邑，连人带土地庙整体搬迁过来。太上皇刘煓去世后，更名为新丰。"太上皇思上欲归丰，高祖乃更筑城寺市里，如丰县，号曰新丰，徙丰民以充实之"（《汉书·高帝纪》应劭注）。新丰是高度复制过来的，家乡父老搬过来后，不仅人，连犬羊鸡鸭都走不错家门，"鸡犬识新丰"的典故由此而来。"衢巷栋宇，物色惟旧。士女老幼，相携路首，各知其室。放犬羊鸡鸭于通途，亦竟识其家"（《西京杂记》）。新丰的移民还享受一项特殊政策，"丰人徙关中者皆复终身"（《汉书·高帝纪》）。"皆复终身"终身免赋税徭役。丰邑是国家直辖村，终身免税赋。

刘敬的三条谏言，均是国家重大政策，且都具开创性。

五陵邑的设置

刘邦迁都长安是"汉高祖五年"，四年后，"汉高祖九年十一月"，公元前198年十一月，刘敬的"强干弱枝"政策正式实施，第一次大移民约十万人口"实关中"。一次性安置十万人口，于今天而言，也是一个不小的难题，更甭说汉初的时候了。

最突出的难点，是十万人口摆在首都的哪个位置？

这不仅仅是民生问题，更重要的是政治问题，这些人不是普通人，是关东齐国、楚国的名门望族。对于刚刚建立国家，脚跟尚不稳健的新兴政权而言，这是一个有着潜在政治风险的庞大群体，或说是当时最大的"不稳定因素"。于是，一项颇具政治智慧的"陵邑制度"应时出台了——在皇帝陵园附近，政府拿出土地和资金,建设生活社区性质的"开发区",入驻开发区的待遇是优惠的,配套措施是"与利田宅""户二十万"等等。这些人名义上"侍奉陵园",实质是享有人身自由的隔离。第一批十万移民,被安置在刘邦的陵园,命名"长陵邑"。

刘邦迁都长安时,没有花心思搞城区的规划和建设,他是"先治坡后治窝"的首倡者和践行者,反对修建"楼堂馆所"。当时的首都长安尚无城,政府办公地点在萧何丞相营造的未央宫里。汉高祖七年(公元前200年),未央宫落成时,刘邦还因"豪华"把萧何臭训了一顿,"上见其壮丽,甚怒。谓何曰,'天下匈奴,劳苦数岁,成败未可知,是何治宫室过度也'"(《汉书·高帝纪》)。

长安城是他儿子即位后才修建的,惠帝元年(公元前194年)春天开工建设,惠帝五年(公元前190年)九月竣工,"九月,长安城成"(《汉书·惠帝纪》)。长陵邑筑城更晚一些,是吕后下令修建的,高后六年(公元前182年),"六月,城长陵"(《汉书·高后纪》)。

汉代陵邑制度始自高祖刘邦,至汉元帝永光四年(公元前40年)诏令废止。五陵邑集中在长安城西北咸阳塬上。汉代帝王陵邑共七座,另外两座为霸陵邑(文帝刘恒陵),位于长安城东南的白鹿塬;杜陵邑(宣帝刘询陵),位于长安城西南的杜东塬。

陵邑的建制为县级,但实际规格要高,长陵邑令"秩,二千石"。秩是俸禄,长陵邑令拿的是郡守的工资。陵邑不归郡守管制,受中央直辖,由中央掌管宗庙礼仪事务的九卿之首太常管理,是实实在在的国家级。今天的一些开发区,叫国家级,但官员的使用和任免在地方。五陵邑的人口规模,只长陵邑和茂陵邑有确切的历史记载:至西汉末年,长陵邑"户五万五十七,口十七万九千四百六十九",茂陵邑"户六万一千八十七,口二十七万七千二百七十七"(《汉书·地理志》)。这两个陵邑人口已近五十万,于汉代而言,已经是当时的大城市了。

永光四年(公元前40年)冬十月,汉元帝颁诏废止陵邑制度,理由挺人性化,很有点"以民为本"的意思。"安土重迁,黎民之性;骨肉相附,人情所愿也。顷者有司缘臣子之义,奏徙郡国民以奉园陵。令百姓远弃先祖坟墓,破业失产,亲戚别离,人怀思慕之心,家有不自安之意,是以东垂被虚耗之害,关中有无聊之民,非久长之策也。《诗》不云乎?'民亦劳止,迄可小康,惠此中国,以绥四方。'今所为初陵者,勿置县邑,使天下咸安土乐业,亡(无)有动摇之心。布告天下,令明知之"(《汉书·元帝纪》)。废止诏令发布后,陵邑也下降规格,移交地方由三辅具体管辖。三辅,是长安大首都地区的三个辖区,最初指治理京畿地区的三位官员,后指三位官员的辖区,京兆尹、左冯翊、右扶风。"三辅者,谓主爵中尉及左、右内史,汉武帝改曰京兆尹、左冯翊,右扶风"(《三辅黄图》)。"京兆在故城南冠里,冯翊在故城内、太上皇庙西,扶风在夕阳街北,此其廨治之所也"(《雍录》)。

英俊之域,绂冕所兴:五个特别行政区

五陵邑是汉代五位皇帝的陵邑,是当年的五个国家级开发区。

今天的开发区,以经济建设为核心,当年的五陵邑是达人社会,是高端社区。五陵邑是长安城北部的五个卫星城。摘录一些后来者的记事和文学描写,从一斑中可略见其繁荣之全豹。

北眺五陵。名都对郭,邑居相承。英俊之域,绂冕所兴。冠盖如云,七相五公。与乎州郡之豪杰,五都之货殖,三选七迁,充奉陵邑。盖以强干弱枝,隆上都而观万国也。

——东汉班固《西都赋》

茂陵富人袁广汉,藏镪巨万,家僮八九百人。于北邙山下筑园,东西四里,南北五里。激流水注其内,构石为山,高十余丈,连延数里。养白鹦鹉、紫鸳鸯、牦牛、青兕,奇兽怪禽,委积其间。积沙为洲屿,激水为波潮,其中致江鸥、海鸥,孕雏产鷇,延漫林池。奇树异草,靡不具植。屋皆徘徊连属,重阁修廊,行之,移晷不能遍也。广汉后有罪诛,没入为官园,鸟兽树木,皆移植于上林苑中。

——晋葛洪《西京杂记》

五陵豪侠笑为儒,将为儒生只读书。

看取不成投笔后,谢安功业复何如。
秦国金陵王气全,一龙正道始东迁。
兴亡竟不关人事,虚倚长淮五百年。

——唐崔涂《东晋》

汉家天将才且雄,来时谒帝明光宫。
万乘亲推双阙下,千官出饯五陵东。
誓辞甲第金门里,身作长城玉塞中。
卫霍才堪一骑将,朝廷不数贰师功。

——唐王维《燕支行》

龙马花雪毛,金鞍五陵豪。秋霜切玉剑,落日明珠袍。
斗鸡事万乘,轩盖一何高。弓摧南山虎,手接太行猱。
酒后竞风采,三杯弄宝刀。杀人如剪草,剧孟同游遨。
发愤去函谷,从军向临洮。叱咤万战场,匈奴尽奔逃。
归来使酒气,未肯拜萧曹。羞入原宪室,荒淫隐蓬蒿。

——唐李白《白马篇》

五陵少年金市东,银鞍白马度春风。
落花踏尽游何处?笑入胡姬酒肆中。

——唐李白《少年行》

少年初拜大长秋,半醉垂鞭见列侯。

111

马上抱鸡三市斗,袖中携剑五陵游。
玉箫金管迎归院,锦袖红妆拥上楼。
更向院西新买宅,月波春水入门流。

——唐于鹄《公子行》

长安道上春可怜,摇风荡日曲江边。
万户楼台临渭水,五陵花柳满秦川。
秦川寒食盛繁华,游子春来不见家。
斗鸡下杜尘初合,走马章台日半斜。
章台帝城称贵里,青楼日晚歌钟起。
贵里豪家白马骄,五陵年少不相饶。
双双挟弹来金市,两两鸣鞭上渭桥。
渭城桥头酒新熟,金鞍白马谁家宿。
可怜锦瑟筝琵琶,玉台清酒就倡家。
下妇春来不解羞,娇歌一曲杨柳花。

——唐崔颢《渭城少年行》

曲罢曾教善才服,妆成每被秋娘妒。
五陵年少争缠头,一曲红绡不知数。

——唐白居易《琵琶行》

寒食权豪尽出行,一川如画雨初晴。
谁家络绎游春盛,担入花间轧轧声。

鞍马和花总是尘,歌声处处有佳人。
五陵年少粗于事,栲栳量金买断春。

——唐卢延让《樊川寒食》

五陵豪客多,买酒黄金盏。醉下酒家楼,美人双翠幰。
挥剑邯郸市,走马梁王苑。乐事殊未央,年华已云晚。

——唐韦庄《少年行》

玉鞭金镫骅骝蹄,横眉吐气如虹霓。
五陵春暖芳草齐,笙歌到处花成泥。
日沉月上且斗鸡,醉来莫问天高低。
伯阳道德何唾咦,仲尼礼乐徒卑栖。

——唐齐已《轻薄行》

钗凤摇金,髻螺分翠。铢衣稳束宫腰细。绿柔红小不禁风,海棠无力贪春睡。

剪水精神,怯春情意。霓裳一曲当时事。五陵年少本多情,为何特地添憔悴。

——宋石孝友《踏莎行》

油壁迎来是旧游,尊前不出背花愁。
缘知薄幸逢应恨,恰便多情唤却羞。
故向闲人偷玉箸,浪传好语到银钩。

五陵年少催归去,隔断红墙十二楼。

——清吴伟业《琴河感旧》

史载:城建,移民及相关的人口政策

汉五年,公元前202年夏,"诸侯子在关中者,复之十二岁"(《汉书·高帝纪》)。诸侯子孙居住在关中的,免赋税十二年。

汉五年,公元前202年,"后九月(闰九月),徙诸侯子关中"(《汉书·高帝纪》)。当时刘邦刚击败项羽,政权不稳,正值追击歼灭"残匪"过程中,徙六国诸侯子,有押人质用心。

汉七年,公元前200年,"春,民产子,复勿事二岁"(《汉书·高帝纪》)。民生子,免徭役两年,为鼓励生育政策。

汉九年,公元前198年,"十一月,徙齐楚大族昭氏、屈氏、景氏、怀氏、田氏五姓关中,与利田宅"(《汉书·高帝纪》)。与利田宅,在建房、土地上予以优惠政策。

汉十一年,公元前196年夏四月,"丰人徙关中者皆复终身"(《汉书·高帝纪》)。刘邦老家丰邑人迁长安者,终身免赋税徭役。

汉十一年,"六月,令士卒从入蜀、汉、关中者皆复终身"(《汉书·高帝纪》)。刘邦的嫡系部队,所有士兵终身免除赋税徭役。

汉十二年,公元前195年,"三月,吏二千石,徙之长安"(《汉书·高帝纪》)。两千石是郡守工资,应为六国官吏中的要员。

惠帝三年，公元前192年，"春，发长安六百里内男女十四万六千人城长安，三十日罢"（《汉书·惠帝纪》）。此为建长安城征民劳工。

六月，发诸侯王、列侯徒隶二万人城长安。（《汉书·惠帝纪》）惠帝五年，公元前190年，"春正月，复发长安六百里内男女十四万五千人城长安，三十日罢"（《汉书·惠帝纪》）。

九月，长安城成（《汉书·惠帝纪》）。

惠帝六年，公元前189年，"女子年十五以上至三十不嫁，五算"（《汉书·惠帝纪》）。算是纳税的计算方法，五算为重税，是惩罚之意，旨在鼓励早婚早育。

徙关东倡优乐人五千户以为陵邑，善为啁戏，故俗称啁陵也（《关中记》）。

高后六年，公元前182年，"秩长陵令二千石。六月，城长陵"（《汉书·高后纪》）。

景帝前元五年，公元前152年春，"正月，作阳陵邑。夏，募民徙阳陵，赐钱二十万"（《汉书·景帝纪》）。

景帝中元四年，公元前146年春，"禁马高五尺九寸以上，齿未平，不得出关"（《汉书·景帝纪》）。关为函谷关，汉代实施关禁多年，防止关中人口，资财外流。

景帝中元四年秋，"赦徒作阳陵者，死罪欲腐者，许之"（《汉书·景帝纪》）。

武帝建元二年，公元前139年，"初置茂陵邑"（《汉书·武帝纪》）。中国皇帝自汉武帝开始使用年号纪年。

建元三年，公元前138年，"赐徙茂陵者户钱二十万，田二顷"（《汉书·武帝纪》）。

建元六年，公元前151年，"夏四月壬子，高园便殿火，上素服五日"（《汉书·武帝纪》）。高园，高祖刘邦长陵殿名。

武帝元朔二年，公元前127年，主父偃上言："茂陵初立，天下豪杰，并兼之家，乱众之民，皆可徙茂陵。内实京师，外销奸猾，此所谓不诛而害除"（《资治通鉴·汉记》）。

元朔二年，"夏，又徙郡国豪杰及訾三百万以上于茂陵"（《汉书·武帝纪》）。訾三百万，家产三百万。

元鼎三年，公元前114年正月，"阳陵园火"（《汉书·武帝纪》）。

太始元年，公元前96年，"徙郡国吏民豪杰于茂陵"（《汉书·武帝纪》）。

宣帝本始元年，公元前73年，"春正月，募郡国吏、民訾百万以上徙平陵"（《汉书·宣帝纪》）。

宣帝本始二年，公元前72年春，"以水衡钱为平陵，徙民起第宅"（《汉书·宣帝纪》）。

"高帝徙都长安而不即治城，岂其忽于设险，以天下方定，爱惜事力，亦犹怒责萧何之意耳"（《雍录》）。

长陵，在咸阳县东三十里。高庙在长安城中安门里。

安陵，在咸阳县东北二十里。庙在高祖庙西。

阳陵，在咸阳县东四十里。德阳宫，不言庙，讳言之也。

茂陵，在兴平县北十七里。龙渊宫，在茂陵东。

平陵，在咸阳西北二十里。

五陵邑基本概况

长陵邑：

汉高祖刘邦的陵墓，位于咸阳渭城区正阳镇三义村。长陵邑位于长陵园区北部，今咸阳怡魏村、彭王村、马家堡一带。高祖十二年（公元前195年）筑陵置县，高后六年（公元前182年）筑邑城。"长陵城有南、北、西三面，东面无城。陪葬者皆在东，徙关东大族万家以为陵邑。长陵令秩禄千钟（两千石），诸陵皆六百石"（《关中记》）。长陵邑的主要居民以汉九年十一月迁徙的十余万关东几大家族为主，至西汉末年，居民人口达到近十八万。"户五万五十七，口十七万九千四百六十九"（《汉书·地理志》）。

安陵邑：

安陵是刘邦与吕后之子汉惠帝刘盈的陵墓，位于咸阳渭城区正阳镇白庙村南。安陵邑在陵园北部，"去长陵十里"（《三辅黄图》），主要居民以"民间艺人"为主，"徙关东倡优乐人五千户以为陵邑，善为啁戏，故俗称女啁陵也"（《关中记》）。"迁倡优乐人五千户为陵邑"一事，《史记》和《汉书》均无记载，后人对此事的解读为，惠帝羸弱，畏惧母亲吕后的强势，不问政事，终日纵情淫乐。汉惠帝是中国历史里最尴尬的一位帝王，司马迁著《史记》不置《惠帝本纪》，而置《吕太后本纪》，表明了他的史家态度。《汉书》置《惠帝纪》，也是简述，而《高后纪》则详尽周到。汉惠帝刘盈是个悲剧人物,他一生的悲剧都是父母造就的。汉高祖三年(公元前205年),刘盈六岁,这一年,刘邦和项羽在彭城(今徐州一带)有过一场大战,刘邦几乎全军覆没,在几十骑兵保护下得以突围逃脱,途中遇见走散的儿子刘盈和女儿鲁元公主。没走多远,项羽追兵又至,刘邦把一双儿女推下马,只身亡命。"汉王急,推堕二子"(《汉书·高帝纪》),这是史书记载的刘盈第一次遇险。刘盈第二个大悲剧是婚姻,他登基之后,母亲吕后把鲁元公主的女儿立为皇后,是舅舅娶外甥女。身为皇帝,刘盈并无实权,也无后代。

安陵邑的人口约十万,"根据西汉一般人口增长率估算,此县至西汉末年,至少有两万户,人口近十万"(葛剑雄《西汉人口地理》)。

阳陵邑:

阳陵是汉景帝刘启的陵墓。阳陵陵园在"长安东北四十五里"(《汉书·景帝纪》),今咸阳市渭城区正阳镇张家湾后沟村北的塬上。阳陵邑位于"阳陵东马家湾乡一带,东西长4500米,南北宽1000米,总面积4.5平方公里。南北向街道31条,东西向街道11条,组成了200多个里坊,主街道宽62米,路面上发现有车辙痕迹,从车辙痕迹得知,当时有的车宽1.3米左右。这条主街将陵邑分为南北两部分,北部建筑规模较大且内涵丰富,应为官署区,南部建筑规模较小而且遗存简单,应为居民区。在陵邑南部探明一段长970米的城墙,墙外有护城壕。陵邑内发现有大量烧造的建筑材料和生活用具的陶窑,出土了大量的砖、瓦、井圈等建筑材料,清理出多处房屋建筑遗迹。此外还发现有'阳陵泾乡''泾置阳陵'瓦当,以及阳陵丞印、阳陵令印、栎阳丞印、霸陵左尉、南乡、渭等封泥,还发现有儿童墓地"(《西汉帝陵钻探调查报告》)。

据《汉书·景帝纪》,前元五年(公元前152年),春正月,作阳陵邑。夏,募民徙阳陵,赐钱二十万。中元四年(公元前146年)秋,"赦徒作阳陵者,死罪欲腐者,许之"。阳陵邑人口居民具体数字不详。

茂陵邑:

茂陵为汉武帝刘彻的陵墓,位于兴平市南位乡张里村、策村和道常村之间。茂陵邑位于"茂陵园区东,包括道常村北部,牛王村、陈迁村、宇家庄的广大范围内。据《水经注》的记载及汉陵钻探成果,我们认为,这就是茂陵邑遗址"(《西汉帝陵钻探调查报告》)。

"茂陵邑周长11190米,总面积5536500平方米。陵邑的设置是经过事先规划的,与陪葬墓、建筑遗址等统一协调地分布于茂陵陵区内,陵邑的西北钻探发现两条平行的南北向道路,道路间距60米,宽6米,距离地表1米"(《西汉帝陵钻探调查报告》)。

建元二年(公元前139年),"初置茂陵邑"(《汉书·武帝纪》)。刘彻公元前149年即位,即位第二年始筑茂陵,同时置茂陵邑。第三四年,开始移民。建元三年,"赐徙茂陵者户钱二十万,田二顷"(《汉书·武帝纪》)。元朔二年(公元前127年)夏,"又徙郡国豪杰及訾三百万以上于茂陵。太始元年(公元前96年),徙郡国吏民豪杰于茂陵"(《汉书·武帝纪》)。至西汉末年,茂陵邑"户六万一千八十七,口二十七万七千二百七十七"(《汉书·地理志》)。三十万人口,是当年的大城市了。

平陵邑:

平陵为汉武帝与钩弋夫人之子汉昭帝刘弗陵的陵墓,位于咸阳秦都区大王村至互助村之间。平陵邑位于平陵东北部。"其范围北起庞北村北部300米的二支渠下,南到三号公路南50—100米处,东到富羊村至北上召一线,西到庞西村西部,东西长2400米,南北宽3100米,陵邑四面皆有夯墙围绕"(《西汉帝陵钻探调查报告》)。

平陵邑的设置是在汉宣帝时期,宣帝本始元年(公元前73年),"春正月,募郡国吏,民訾百万以上徙平陵"(《汉书·宣帝纪》)。本始二年,"春,以水衡钱为平陵,徙民起第宅"(《汉书·宣帝纪》)。平陵邑人口居民情况不详。

五陵邑内的大人物们

西汉"实关中"大移民,有历史记载的是七次,班固概括为"三选七迁,充奉陵邑"(班固《西都赋》)。来自三十二个郡国,

"迁徙的范围主要是在淮河以北,山陕间黄河以东,燕山以南的关东地区"(葛剑雄《西汉人口地理》)。

移民对象主要有三种:第一种,"七相五公,六国诸侯、贵族后裔,吏两千石(工资两千石,包括九卿、郡太守、都尉等)";第二种,六国土豪富绅;第三种,"名儒,名士及豪杰兼并之家"。用今天的话说,是社会各界贤达。总之,都是当时的大人物。

班固《西都赋》里讲的"七相五公",七相是车千秋、黄霸、王商、韦贤、平当、魏相、王嘉。对五公有不同解读,一种是田蚡、张也安、朱博、平晏、韦赏,出于李贤注释《后汉书·班固传》。另一种是张汤、杜周、萧望之、冯奉世、史丹,出于李善注释《文选》。

车千秋,汉武帝时丞相,汉昭帝即位后,受遗诏辅政。本姓田,是西汉初年首批移民的齐国诸田之一,徙长陵。"千秋为相十二年,薨,谥曰定侯。初,千秋年老,上忧之,朝见,得乘小车入宫殿中。故因号曰'车丞相'。"此句出于《汉书·公孙刘田王杨蔡陈郑传》,田即车千秋。

黄霸,生活于武帝、昭帝、宣帝时代,宣帝时任丞相,封建成侯。"霸以外宽内明得吏民心""霸材长于治民,及为丞相,总纲纪号令",最初"以豪杰役使徙云陵(云陵是汉昭帝母亲赵婕妤陵墓)"(《汉书·循吏传》),后徙杜陵(汉宣帝陵邑),再徙平陵。

王商,王商是外戚,他父亲是汉宣帝的舅舅。汉成帝时丞相,"商为丞相,益封千户,天子甚尊任之"(《汉书·王商史丹傅喜传》)。

韦贤,鲁国大儒,"兼通《礼》《尚书》,以《诗》教授。号称邹鲁大儒,征为博士,给事中,进授昭帝《诗》"(《汉书·韦贤传》)。汉宣帝时丞相,就职时年逾七十,五年后因病去职。居平陵。

平当,梁国下邑(今商丘)人,汉哀帝时丞相,居平陵。

魏相,济阳郡定陶(今山东菏泽)人,曾出任茂陵令,汉宣帝时丞相,居平陵。

王嘉,汉哀帝时期硬骨头宰相,在狱中绝食二十余日而亡。"嘉系狱二十余日,不食,呕血而死"(《汉书·何武王嘉师丹传》)。王嘉犯上获罪,哀帝宠爱小帅哥董贤,不仅赐大把金银,还要封侯,王嘉坚决反对,话说得也难听。哀帝恼羞而怒。王嘉居平陵。

"五公"的说法有两种,计十位,先列前边的六位,均住杜陵,是汉宣帝的陵邑,在长安城西南,不在五陵邑内。

张汤,杜陵人,官至御史大夫。手段严苛,司马迁极不待见,定性为酷吏,但为官简朴、廉洁。"汤死,家产直(值)不过五百金,皆所得奉(俸)赐,无它赢"(《汉书·张汤传》)。

萧望之,萧何之后。宣帝时任谏大夫。谏大夫是规谏皇帝的官吏,西汉时的"中央纪委",分谏官和台官,台官纠察百官,谏官谏议皇帝。后任御史大夫。元帝初即位时,萧望之受遗诏辅政,"以师傅见尊重"《汉书·萧望之传》,受元帝赐关内侯。居杜陵。

冯奉世,西汉左将军,战功显著。山西上党人,居杜陵。

史丹,西汉左将军,光禄大夫。鲁国人,居杜陵。

张安世,张汤之子,武帝时为光禄大夫,昭帝即位后拜右将军,封富平侯,宣帝时为大司马,居杜陵。

朱博,居杜陵,汉哀帝时为京兆尹,大司空,御史大夫。后任丞相,"封阳乡侯,食邑二千户"。言五公之一,不妥。

田蚡,居长陵,汉武帝即位初任太尉,建元六年(公元前135年)任丞相,封武安侯。言五公之一,不妥。

杜周,居长陵,先被张汤赏识,任廷尉史,后官至御史大夫,中国官僚史里著名的酷吏。"少言重迟,而内深次骨。""至周为廷尉,诏狱亦益多矣。二千石系者,新故相因,不减百余人。"两千石,郡守以上职位,属高官重案。"会狱,吏因责如章告劾,不服,以掠笞定之(刑讯逼供)。""诏狱逮至六七万人,吏所增加十有余万"(《汉书·杜周传》)。

平晏,居平陵,五经博士,丞相平当之子。王莽改汉立新,平晏是重要的辅僚,官至太傅。

韦赏,居平陵,丞相韦贤之孙,官至车骑将军,位列三公。

名儒、名士、五经博士荟萃关中,功在改良人口结构与民风。首都长安的空气里,尚学的文气得以一点一点积聚起来。秦地旧有"虎狼"的声名,秦始皇焚书坑儒更使关中成了文化沙漠。刘邦为父亲筑新丰,但"新丰多无赖,无衣冠子弟故也"(《西京杂记》)。新丰城镇建设是一流的,但是没有读书人,民风粗俚。汉元帝时,特诏孔霸移籍关中,孔霸是孔子第十三代孙,大儒;文学名士董仲舒、司马迁、司马相如这三位居茂陵;班固居安陵。

汉代自武帝始,将文化建设视为治国之重,元朔五年(公元前124年)六月,昭告天下:"盖闻导民以礼,风之以乐。今礼坏乐崩,朕甚闵焉。故详延天下方闻之士,咸荐诸朝。其令礼官劝学,讲议洽闻,举遗兴礼,以为天下先。太常其议予博士弟子,崇乡党之化,以厉贤才焉"(《汉书·武帝纪》)。武帝时,备博士弟子五十人。"为博士官置弟子五十人,复其身(免徭役)。太常择民年十八,仪状端正者,补博士弟子"(《汉书·儒林传》)。昭帝、宣帝、元帝、成帝延续这项制度,并扩而大之,五代帝王不懈推进文化建设,打下了扎实的文明国家的基础。"昭帝时举贤良文学,增博士弟子员满百人,宣帝末增倍之。元帝好儒,能通一经者皆复(赋税徭役全免),数年,以用度不足,更为设员千人,郡国置《五经》百石卒史,成帝末,或言孔子布衣养徒三千人(孔子一介平民养弟子三千人),今天子太学弟子少,于是增弟子员三千人"(《汉书·儒林传》)。遥想当年的长安城里,汇集着来自全国的三千"五经"研习专家,那时的政府,真的可称之为重视文化工作。

汉宣帝甘露三年(公元前51年),在皇室藏书地未央宫石渠阁,宣帝亲自主持,召开过一次"'五经'学术研讨会","讲论五经""五经诸儒,杂论同异"(《汉书·儒林传》),史称"石渠阁会议",会议成果辑为《石渠议奏》,奏议共一百五十五篇,此书今已佚失。"诏诸儒讲《五经》同异,太子太傅萧望之等平奏其议,上亲称制临决焉"(《汉书·宣帝纪》)。由皇帝亲自主持的"五经"学术研讨会,东汉初年也开过一次,由汉章帝主持。两个会议会期长,开了一个多月。东汉的"白虎观会议",仿照西汉"石渠阁会议"模式召开,由《汉书》作者班固担任大会秘书,编撰了一部会议纪要《白虎通义》。"建初中,大会诸儒于白虎观,考详同异,连月乃罢,肃宗(汉章帝)亲临称制,如石渠故事,顾命史臣(此指班固),著为通义"(《后汉书·儒林列传》)。

汉代重视文化建设,重视"五经"的研究和学习,并不是停留在理论层面,是以"五经"——《诗经》《尚书》《礼记》《易经》《春秋》作为基础材料,建筑社会公共文明的大房子。古代人以"五经"为抓手,并且深入解剖"五经",整理出看得见摸得着的东西,作为行为规范,用以指引人们的日常生活。

中国的"礼教"就是这么出台的。

"以礼入教",礼是规矩的总称,在家、在社会、在各个行当里,在朝廷上,各有一系列具体的规矩。"以礼入教"是中国古人探索出的社会管理模式,是中国制造。在中国的旧农村,哪怕是文盲村,没有人念过什么书,但"仁义礼智信"这些儒家核心东西是深入人心的,这都是以礼入教的教化成果。

汉大儒董仲舒还创立了"天人感应"说,核心的话是"屈民以伸君,屈君以伸天",君与臣民共戴天。国家发生地震、涝灾、旱灾、大瘟疫等,是天对君王的言行不满造成的,于是天降灾难,以示对君王的惩罚。"天人感应"的价值在于对皇帝专制的制约。

在七相五公、名儒名士之外,迁徙关中的人物还有六国望族、富贾、豪杰和游侠,不再一一而述。

"实关中"政策的废止

公元前40年(永光四年)冬十月,汉元帝昭告天下,废止陵邑移民制度。自高祖刘邦第一次大移民的公元前200年冬十一月开始,已过去了一百六十年,汉朝也已经历了九朝十代,历经高祖刘邦、惠帝刘盈、高后吕雉、文帝刘恒、景帝刘启、武帝刘彻、昭帝刘弗陵、宣帝刘询、元帝刘奭九位皇帝,一位吕后。

"实关中"政策初意是"强干弱枝",强化中央集权,但意义远大于兹。对国家维稳、社会繁荣,乃至优化首善之区的人口结构、东西部文化的融合与促进都有启世之功。这一政策的终结是寿终正寝式的,因为它的内涵使命已功业圆满。再延续的话,损害会远大于益处。事实上,在昭帝、宣帝时期,负价值就已经浮出水面了。

一、关中人口爆发式增加,但土地是有限的。安置移民的生活和生产都需要土地。"与利田宅""田二顷",到后来,政府已经拿不出土地了。当年的农业生产水平有限,粮食产量较低,每年都需要从关东地区大量输入粮食,已造成政府沉重负担。

二、侈靡之风衍行。移民人口多为望族、权贵、大户,非劳动人口占主体,生活优越,侈靡成风,"茂陵富人袁广汉,藏镪巨万,家僮八九百人"(《西京杂记》)。此外,这些人多享有特权,手眼通天。陵邑属于特别行政区,地方官员无权也无力管理,有些事连中央"直接领导"太常处理起来也颇头疼。韦贤是宣帝时的丞相,他儿子韦弘任职太常丞,"职奉宗庙,典诸陵邑,烦剧多罪过"(《汉书·韦贤传》),当朝丞相的儿子担任此职竟也如此,其他人可以想见。

三、移民权贵的食邑之地仍在关东,"根"在关东,"西漂"在长安,而且移居关中并非自愿,每年彼此往返,滋生的事端不断,反政府情绪不断淤积。强势政府可以威压,但性子平弱的皇帝会捉襟见肘。班固对汉元帝的史评是:"元帝多材艺,善史书,鼓琴瑟,吹洞箫,自度曲,被歌声,分刌节度,穷极幼眇。少而好儒,及即位,征用儒生,委之以政……而上牵制文义,优游不断,孝宣之业衰焉。然宽弘尽下,出于恭俭,号令温雅,有古之风烈"(《汉书·元帝纪》)。汉元帝是多一事不如少一事的皇帝,挥了挥手,说,这事算了吧。"实关中"政策就废止了。

西汉、东汉居公元前后各两百年余,西汉是公元前202年至公元8年,东汉是公元25年至220年,公元9年至25年是王莽夺汉改新以及更始帝刘玄阶段。考察西汉一朝,是有历史得失供检讨的。刘邦创业立国,因陋就简。文景二帝清醒自律,与民休息,宽仁富国。武帝南征北战,开疆拓土,功勋卓著,但军费连年增长,税赋不断增加,耗国疲民。我们习惯赞颂开疆拓土的皇帝,称其有作为,但实际上,国家领导人好大喜功,对国家伤害也是很深的。到元帝时,更加暴露出了帝制及人治的短处,国家制度和法度不完备,中央高度集权。中国的皇帝是"家庭承包制","业务能力"相差悬殊,像抛物线。而丞相的水平都高,基本上保持在"高智能"的平行线上。因此,"事业心"不够强大的皇帝,不得不由着丞相等一班掌权人擅权弄权,进而陷入中国式帝制的恶性循环的泥沼。元帝之后,再及至成帝、哀帝和平帝,整个国家不是向前发展,而是顺延和残喘而已。

汉朝丞相与皇帝间的关系,在中国大历史里极具典型性——紧张而脆弱。汉朝多位丞相命运多舛途,但强臣压君、支流漫过主流的事也时有发生,如霍光之于昭帝、宣帝,王莽之于平帝,吕后以母亲之威限制汉惠帝,给西汉开了一个很不好的头。汉惠帝刘盈内惧母亲,外怵大臣。"内修亲亲,外礼宰相""闻叔孙通之谏则惧然"(《汉书·惠帝纪》)。权杖的掌握者与执行者之间,不是被国家制度连动着,而是依靠一种模棱两可的"信任"维持。权杖失去理性,是国家的最大隐患。

汉代设立特别行政区的本质是强干弱枝,巩固中央集权。这个制度从最初设计到后来的实施效果,都是成功的。设立特区制度,政治安全是底线,如果底线失控,给国家安全带来危机,或是隐患,就是政策的失败,是失控。如果五陵邑设立之后,实施高压政策,做成了政治隔离区,而没有后来的社会繁荣,则是更大的失败,因为这项大政策的光亮和创新价值消失了。

五陵邑位于西安以北的咸阳塬上,大致呈东北—西南一线排列,在渭河与泾河的合抱之中。咸阳塬年平均降水是550—700毫米,属暖温带半湿润季风气候。地势由西向东逐渐降低,茂陵海拔480米左右,平陵约为470米,长陵、安陵440—450米,最东的阳陵只有410米。止于今天,两千两百多年的时光流走了,当年五陵邑的喧哗与躁动业已半隐于咸阳塬厚厚的黄土之中,与之相佐下陷的,应该还有人们对中国大历史的反思与反省。

《汉书》告诫我们的

汉代的一国两制

汉代的一国两制,不是体制创新,而是封建遗存。

封建这个词,专指周代的分封诸侯建制国家。汉代改封建制为帝国制,但也部分保留了封建制。刘邦在建国后,分天下为六十二郡,郡相当于今天的省,在郡之外,还分封了十位异姓功臣王,和十一位刘氏同姓王,这些诸侯王国,是当年的特别行政区,有独立的行政权和经济权,并且也有一定的军事权。但诸侯王国权力过重,给国家埋下了隐患的种子。

十位异姓功臣王是打江山时期分封的,国家的政权稍事稳定后,刘邦即以"非刘氏而王者,天下共击之"的名义,诛除了其中的七位,具体是:韩王信(韩都城初在山西太原,古称晋阳,后迁朔州,古称马邑),赵王张耳(赵都城在河北邢台,古称襄国),齐王韩信(齐都城在山东淄博,古称临淄),淮南王英布(淮南都城初在安徽六安,古称六,后迁淮南寿县,古称寿春),梁王彭越(梁都城在山东菏泽,古称定陶),燕王先封臧荼,臧荼反叛被诛后,再封卢绾,卢绾后逃至匈奴境内,不知所终(燕都城在北京房山区,古称蓟城)。另外的三位异姓王,一位是长沙王吴芮(都城在湖南临湘),吴芮深得刘邦信任,他的后代得以享国,传位五世,至汉文帝时,因无后嗣除国。还有两位王地处南疆,南越王赵佗(都城在广州,古称番禺),传位至汉武帝时期,因谋反被除国;闽越王无诸(都城在福建冶山,古称冶城),传位至汉武帝时期除国。

　　刘邦诛灭异姓王的同时,册封了十一位同姓王,十一位同姓王中,有七位是刘邦的儿子。长子刘肥,封齐王。三子刘如意,封赵王。四子刘恒,封代王。五子刘恢,封梁王。六子刘友,封淮阳王。七子刘长,封淮南王。八子刘建,封燕王。刘邦共有八个儿子,史称"两帝六王",二子为汉惠帝刘盈,四子为汉文帝刘恒,刘恒即帝位之前,被封代王。

　　刘邦的胞兄刘喜,初封代王,镇守北方,匈奴入侵代国,刘喜弃国而逃,被贬为郃阳侯。刘喜儿子刘濞,受封吴王。刘邦的异母弟刘交,受封楚王。刘邦的族兄刘贾,一说为堂兄,受封荆王。

　　汉代隐患的爆发是在建国五十年之后,吴王刘濞坐拥扬州,盘踞富庶之地,构建了自己的独立王国,长达二十年不进京朝奉皇帝。在经济上,吴国垄断着半壁江山的盐业,并且依仗着境内的铜矿资源发行货币。汉景帝三年(公元前154年),刘濞联合楚王、赵王等七国刘氏诸侯王举兵反汉,纵然三个月之后即被平叛,但留下的教训是苦涩而沉重的,当年特别行政区的待遇太过特别,大汉的江山险些命丧在自家王爷手中。

刘邦册封刘濞为吴王时,是第一次见到这个侄子,很反感他的面相,"若状有反相",《汉书》记载,刘邦当时拍打着刘濞的背部,说:"五十年后东南有一场祸乱,不会是你吧。"

刘邦发现文化的亮光之后

刘邦是率性而为的皇帝,不待见读书人,甚至见到儒生的穿戴都烦。起兵"闹革命"之初,有儒生上门投附,要么避而不见,"通(叔孙通,汉初大儒)儒服,汉王憎之,乃变其服,服短衣,楚制(楚地老百姓服式)。汉王喜"。要么直接出手把冠帽摘下来当尿壶,"沛公不喜儒,诸客冠儒冠来者,沛公辄解其冠,溺其中"。《汉书》记载这些细节,用笔不忌皇帝讳,用心却大器深远,就是这么一位性格不羁的领袖,身边却吸引团结着多位重量级文化人物。汉定天下后,武将的命运多有不测,但文化人受到尊重,讲真话讲实话的,不仅不压制,还受到重用。"初,高祖不修文学,而性明达,好谋,能听……初顺民心作三章之约。天下既定,命萧何次律令,韩信申军法,张苍定章程,叔孙通定礼仪,陆贾造《新语》"。

陆贾是汉代"文化治国"的最初顶层设计者,因是近臣,顶撞刘邦也多,最典型的一次是,刘邦骂他:"老子是在马上得到的天下,和《诗经》《尚书》有狗屁关系!"("乃公居马上得之,安事诗书!")陆贾不慌不忙地说:"在马上得到的天下,还要在马上治理吗?古代的贤君明主,均是文武并用。假如秦始皇统一天下后,行仁义,法先圣,陛下是没有机会得到天下的。"刘邦听后,"有惭色",说:"你把秦朝失天下以及古来治国成败之道全部写出来给我。"陆贾写一篇,刘邦认真读一篇,这就是陆贾所著《新语》(十二篇)的始末。据传《新语》这个书名,是刘邦所赐,对他而言,这些"老货"都是新鲜话。

叔孙通是大儒,学问在陆贾之上。原为秦朝博士,是秦二世的文化顾问。第一次见刘邦时因穿戴儒服遭到冷遇,但之后被刘邦封为奉常。奉常,后改为太常,位列九卿之首,主管国家意识形态,兼管教育、文化、礼仪工作。再之后,兼任太子太傅,做太子刘盈的师傅。汉初的朝廷礼仪、政策条例多由叔孙通牵头修订,并且带出了一个三十人的工作团队,均是他学有所成的弟子,这些人被刘邦任命为郎中,分派进入朝廷多个部门,成为汉代初年首批专职文化干部。叔孙通还有一个贡献,制定并实施"征书令"。秦始皇公元前221年统一全国,八年后,公元前213年下达"禁书令",六年后,公元前207年亡国。焚书范围包括各诸侯国史书、《诗经》《尚书》以及诸子百家著作。汉代建国不久,即颁行"征书令",在全国范围内抢救整理文化典籍。"汉初,改秦之败,大收篇籍,广开献书之路。"这项工作,被长期坚持下来,几乎终西汉一朝。至西汉末年,共修复整理书籍六个门类(六艺、诸子、诗赋、兵书、术数、方技)三十八种,约计一万二千多册书籍,我们今天见到的先秦著作,百分之九十以上都是经由汉代整理出来的。

张苍是天文学家,"苍本好书,无所不观,无所不通,而尤善律历",也通数学,增订、删补《九章算术》。张苍原为秦朝御史,"明习天下图书计籍,则主四方文书",被刘邦重用,任为"计相",主掌国家计簿(人事、赋税、户口),汉初的历法、音律均由张苍主持制订。张苍在汉文帝时任丞相十余年,进一步完善典章制度。张苍长寿,享年一百余岁。但晚年牙齿全无后,主食人乳,成为后世人的褒贬谈资。"苍之免相后,老,口中无齿,食乳,女子为乳母。妻妾以百数,尝孕者不复幸。"

刘邦实际在位七年,汉五年称帝,汉十二年去世,享年六十一岁。刘邦个人没有文化,不按规则做事,长于打破各种框框,但识人,"能听",善于吸纳多方有识之见,发现文化的亮光之后,转"打破"为"建树",章程和制度建立后,他带头遵守,不反复,不出尔反尔,为西汉一朝扎实的文化生态预留了宽阔的空间。

罪己诏

罪己诏是皇帝的告全民检讨书。

国家发生了天灾、地震、大旱大涝,或年景失序,以及内乱和外患等重大人祸,古代的皇帝要颁布罪己诏,向国民做出深刻反省。

"文景之治"指的是汉文帝和汉景帝时代。汉文帝刘恒执政从公元前179年到公元前157年,在位二十三年,颁布过四次罪己诏,如果算上遗诏,共五份检讨书。

公元前179年是汉文帝即位元年,四月,发生大地震,"齐楚地震,二十九山同日崩,大水溃出"。第二年十一月又发生日蚀,古人科学认识水平低,认为日蚀是老天爷发出的震怒讯号,"十一月癸卯(十一月三十日)晦,日有食之"。

刘恒发布第一次罪己诏,说:"我这个皇帝德不配位,执政水平弱,上天才降灾难以告诫,十一月又有日蚀发生,这是上天在追责,还有比这更大的吗!""人主不德,布政不均,则天示之以灾,以诫不治。乃十一月晦,日有食之,适见于天,灾莫大焉!"由此做出三条"改过"承诺:第一,全国范围内征召"直言极谏者",广开言路,以匡正我的不足;第二,给老百姓减税赋;第三,宫廷卫队和皇室公务员大量裁员,裁撤人员去基层或戍边。

公元前168年三月,是汉文帝继位第十二年,颁布第二份罪己诏,对前十年的执政做出反思:

"道民之路,在于务本。朕亲率天下农,十年于今,而野不加辟。岁一不登,民有饥色,是从事焉尚寡,而吏未加务也。吾诏书数下,岁劝民种树,而功未兴,是吏奉吾诏不勤,而劝民不明也。且吾农民甚苦,而吏莫之省,将何以劝焉?其赐农民今年租税之半。"导民之道,在于农本。我亲身带头耕作以兴农,至今已经十年,而荒野未多开垦,每遇不好年景,百姓仍是民不聊生,这是我尚农的决心不够充分,各级官员也没有足够重视。朝廷多次颁布诏书,每年劝民种树,但收效甚微,这是各级官员执行朝廷政策不够勤勉。我们的农民负担过重,官员们却视而不见,这样何以兴农?今年免除农民一半赋税。第二年(公元前167年),再次颁诏,全部免除农田租税,"其除田之租税"。这项免农业税政策实施了十一年,直至汉景帝继位。

公元前166年冬天,匈奴入侵边境,掠民财,杀北地郡(甘肃庆阳一带)都尉。汉文帝欲亲征,在母亲极力反对下乃止。第二年春颁发罪己诏,讲古代贤君"先民后己,至明之极",而在今朝,国家有了好事,大臣们在祭祀时归功于我,这是对不起老百姓的行为。我向大臣们诚心地告诫,今后祭祀时再不要这么做了。

公元前157年六月,汉文帝崩,遗诏也如罪己诏,对执政的二十三年做了回顾和省思,情真意切,检讨自己"承天抚民"的工作存在诸多不足。特别反对大办丧事,"厚葬以破业,重服以伤生,吾甚不取",并对国葬规格做出了一系列具体限制。如遗诏发布三天之后停止悼念活动,居丧期间不得限制国人的婚嫁,孝带不许超过三尺,不许用布帛覆盖灵车,不许羽林军护灵。特别说到霸陵是因山守势而造,目的是简朴节约,身后不得另兴土木。西汉十一位皇帝,汉文帝的霸陵是最简朴的,甚至可以说有些简陋。刘恒不是口头上讲"以民为本",他身体力行的做到了。

汉文帝第一份罪己诏是公元前178年十一月颁布的,同年三月还颁布一道废止"因言获罪"的诏令。"古之治天下,朝有进善之旌,诽谤之木(进善旌,诽谤木,尧舜时设置,放言曰谤,微言曰诽,旨在纳谏言,广开言路),所以通治道而来谏者也。今法有诽谤、妖言之罪,是使众臣不敢尽情,而上无由闻过失也。将何以来远方之贤良?其除之。"后人在研究汉文帝的治世思想时,对这份旨在广开言路的诏书极为重视。

汉文帝是汉代第三位皇帝。惠帝刘盈无后嗣,之后吕后摄政八年,再之后,大臣们从高祖刘邦多位儿子中海选出刘恒嗣位。大臣们的眼睛还是够雪亮的,汉朝自此开启宽民爱民的"文景之治"模式。

冒顿单于与吕后的一次互通国书

冒顿是匈奴划时代的领袖,一生充满传奇,是大单于,但也粗劣僭越至极。

公元前 209 年,冒顿弑父王头曼,自立单于。这次政变不是阴谋,是公开的。在一次狩猎中,冒顿把一支响箭射向父亲的头部,他的麾下立即众箭齐发,老单于现场殒命。冒顿多年来就是这么操练手下的,响箭是信号弹,是超级号令,也是狗眼里的骨头,扔向哪里狗群扑向哪里。

这一年,南中国相对应的是秦二世元年,但三年后,大秦帝国轰然崩塌。偌大的秦朝只存世十五年,从公元前 221 年到 206 年。如此短命的朝代,后世执国者当引以为大的训诫。与此同时,冒顿的帝国在北方迅速崛起,先是统一匈奴数十个部落,然后疯狂扩张，不到十年，一统辽阔的草原和戈壁，东到辽东，西到帕米尔，北抵贝加尔湖，南拒秦长城门户。公元前200年，即汉高祖七年，冒顿与刘邦亲自挂帅的汉军在大同一带首度交手，三十万骑兵把三十二万步兵分割包围。刘邦依靠给冒顿的王后秘密送厚礼，才买出一条逃生路。此后，戍边的汉将纷纷倒戈率众降北，已经危及大厦初起的汉朝，刘邦于无奈之中，用美女换和平，官方术语叫"和亲"，送"翁主"给冒顿做"阏氏"（夫人），每年还要奉送大量财物，以换取边疆苟安。皇帝的女儿叫公主，诸侯的女儿叫翁主。原本是要送公主的，但刘邦只有一个女儿，在吕后的软缠硬磨下才临行换人。"于是高祖患之，乃使刘敬，奉宗室翁主为单于阏氏，岁奉匈奴絮缯酒食物各有数，约为兄弟以和亲"（《汉书·匈奴传》）。

汉高祖十二年，刘邦去世，冒顿派使者给吕后送来国书，但不是吊唁，而是上门提亲，语气也极其粗鲁傲慢，说你是一个人，我也一个人，我想在中原多走走，咱俩凑合起来过日子吧。"孤偾(仆)之君，生于沮泽之中，长于平野牛马之域，数至边境，愿游中国。陛下独立，孤偾独居，两主不乐，无认自虞，愿以所有，易其所无。"

吕后有王者风范，忍下了此等巨大羞辱，且依国家礼仪回奉国书："单于不忘弊邑，赐之以书，弊邑恐惧。退日自图，年老气衰，发齿堕落，行步失度，单于过听，不足以自污。弊邑无罪，宜在见赦。窃有御车二乘，马二驷，以奉常驾"（《汉书·匈奴传》）。"退日自图"这句话是对提亲一事的答复，但软中见硬，柔里用刚,"我照着镜子端详了自己,年老气衰,发齿脱落,走路都打晃,单于您误听他人言了,不要亏了自己。"单于看了回书,立即再派来使者认错,"未尝闻中国礼仪,陛下幸而赦之。"这是礼仪的力量,国力疲弱的时候,用礼仪也能抵挡一下。

但认错归认错,此后经年,匈奴在边境滋事不断,掠妇女,抢钱粮,杀边吏。汉朝廷的回应多以修书"严正抗议"为主,抗议国书的抬头是这样的:"皇帝敬问匈奴大单于无恙。"冒顿回复的抬头则是这样:"天所立匈奴大单于敬问皇帝无恙。"冒顿去世后,他的儿子老上单于即位,国书的抬头写成这样:"天地所生日月所置匈奴大单于敬问汉皇帝无恙。"更为甚者,汉朝廷的国书函匣规格是一尺一,"以尺一牍",匈奴的函匣是一尺二,"以尺二寸牍"。处处压过汉朝廷一头。

汉文帝刘恒时期,边境冲突最为频仍,尽管有"和亲""通关市"(边境贸易)、"给遗单于"(大量奉送财物)三项政策,但匈奴大军不时入境侵扰,最多时达十四万军队侵境,"岁(每年)入边,杀略人民甚众"。侵扰地点几乎覆盖北方边境,东部在"辽东,云中(内蒙古南)",中部在"句注(山西雁门),飞狐口(张家口蔚县)",西部在"北地","朝那萧关"(陕甘宁沿线)",汉朝当时已进入全民备战模式,"烽火通甘泉(咸阳淳化),长安"。汉景帝刘启即位后,因为匈奴内部不团结,"终景帝世,时时小入盗边,无大寇"。一直到汉武帝刘彻执国后,国家综合实力强大起来,中华再兴,这种大国屈辱的局面才得到彻底改善。

"和亲"与"倒悬"

软骨头,指的不是骨头,是怯懦的心。怯懦有天生的,也有迫于无奈的,俗话叫示弱。

汉代的和亲政策是大国的屈辱之举,是用美女换和平,是礼仪之邦向野性的引弓之国示弱。这段辛酸和无奈的历史持续了大约一百五十年,具体的时间节点是,从公元前200年"平城之围",到公元前51年(汉宣帝甘露三年),匈奴的呼韩邪单于首次以臣子身份入汉朝觐。这中间经历了七位皇帝和一位虽无帝名、却是实际的柄国者吕后,依次为高祖刘邦、惠帝刘盈、吕后、文帝刘恒、景帝刘启、武帝刘彻、昭帝刘弗陵、宣帝刘询。

匈奴一统北国称霸的时间约一百五十年,与和亲政策的时间范畴相对应,共经历十二位单于——冒顿单于、老上单于、军臣单于、伊稚斜单于、乌维单于、儿单于、呴犁湖单于、且鞮侯单于、狐鹿姑单于、壶衍鞮单于、虚闾权渠单于、握衍朐鞮单于。之后匈奴内部出现大分裂,形成军阀割据时代,呼韩邪单于以臣子身份朝觐汉朝,是五单于并存时期。他到长安城来,是来寻求保护伞的。

关于和亲的细节,《汉书》中《匈奴传》《西域传》和诸帝王纪的记载不尽相同,主要是时间上有些出入。有确实记载的,自武帝至宣帝,对匈奴和亲八次,对西域乌孙国和亲三次。具体是,高祖刘邦一次,惠帝刘盈一次,文帝刘恒三次,景帝刘启两次,武帝刘彻即位后提议一次被匈奴拒绝,后与乌孙国和亲两次,宣帝刘询与匈奴和乌孙国各一次。

与匈奴八次和亲的细节如下：

汉高祖七年（公元前200年），"平城之围"后首次和亲，"乃使刘敬（原名娄敬，和亲政策顶级设计人，赐姓刘），奉宗室女翁主为单于阏氏，岁奉匈奴絮缯酒食物各有数，约为兄弟以和亲"（《汉书·匈奴传》）。

汉惠帝三年（公元前192年），"以宗室女为公主，嫁匈奴单于"（《汉书·惠帝纪》）。

汉文帝即位后，提议和亲。"至孝文即位，复修和亲"。汉文帝四年（公元前176年），冒顿单于致汉文帝国书，问及和亲事，"天所立匈奴大单于敬问皇帝无恙，前时皇帝言和亲事，称书意合欢"。"汉许之"（《汉书·匈奴传》）。

以上三次和亲，嫁冒顿单于。

汉文帝六年（公元前174年），"冒顿死，子稽粥立，号曰老上单于"。"老上稽粥单于初立，文帝复遣亲人女翁主为单于阏氏"（《汉书·匈奴传》）。

汉文帝后元二年（公元前162年），"六月，匈奴和亲"（《汉书·文帝纪》）。

以上两次和亲，嫁老上单于。

军臣单于即位后，拒绝与汉和亲，大肆侵扰掠边。"军臣单于立岁余，匈奴复绝和亲，大入上郡（今陕西榆林一带）、云中各三万骑，所杀略甚重"（《汉书·匈奴传》）。

汉景帝二年（公元前155年），"秋，与匈奴和亲"。汉景帝五年(公元前152年)"遣公主嫁匈奴单于"。

以上两次和亲,嫁军臣单于。

武帝即位(公元前140年)后,积极推行边境贸易,给匈奴最优惠待遇。"武帝即位,明和亲约束,厚遇关市,饶给之。匈奴自单于以下皆亲汉,往来长城下"(《汉书·匈奴传》)。

汉武帝元封六年(公元前105年),太初三年(公元前102年),两次与西域乌孙国和亲。汉武帝中后期,汉朝国力强盛,又联手西域诸国,与匈奴关系发生结构性变化,但仍处于军事对峙期,互有胜负;汉军每在一地取胜后,匈奴则在他处疯狂报复。

汉昭帝时期无和亲,匈奴提出和亲,汉朝不响应。始元二年(公元前85年),狐鹿姑单于"欲求和亲,会病死"。"壶衍鞮单于既立,风谓(即捎话,非正式国书)汉使者,言欲和亲"(《汉书·匈奴传》)。

汉宣帝神爵二年(公元前60年),"匈奴单于遣名王奉献,贺正月,始和亲"(《汉书·宣帝纪》)。此时,汉与匈奴关系已有本质变化,匈奴派重要使臣入汉"奉献,贺正月"。

汉宣帝甘露三年(公元前51年),呼韩邪单于首次以臣子身份入汉朝觐,"汉宠以殊礼,位在诸侯王上"。公元前33年,呼韩邪单于第三次朝汉,"单于自言愿婿汉氏以自亲",汉元帝赐王昭君嫁单于。这一年汉元帝改元,称竟宁元年。

贾谊是汉文帝时的博士,汉代的博士比今天的院士地位高,相当于皇帝的文化顾问。他给汉文帝的奏折中,称"和亲"政策是"倒悬",是跛脚,是偏瘫,是国之大病。

"天下之势方倒悬,窃愿陛下省之也。凡天子者,天下之首也,何也?上也;蛮夷者,天下之足也,何也?下也。蛮夷征令,是主上之操也;天子共(供)贡,是臣下之礼也。足反居上,首顾居下,是倒悬之势也。天下倒悬。莫之能解,犹为国有人乎?非特倒悬而已也,又类躄(跛脚),且病痱(偏瘫)。夫躄者一面病,痱者一方痛。今西为上流,东为下流,故陇西为上东海为下,则北境一倒也,西郡、北郡,虽有长爵不轻得复(很高爵位的人也不能免除徭役,复,此处为徭役,指戍边),五尺以上不轻得息(不能安居乐业),苦甚矣!中地左戍,延行数千里,粮食馈饷至难也。斥候者(瞭望哨兵)望烽燧而不敢卧,将吏戍者或介胄而睡。而匈奴欺侮侵掠,未知息时,于焉望信威广德难"(贾谊《新书·解县(悬)》)。

天子、蛮夷、首、足、上、下,这种观念是不妥当的,没有与邻为善的平等相处意识。但贾谊对国情态势分析有大眼光:"蛮夷征令,是主上之操也。天子共(供)贡,是臣下之礼也。"听命于匈奴,大国丧失发言权。给匈奴奉贡,是臣子的行为,向他国俯首称臣,是屈辱。"中地左戍,延行数千里,粮食馈饷至难也。"由内地到边境戍边,长途跋涉千里,军费支出巨大。汉代中期时候,全国人口约四千五百万,常规部队仅七八万人,而与匈奴的边境线长达数千里,西北从今陕甘宁一线起,至山西、河北、北京,东至辽东,汉代不得已实施全民皆兵政策,国民二十三岁至五十六岁,每年每人均有三天兵役义务。

"匈奴欺侮侵略,未知息时于焉,望信威广德难"。在有和亲纳贡的政策下,匈奴每年仍要大肆侵边,不知何时能止,大国之威从何谈起。贾谊无奈地发出感慨:"倒悬之势,莫之能解,犹为国有人乎?"国家有难,无人能解,是国家没有栋梁人才。

我们中国自汉代起,才开始以世界的眼光,重构国家的格局,这是汉代的大器之处,是"汉唐气派"的原点所在。但是这个"大"是多么的来之不易,历经了太多的韬光养晦和自强不息。对大国崛起之前压抑地带的反思与内省,应是今天建立中国气派大时代的基础课。

丝绸之路不仅是一条路

丝绸之路不仅是一条路,重要的是世界观。

中国在汉代之前,走的是自强与自安的国家路线,因自得而自在,和外国基本没有往来,也没有对世界的认识,只有"天下"这个概念。"天下"在西周时期是这么界定的,用"五服"做区划,以首都地区(京畿)为核心,向东南西北四外延伸,每五百里为一服,五百里之内称"甸服",一千里内称"侯服",一千五百里内称"宾服",两千里内称"要服",两千五百里内称"荒服"。方圆五千里,泱泱大国,是为天下。"先王之制,邦内甸服,邦外侯服,侯卫宾服,夷蛮要服,戎翟荒服"(《史记·周本纪》)。"中国"这个词最早出现在夏代,但含义与今天不同。夏代先民开始筑城而居,"禹都阳城",住在城里的人称"中国人"或"中国民",简称"国人"。《说文》的注解是,"夏者,中国之人也"。"中国"即"国中"的意思,用以区别无组织的游牧部落。西周的"五服"观念,针对"国人"是一种大的进步,有行政区划意识了。

中国的大历史,至少有一半是和北方民族的砥砺交融史,也是以汉代为分水岭。汉代之前的北方民族犬戎、匈奴等,南侵中原的目的比较单纯,就是掠夺女人、粮食、金银、财物。汉代之后,开始对政权有野心,因此后世的历史里,有南北朝,有南宋和北宋,元代是蒙古人建立的,清代是满族和蒙古族合营的。

秦朝建立后,匈奴在甘肃庆阳、陕西榆林一带屡屡犯边。公元前215年,秦始皇遣大将军蒙恬率军三十万御北,用了大约六年时间,收复了黄河以南的失地,把匈奴驱至黄河以北,并把秦、赵、燕三国的旧长城连通,修筑了一条西起甘肃临洮,东至辽东的万里边防线,即今天人们常挂在嘴边的"万里长城"。

汉代建国,正值匈奴强盛期,纵有"和亲"政策,匈奴每年仍然大肆入侵边境,杀官吏,掠民财。汉与匈奴的边境线长达数千里,西起陕甘宁,中间是山西、河北,东至北京、辽东,西汉中期之前的国家要务主要是戍边。汉文帝时的贾谊,写过一篇文章《解县(悬)》,指出汉与匈奴的关系呈"倒悬"之势,是大国屈辱。这种"倒悬"的态势从刘邦开始,经历了惠帝刘盈、吕后、文帝刘恒、景帝刘启,到汉武帝刘彻执政的中后期,国家综合实力大增,又开启了丝绸之路这种治国模式,才有所改善,但在军事上仍处于对峙期,汉军每打一次胜仗,匈奴均在他处疯狂报复。再经过昭帝刘弗陵,直到汉宣帝刘询时候,汉军把匈奴赶到贝加尔湖一带,边疆的维稳警报才算彻底解除。

丝绸之路最初是军事路、外交路，汉武帝派使臣联合西域的大宛、乌孙、大月氏等国，成立了一个松散的合作联盟，旨在孤立和削弱匈奴势力。之后是民生路、商业路、世贸路，再之后发展成了当时世界上最繁忙的物流大通道。由长安到西域，到中亚，到西亚，再绵延至欧洲。物质交流的同时，中国文化、印度文化、西方文化也相互间交集共生。丝绸之路是汉朝探索出来的，让中国融入世界，并渐而有发言权和影响力的一条大国之道。

与丝绸之路相关的物产

丝绸之路不是务虚的外交词汇，有很具体的实际内容。

德国地理学家李希霍芬1868年至1872年在中国考察了四年，之后写出了五卷本著作《中国——亲身旅行的成果和以此为根据的研究》。书中首次命名"丝绸之路"，"从公元前114年到公元127年间，联结中国与河中（指中亚阿姆河与锡尔河之间）以及中国与印度，以丝绸之路贸易为媒介的西域交通路线"。公元前114年是西汉汉武帝元鼎三年，这一年丝绸之路的开拓人物张骞去世；公元127年是东汉汉顺帝永建二年，这期间的二百四十下年被认为是丝绸之路的首个高潮期。1910年，德国人赫尔曼在《中国与叙利亚之间的古代丝绸之路》一书中进一步定义，"我们应该把这个名称的含义延伸到通往西方的叙利亚道路上。丝绸之路，即从长安到叙利亚。其实，丝绸之路这一概念是有局限的，讲东西交通和中西交通，既包括交通线，又包括所有的各种交流,例如,文化艺术、科技、宗教等各个方面。因此,我们把丝绸之路定义为:古代和中世纪从黄河流域和长江流域,经印度、中亚、西亚连接北非和欧洲,以丝绸贸易为主要媒介的文化交流之路"。

经由这一条物流大通道,中国的物产,如丝绸、茶叶、瓷器,包括五谷种植技术被输出,同时引进了良种马、苜蓿(军马的主饲料,汉又名"怀风","苜蓿一名怀风,时人或谓之光风。风在其间,常萧萧然",还叫连枝草等。有多个名字,是因为此植物刚被引入,尚无定名)。葡萄(汉代写为蒲桃)、樱桃、胡麻、胡椒、胡萝卜、芫荽、石榴(安石榴)等也多从这条路而来,再落地生根。

汉武帝刘彻爱马,在帝位五十四年,他的坐骑有多匹来自大宛国(乌兹别克斯坦一域),有一副马具来自身毒国(印度)。"武帝时,身毒国献连环羁(马笼头),皆以白玉作之(皮革之上镶玉),玛瑙石为勒,白光琉璃为鞍,鞍在暗(闇)室中,常照十余丈,如昼日。自是长安始盛饰鞍马,竞加雕镂,或一马之饰直(值)百金"(《西京杂记》)。

《西京杂记》载,汉宣帝刘询生不逢时,才几个月大时,因"巫蛊之祸"受牵扯坐牢,入狱时,胳膊上佩戴着祖母史良娣编织的彩色丝绳,上面系着一枚产自印度的宝镜,镜面如八铢钱大小,民间说法此宝镜可照见妖邪,佩戴者得赐天福,因此宣帝才能转危为安。宣帝即位后每次见到这枚宝镜,都会长时间哭泣。

丝绸之路得以宽广和壮大,是接着地气的,和民生息息相关。国家倡行的政策,失去老百姓的参与和响应,是不可能成为大政的。

以丝绸之路为罪证的一桩宫廷命案

公元前71年是汉宣帝即位第三年,霍光的妻子霍显买通宫廷女医官淳于衍,毒死许皇后。第二年,霍光的小女儿霍成君被立为皇后。霍光时任大司马、大将军,领尚书事,是当时的国家二号人物。

西汉十一位皇帝,有五位无后嗣,分别是惠帝刘盈,昭帝刘弗陵,成帝刘骜,哀帝刘欣,平帝刘衎。在嫔妃如织如梭的后宫,却高瀑断流,还是十一分之五的高比例,放在世界政治史里也是唯一的。无后嗣的皇帝山崩后,需要在皇室支嗣中海选继位者,三公和九卿均有推举权,但决策人物只有两位,主要是太后,还有柄持时政的重臣。汉代的皇后被废被立是经常发生的事情,但皇后一旦熬成太后,权力就了不得了,收掌皇帝玺绶,对选择新皇帝有决定性的权力。外戚揽权,是汉代政治脸谱上一个大瘊子,显眼也扎眼。

太后干预国政由吕后开始。刘邦去世后,刘盈即位,但基本上是个摆设,十六岁登基,在位七年,二十三岁崩,一切都是妈妈说了算。司马迁著《史记》,体例上甚至不设《孝惠本纪》,而是《吕太后本纪》。在司马迁眼里,刘盈就不算个皇帝。刘盈二十岁那一年,吕后为确保对权力的掌控,立外孙女张嫣为皇后,张嫣是鲁元公主的女儿,是刘盈的亲外甥女,张嫣封后时十二岁,十五岁守寡,无后嗣。

昭帝刘弗陵是武帝刘彻最小的儿子,霍光受武帝托孤遗命,辅佐幼主。刘弗陵八岁即位,十一岁时立霍光的外孙女上官氏为皇后,上官皇后时年六岁。汉昭帝在位十三年,二十一岁崩。上官皇后十五岁守寡,无后嗣,却成了中国历史上最年轻的太后。

成帝刘骜和哀帝刘欣均是十九岁即帝位,刘骜在位二十五年,四十四岁时崩,刘欣在位七年,二十五岁崩。两位皇帝都是双性恋,是公开模式的,朝野尽知。刘骜的男宠叫张放,二人出双入对形影不离,太后实在看不下去了,下旨流放外地,刘骜仍是"玉玺书问不绝",后来有赵飞燕、赵合德姐妹花出现,乾坤才得以回转,张放则在异地忧思而死。刘欣的男宠叫董贤,小帅哥一个。两人也是双宿双飞的,有一次哥俩合寝,刘欣先醒来起身,但被董贤的身子压住衣袖,不忍叫醒,便用剑割断衣袖,此即"断袖"一典的源头。刘骜和刘欣是汉代第九帝和第十帝,均无后嗣。当时的汉王朝已呈大厦将倾的颓相,国家将亡,皇帝有无后嗣已属无所谓了。

汉平帝刘衎九岁即位,十四岁崩。刘衎在位时,国家政权事实上已经不姓刘了,由王莽把持着,刘衎只算个门面而已。

霍光是霍去病同父异母的弟弟,是武帝第二任皇后卫子夫的外甥。武帝六十六岁那一年,命画工给霍光画了一幅"周公负成王朝诸侯图",以周公佑护周成王的寓意,拜托霍光辅佐幼主,四年后,八岁的刘弗陵即昭帝位,霍光不辱使命,以"大将军领尚书事"相国,秉政勤恳,老成谋国。霍光有个大家庭,生了七女一男,外孙女上官氏六岁时被封为汉昭帝皇后,宣帝即位后,小女儿霍成君又被封后,但此举也为后来霍家被满门抄斩埋下了孽因。

汉宣帝自幼生长在民间,昭帝无后嗣,通过海选入宫为帝。在民间娶许氏为妻,并育有一子(即汉元帝刘奭),继大位后,许氏被封为许皇后。霍光的妻子霍显,一心谋求女儿入宫,买通宫内的医宦淳于衍,毒死许皇后。为酬谢淳于衍,霍显专门建了一个小型丝绸厂,引进最新式机械和最新工艺,请名师织造丝绸,同时赠金钱,送宅院和奴婢。但淳于衍仍不满足,和人抱怨说:"我给霍家办了这么大事,就得到这点回报。"这个细节记载在《西京杂记》中。"霍光妻遗淳于衍。蒲桃(葡萄,葡萄是西汉时才从西域引进,葡萄花纹是新工艺图案)锦二十四匹,散花绫二十五匹。绫出钜鹿(今邢台)陈宝光家。宝光妻传其法,霍显召入其第,使作之。机用一百二十镊,六十日成一匹,匹直万钱。又与走珠一琲(珠十贯为一琲),绿绫百端,钱百万,黄金百两。为起第宅,奴婢不可胜数。衍犹怨,曰吾为尔成何功而报我若是哉。"

恶有恶报,事情很快败露了,前后只有短短的五年时间。公元前71年,许皇后被毒身亡,第二年霍成君封后。两年后,公元前68年,霍光去世。再一年,公元前67年,汉宣帝立太子刘奭。皇后霍成君与母亲霍显再施毒计,阴谋毒死太子,却被太子的侍女发现。此时霍光已去世,保护伞没有了,水落石出,许皇后的冤死也随之昭雪。霍光家族,连同霍去病的后辈,数十个大家庭满门被斩。

大人物恃权力作孽,迟早会遭天报应的。

酷吏的隐患

酷吏的行为常常被人当作官员的榜样,是好政治的一种,他们不瞻前顾后,不徇私情,做事果断,甚至是手段霹雳。我在此提醒还需要看到酷吏的另一面,冷血、为达到目的不择手段,且常采用极端办法。这样的官员多了,社会温度会降低,世间的生态会缺少温暖感。司马迁和班固著史,把官员分为循吏和酷吏两种。循吏循礼恒情、守职守度,酷吏政声酷烈,守职无度。《史记》记载了十一位酷吏,《汉书》记载了十四位,排在首位的均是郅都。

郅都是这样进入仕途快车道的:

西汉的上林苑,是中国史里最大的皇家园林,占地三百里,八条河流融汇其中,"茫茫乎八川,分流相背而各异",是兰亭的射猎御苑,还是羽林军演习操练重地。这一天,汉景帝(刘启)入苑狩猎,行至中途,皇妃贾夫人内急,才进厕所,一只野猪也进去了,景帝示意中郎将(相当于侍卫长)郅都去救,郅都原地不动,"贾姬如厕,野彘入厕,上目都,都不行"。景帝自己带人往厕所跑,郅都跪横着挡在路前,说:"失去了一个皇姬可以再选一个,天下女人多着呢。您要是发生意外,我对国家和太后怎么交待?"僵持之中,贾夫人从厕所中出来了,野猪也走了。郅都这种行为的风险是极大的,贾夫人不是一般的皇妃,是赵敬肃王(刘彭祖)和中山靖王(刘胜)两位皇子的母亲。但事后,太后窦夫人大悦,赏黄金百斤,景帝也赐百斤。

郅都是山西洪桐人,文帝时是宫内侍从,景帝时任侍卫长,以胆大直谏闻名,常在朝廷上折伤大臣。郅都廉洁,同窗旧友包括六亲在内,一概不领私情,常说的一句话是,"我舍小家为大家,现当守职而守,老婆孩子的事情也跟我无关"(已背亲而出,身固当奉职死节官下,终不顾妻子)。野猪林事件后,连擢升两级外放济南郡,任主官太守。济南郡当时有一大户,是车匪路霸型,宗族三百余家,比较嚣张,郅都到任后,第一件事先把大户的首恶就地伏法。一年后,济南郡的社会治安呈大好局面,不仅盗贼不生,路上丢了东西也没人敢捡。"至则诛睸氏首恶,余皆股栗。居岁余,郡中不拾遗。"

公元前148年发生的一件事使郅都先被免职,再被斩首。

公元前153年,汉景帝立长子刘荣为太子,三年后废太子封为临江王,又两年后,刘荣因"宗庙改私宅"被诏入京,由中尉府主理。此时郅都任职中尉。汉代的首都地区全由卫尉和中尉分掌,权重卫尉是九卿之一,中尉比照九卿,实际权力高于卫尉。卫尉统率南军,缴巡宫中,中尉又执"名金吾",统率北军,卫戍京师,拘捕犯法官员,有执法权,且负责天子之行,"职主先导",皇帝外出,中尉骑马走在前列。刘荣到案后,向狱史要刀笔,想亲手写一封信给父皇,那时没有纸,字是写在木片或竹板上的,因而需要以刀制册。郅都严词不允许给。大将军窦婴是窦太后的侄子,私下派人送去刀笔,废太子刘荣惊惧之中自杀。窦太后为长孙的这种人生终局大怒,又不便用极刑,于是罢免郅都一切职务。

此时,正值匈奴屡屡犯边,杀吏掠民侵财之事不断,"中二年二月(公元前148年),匈奴入燕,遂不和亲""六月,匈奴入雁门,至武泉,入上郡,取苑马;吏卒战死者二千人""八月,匈奴入上郡"。景帝爱惜人才,启用郅都为雁门太守。匈奴慑于郅都的威猛,引兵后撤,但使用反间计,放出郅都有心归北的口风。景帝明知是诈,但在窦太后的支持下,还是把郅都杀了。自郅都赴任到被杀的几年间,匈奴不敢犯边,"竟郅都死不近雁门",这位良将大吏,没有死在匈奴弓箭下,亡命在窦太后爱孙子的那颗妇人之心上。

在养羊大户与帝王之间

卜式是汉武帝时期的养羊大户,规模化养殖,由"羊百余","至千余头"(《汉书·公孙弘卜式儿宽传》),一千多只羊在今天看来不算什么,但在西汉时候的中原地带,是超大规模,当时的北方草原,从宁夏到内蒙古,均是匈奴的领地。

汉武帝一生宏图伟业,开疆拓土,给国家增置了二十八个郡(郡,相当于省,秦统一全国时设置三十六郡,汉代建国后变大郡为小郡,刘邦时置六十二郡,汉文帝和汉景帝各增置六郡,汉武帝刘彻增置二十八郡,总数达一百〇二郡),由于不停地南征北战,造成国库空虚,于是在土地田租之外,开始征收"算缗"(工商税),卜式就生活在这样的时代背景之下。卜式是河南郡,(今洛阳一带)人,他是守"孝悌"的楷模,兄弟俩分家的时候,他把田宅留给弟弟,自己带一百多只羊上山,十年后发展至"千余头"。后来弟弟败光家产,卜式又分出资财帮助,成为乡里美谈。

据史料载,卜式有过三次重要的纳税记录,其实应属捐资性质。这种捐资的背后藏着他的难言之隐。

第一次正值与匈奴的拉锯战期间,卜式给皇帝上书,愿捐出一半家产给国家。"式上书,愿输家财半助边"。汉武帝被感动了,派使臣去问卜式"是不是想做官?"卜式答:"我是养羊的,做不了官,也不愿做。"再问"有受冤屈的事吗?"卜式答:"我平时不与人争,没有冤家。"又问"为什么捐钱呢?"卜式答:"天子征匈奴,如果贤能之人肯献身,有钱人肯献钱,灭亡匈奴就指日可待了。"但这次捐资未遂,汉武帝征求丞相公孙弘的意见,公孙弘洞察出了卜式的隐机,说:"这个人说的这些话,不是人之常情,他有大的图谋,希望陛下不要准允。"

这隐机是什么呢?

汉代重农抑商,商人没有社会地位。汉初,刘邦甚至对商人的生活方式做出硬性规定,"令贾人不得衣丝乘车,重租税以困辱之"(《史记·平准书》)。商人不能(像贵族那样)穿丝绸衣服,乘坐轺车(供休闲用的轻便马车)。到吕后时,"市井子孙亦不得仕宦为吏",经商者的子孙不能出仕为官。到汉武帝时,给商人打入另册,建立"市籍"制度,即商人户口,一人有市籍,全家都不允许购置土地。"贾人有市籍,及家属,皆无得名田"(《汉书·食货志》)。实施"算缗"税之后,虽然允许商人购置"轺车",但税收加倍。卜式的捐资其实是给自己争取社会地位。

卜式第二次捐资捕捉到了一次良机。匈奴的浑邪王率四万兵众南降汉朝,被安置在河南郡,但朝廷和地方均拿不出安置费用,卜式给河南郡守送去二十万钱,燃眉之急得以解决。郡守上书奏报朝廷,汉武帝认出了卜式的名字。这一年是公元前121年,汉武帝元狩二年。

接下来,卜式又承担了汉武帝"赐"的一次"外役"。"外役"是一种"以费代役"的特殊税赋。汉代的北方边疆一直紧迫,西起陕甘宁,东至北京沿线,绵延几千里,均受制于兵强马壮的匈奴。当时全国总人口约四千五百万左右,不得已实行全民皆兵制度,二十三岁至五十六岁间的男子,每人每年戍边三天,如果不能赴任,需上缴三百钱,此举措也称"过更"。汉武帝"赐"卜式承担四百人的"外役",即交纳十二万钱。"乃赐式外役四百人,式又尽复与官。"之后卜式就交了华盖运,被召入京,先任中郎,再拜缑氏令,再转任齐郡相(与郡守同级别),直至御史大夫(与丞相、太尉并称三公,掌全国官员监察,也称副丞相)。卜式不仅为自己争取到了政治地位,还成了火箭式提拔的政治明星。

卜式初任中郎时,并不愿为官,汉武帝说:"上林苑(皇家御苑)中有羊,你去负责养吧。"这位中郎每天穿着布衣草鞋放羊,一年后,羊群迅速繁殖扩大,汉武帝知道后夸奖他,卜式说:"养羊和治民一个道理,只要让他们按时起居,把带头闹事的羊除掉,以免败坏群体,这样差不多就行了。"汉武帝听后觉得很新奇,于是卜式由羊倌转入仕途。

卜式的经历像一段传奇,他带来了中国政治史里的一个重要转变,纵然重农轻商的根基仍然牢固,但商界出身的人不再受政治歧视了,再之后,官与商之间的界限也模棱两可了。

脏唐臭汉

"各门各户,谁管谁的事,都够使的了。从古至今,连汉朝和唐朝,人还说脏唐臭汉,何况咱们这宗人家。谁家没有风流事,别讨我说出来。连那边大老爷这么利害,琏叔还和那小姨娘不干净呢。凤婶子那样刚强,瑞叔还想他的账。那一件瞒了我!"话是贾蓉说出口的,但根子在作者心里,曹雪芹讲脏唐臭汉,指的是朝廷及权贵人物的"淫佚之行"。

我列举大汉雄风腋下的几桩"汉臭":

"(汉惠帝)四年冬十月壬寅,立皇后张氏"(《汉书·惠帝纪》)。"太后立帝姊鲁元公主女为皇后"(《汉书·高后纪》)。两句史话指的是同一件事,汉惠帝刘盈娶的是外甥女。刘盈的胞姐鲁元公主,下嫁赵王张敖,生女张嫣,吕后做主,把外孙女嫁给儿子。

"孝武陈皇后,长公主嫖女也"(《汉书·外戚传》)。汉武帝刘彻的首位皇后陈阿娇,是长公主刘嫖的女儿,刘嫖是汉文帝女儿,汉景帝胞姐,武帝刘彻的亲姑姑,封馆陶公主,下嫁堂邑侯陈午,生女乳名阿娇("金屋藏娇"一词即源于此)。刘盈娶外甥女,刘彻娶表妹,均无后。

"(武)帝姑馆陶公主,号窦太主,堂邑侯陈午尚之。午死,主寡居,年五十余矣。近幸董偃……出则执辔,入则侍内"(《汉书·东方朔传》)。馆陶公主刘嫖豢养董偃,从十三岁起,至十八岁"圆房"收为内侍,武帝刘彻去看望姑姑兼岳母,称呼董偃叫"主人翁"。今天主人翁一词是人民群众,在汉朝专指长公主的小鲜肉。"后数岁,窦太主卒,与董君会葬于霸陵"(《汉书·东方朔传》)。董偃因舆论压力,三十岁郁郁早逝。刘嫖弃丈夫,与董偃合葬,且葬于父皇汉文帝霸陵,属于入祖坟。刘嫖也算敢为天下先的女子。

"元朔中,偃言齐王内有淫失之行,上拜偃为齐相……乃使人以王与姊奸事动王。王以为终不得脱,恐效燕王论死,乃自杀"(《汉书·严朱吾丘主父徐严终王贾传》)。元朔是汉武帝年号之一,自公元前128年到公元前123年。偃是主父偃,武帝刘彻的大臣,他向武帝告发齐王与胞姐有淫乱行为,并由此出任齐相,到齐赴任后,让人捎话给齐王,说皇上已知奸情。齐王在极度恐惧中自杀。因为此前不久,燕王才因为乱伦被处死。主父偃有政治才华,但人品差,爱告黑状,下场很惨,"乃遂族偃",被诛杀全族。

"帝作列肆于后宫,使诸采女贩卖,更相盗窃争斗。帝著商估服,饮宴为乐,又于西园弄狗,著进贤冠,带绶。又驾四驴,帝躬自操辔,驱驰周旋"(《后汉书·孝灵帝纪》)。东汉汉灵帝刘宏是亡国皇帝,也是无耻荒淫衰君,在位二十一年。十二岁即位那一年,即在宦官操盘下发动文化大清洗(党锢之祸),杀捕文化贤臣数千人。刘宏偏好一出"商业经济"的后宫游戏,在后宫建商业一条街,宫女依柜台俏卖,他装扮成商人沿街选购,随兴淫乐。还有更恶劣的,给狗穿上官服,佩上印绶,出入宫殿,"狗官"一词由此而起。他业余时间在后宫搞自驾游,驾四驴车。范晔给刘宏的史评是,"灵帝负乘,委体宦孽。征亡备兆,《小雅》尽缺。"

全民举报

市井这个词,是市场的意思。在古代,没有商店和农贸中心,商贩们多聚在井边,人们来担水,顺便购物。"若朝聚井汲水,便将货物於井边货卖,故言市井也。"后来有规模了,形成了商业,城里有市,农村也约定俗成有了赶集的集市。另外一种说法是源自井田,依古制,一井为二十亩田,人们在田里干活,贩夫们在田畔守株待兔。第一种解释妥当些,后一种大概是死脑筋又肯用功的读书人瞎猜出来的。

本事,指正经事,是本业,对应着末业。中国古代重农抑商,"上农除末",农为本,商为末,这是"市井""货色"这类词的词根里有贬义的基础。实行改革开放,经济成为"一个中心,两个基本点"的"中心"之后,本与末的界限不存在了,这是社会进步与繁荣的标志,但应该认识到,已有的原则被破坏,新原则尚未树立起来,经济成为社会里唯一"核心"的时候,是乱象丛生的,人心里长了草,不进行田间管理的话,社会品质会霉变。

汉代受益于商业,也是重创中国商业的样板。

汉代的商人有"市籍",即城市户口。当年的城市户口没有社会地位,"乃令贾人不得衣丝乘车""市井之孙亦不得仕官为吏"。商人不能穿丝绸,不能坐豪车,商人的后代不能做官。汉武帝刘彻是大帝,志存高远,霹雳手段多,因此财力消耗也大。北击匈奴,南降诸越,西通百域,东接渤海。丝绸之路在这样的意识形态下应运而生了,中国同西域的往来,由农作物开始,前后四千年前左右,西域的小麦传至中原,黄河沿线的谷类种植技术也交流过去。汉武帝时期,由单一而多元,由零散的脚印到踩出了一条宽敞的道路。丝绸之路是强大国家的政治路,也是贸易路和商业路。

为填充庞大的国家用度,汉武帝实行了比较完整的商业税,即"算缗"制度。为保障税收,还配套推行了"告缗"制度。

算缗制度包含两项基本内容:一,工商业者,高利贷者,不论有无市籍,均要据实向政府申报财产。一缗为一千钱,两缗上缴一算,一算为一百二十钱。小手工业者,相当于今天的个体户,纳税减半;二,除"官吏,三老,北边骑士",有"轺车"(当年的豪车)的家庭,一辆车上缴一算,商用轺车加倍。五丈以上的船,一船上缴一算。

告缗制度也有两项基本内容:一,隐匿不报,或呈报不实,罚戍边一年,并没收全部财产,鼓励国人检举揭发,对"有功"人员,奖励没收的一半财物;二,禁止有"市籍"的商人及子女拥有土地和仆人,违抗者罚没全部财产。

算缗和告缗是萝卜两头切,是把一根蜡烛的两头同时点燃。算缗的正常税收远不及告缗的罚没。"即治郡国缗钱,得民财物以亿计,奴婢以千万数,田,大县数百顷,小县百余顷,宅亦如之。"告缗带来了非常严重的后果,"商贾中家以上大率破,民偷甘食好衣,不事畜藏之产业,而县官有盐铁缗钱之故,用益饶矣"。政府有钱了,财政宽裕了,但商业被摧毁了,中等以上的商家几乎全部破产。

更可怕的是,举国鼓励告状,重赏之下遍地"勇夫",匿名、实名举报者比比皆是,蔚然成风。百姓不再勤劳致富,民心和民风败坏了。国家的蛋糕是做大了,但做蛋糕的手有点脏,这是汉武帝给我们今天的告诫。

算缗和告缗

缗,是旧时串铜钱的绳子,由此成了量词,一缗,为一千文。算缗是汉武帝颁行的营业税种,课征对象是工商业者及手工行当,旧称"贾人末作"。末作即末业,农为本,商贾为末。

算缗的征收方式是经营者自行申报财产,"各以其物自占",依财产纳税。"率缗钱二千取算一",一算是一百二十文,二千文缴一百二十,税率为百分之六,小业主减半,"率缗钱四千算一"。算缗里还有车船税,"轺车"缴纳一算,轺车是以前的豪华私家车,是奢侈品。轺即遥,"四向远望之车也"。"吏比者、三老、北边骑士"的轺车是公务车,不在征收之列。"商贾人轺车二算,船五丈以上一算。"如果隐匿不报,或不据实申报,惩罚是严厉的,"匿不自占,占不悉,戍边一岁,没入缗钱"。"算缗令"是公元前119年颁行的,为确保政令畅通,作为配套措施,公元前118年和114年,两度发布"告缗令",鼓励百姓检举揭发,"有能告者,以其半畀之",检举人可获得罚没金一半的奖励。

算缗是中国大历史里农业税之外的首项财产税,为开拓之属。功益处在于不加重农民负担,"富国非一道""富国何必用本农""无末业则本业何出"。西汉初年的农业税是十分之一,比较高,文帝免了十二年税,后降为十五分之一,景帝再大幅降为三十分之一。汉武帝是有作为的皇帝,有作为,就是多做大事情。武帝北征匈奴,南威夷越,又好大喜功,在赏赐上也是大手笔,"北至朔方,东封泰山,巡海上,旁北边以归。所过赏赐,用帛百余万匹,钱、金以巨万计。"举一个武帝的实例,汉使赴身毒国(即印度)出访,中途在昆明国受阻,未遂而返。武帝"乃大修昆明池",在西安西南郊凿湖四十里,"作昆明池象之,以习水战"。造大小战船几百艘,"治楼船,高十余丈,旗帜加其上,甚壮。"武帝有点像今天的美国总统,外交上稍受挫折,即展现武力雄风。大作为是以国库坚实为前提的,武帝没有增加农业税,而是把手伸进了商人的口袋。

汉代的商人有"市籍",即城市户口。"贾人有市籍,及家属,皆无得名田,以便农。敢犯令,没入田货。"国家明文规定,贾人名下不能有土地。

告缗这道法令值得反思。告缗的收效是巨大的,"得民财物以亿计,奴婢以千万数,田,大县数百顷,小县百余顷,宅亦如之"。但是,"商贾中家以上大率破",中国的商贸业终武帝一朝陷入了毁灭性的泥沼。比这更可怕的是,告缗使民风败恶,倡导诚信反而使诚信沦丧,百姓风行给政府打小报告,做政府的密探,"民偷甘食好衣,不事畜臧之业"。

武帝时期有一位纳税楷模叫卜式,洛阳人,以养羊为业,后来发展成规模化养殖,有几千头。他在两次战争中受到武帝重奖。一次是北战匈奴,卜式上书,愿捐出一半家产。"天子乃超拜式为中郎,赐爵左庶长,田十顷,布告天下。""超拜",即是破格提拔。另一次是南征,卜式又上书,"愿父子死南粤"。"天子下诏褒扬,赐关内侯,黄金四十斤,田十顷,布告天下。"后又拜御史大夫,由地方官晋为京官,但不久卜式就失宠了,因为对车船税提了反对意见。"船有算,商者少,物贵。""上不说(悦),贬为太子太傅",名噪一时的拥军爱国模范去履任闲职了。

经济政策是用来富国的,如果沦落为政府敛钱的手段,就是误国了。

这一仗,刘邦输了150年

这是一场保家卫国之战。

公元前200年农历十月,刘邦与匈奴单于冒顿在今山西大同一带高峰对决,三十二万步兵对垒三十万骑兵。此战之前,刘邦有一个严重疏失,对北方冬天的寒冷缺乏准备,汉家军近二三成的士兵被冻掉脚趾和手指,"卒之堕指者十二三"(《汉书·匈奴传》)。冒顿单于成功实施"诱敌深入"和"擒贼先擒王"战术,分割包围,把刘邦死死围困在大同的白登山,整整七天。刘邦派人私下向冒顿王妃(阏氏)重金行贿,得以侥幸生还。

冒顿和刘邦是同时代的英雄,但粗糙不羁至极。公元前209年,冒顿弑杀父王,自立为单于。"冒顿杀父代立,妻群母(以父王群妃为妻),以力为威"(《汉书·郦陆朱刘叔孙传》)。这一年他二十六岁,此之后横刀立马,兼并整饬匈奴数十个部落,再之后疯狂扩张,东进辽东东胡,西到帕米尔,北抵贝加尔湖,南踞长城脚下,黄河岸边,一统辽阔的草原和戈壁,不到十年时间,一个彪悍的匈奴帝国强势崛起。公元前200年,与汉朝军队决战的时候,冒顿三十五岁,刘邦五十八岁。

这一年是汉高祖七年。事实上,刘邦是在汉五年春天称帝,六月定都长安,十二月灭项羽,统一中国不足两年的时间。这一时期,北部边疆不断报急,边关多处吃紧,匈奴在边境沿线掳人口,抢财物,杀官吏。在此之前一年,为强化边防,刘邦封异姓诸侯韩王信为代王,重兵驻守山西北部,驻地在马邑(今山西朔州),但不久,韩王信在重压之下投降匈奴。"徙韩王信于代,都马邑。匈奴大攻围马邑,韩信降匈奴。"匈奴顺势大举南下,破雁门关之后,又连下太原、晋阳。刘邦是在这样的危机之下挂帅出兵的,这一仗是实实在在的保家卫国之战。

但这一仗打输了，不仅军事上输了，国家的体面也随之扫地，自此开启了中原大国向塞外强权屈尊纳贡的先河。每年向匈奴呈送金银财物之外，还"和亲"，汉代的和亲，说穿了，就是用美女换和平。汉代对匈奴的和亲，止于汉武帝，史载共有八次，仅对冒顿单于就有三次。公元前200年，汉高祖首次和亲，第二次是汉惠帝刘盈（公元前192年），第三次是汉文帝刘恒（公元前176年）。三位皇帝每人给冒顿单于送去一个姑娘。被和亲的姑娘都是有身份的，是翁主。皇帝的女儿称公主，诸侯的女儿称翁主。

贾谊是汉文帝时的博士，即皇帝的文化顾问。他上书奏说：今天的形势好比人之倒悬，脚在上，头在下，脚在指挥脑袋。匈奴对汉天子发号施令，掌控着皇帝的权柄。汉天子向匈奴进贡，行臣子礼数。但没有人能扭转这样的势态，是我们国家缺乏人才呀。

这样的"倒悬"之势是从汉武帝开始改变的。汉武帝刘彻公元前140年即位，第二年起即启动了"丝绸之路"计划。"丝绸之路"最初是军事之路，派张骞去联合西域的国家，共同抵抗匈奴。汉武帝雄才大略，兴军事，强贸易，振奋国力。从即位起，终止与匈奴和亲（与乌孙国两次和亲，乌孙国，在今乌兹别克斯坦），在与西域多个国家的往来中，引进了"良马利刃"，综合实力大增，汉武帝在位五十四年，彻底扭转了国家的"倒悬"，汉朝自此站起来了。公元前87年，汉武帝去世。又三十多年之后，公元前51年，汉宣帝甘露三年，呼韩邪单于第一次以臣子的身份朝觐汉天子,从公元前200年,到公元前51年,是艰辛漫长的一百五十年。

《食货志》里的一笔良心账

《食货志》是阐述汉代三农问题及国家财政手段的大文章。食货的定义是:"食谓农殖嘉谷可食之物,货谓布帛可衣,及金、刀、龟、贝,所以分财布利通有无者也。二者,生民之本,兴自神农之世。"

班固为农民说话,算了一笔良心账,读着既怵目,也让人沉思。以五口人家为例,种田一百亩,以亩产1.5石计,收成是150石,上缴10%的农业税,15石。月人均口粮1.5石,全家一年需90石填饱肚子。余粮45石。当年每石粮食市场价是30钱,销售后,收入1350钱。日常开销、衣物等项每人每年300钱,需1500钱,教育、祭祀(社间尝新,春秋之祠)费用共约300钱。五口之家辛苦劳务一年,净亏450钱,且"不幸疾病死丧之费,及上赋敛,又未与此"。

面对农民的这种生存困境,政府必须介入。班固列举了战国时期的"魏国模式",鼓励增产增收与政府平准粮价相结合,丰收年时,政府以高于市场价格收购粮食,作为国家储备,灾年时,再以低价开仓。平准市价的最大受益者不是农民,而是政府。"籴甚贵伤民,甚贱伤农。民伤则离散,农伤则国贫,故甚贵与甚贱,其伤一也。善为国者,使民毋伤而农益劝。"

《食货志》细致地介绍了几种农耕方法,包括农用机械,该算做当时的农业高科技。

汉文帝的伟大之举是减免农业税,先由十分之一减至十五分之一,后听从晁错建言,全部免除,"乃下诏赐民十二年租税之半。明年,遂除民田之租税"。十三年后,景帝二年,"令民半出田租,三十而税一也"。

2004年,中国部分省市试点免除农业税,2006年起全国免除农业税,取消烟叶以外的农林特产税。这是一项大好的政策。但当年一家大报有一句评述:"中国延续了2600多年的'皇粮国税'走进了历史博物馆。"这位作者,可能没读过《食货志》。

尊儒术,是汉代的主旋律

罢黜百家,独尊儒术,是汉代的主旋律。

一户讲究的人家,房子再多,装修的时候是遵循一个主调子的。一个好的公园,设计上是有轴心的。一个国家,如果不被外族殖民,是要有自身的价值观的。国家的文化品格,不宜搞万国博览会,什么都重视,就是什么都不重视。

汉代的核心是皇帝,这是最大的政治,但判断是非的标准,不是靠皇帝的那张金嘴,而是儒家学说,以儒学共识,塑造国家伦理。"是故简六艺赡养之,《诗》《书》序其志,《礼》《乐》纯其美,《易》《春秋》明其知。六学皆大,而各有所长。《诗》道志,故长于质。《礼》制节,故长于文。《乐》咏德,故长于风。《书》著功,故长于事。《易》本天地，故长于数。《春秋》正是非，故长于治人"(《春秋繁露·玉杯》)。

汉代召开过两次文艺座谈会，是学术研讨会性质。一次在西汉，汉宣帝甘露三年(公元前51年)的"石渠阁会议"；一次在东汉初年，汉章帝建初四年(公元79年)的"白虎观会议"。两次会议都是皇帝主持，但主讲人不是皇帝，而是当年的多位儒学名宿。"诏诸儒讲五经同异"。会议是开放包容的，以《诗》《书》《礼》《易》《春秋》，还有《乐》为基础材料，与会专家各自阐述自己的研究心得，各抒己见，也允许各持己见。会期均在一个月左右，会后形成了两部论文集，《石渠议奏》和《白虎通义》。《石渠议奏》据记载有一百六十五篇文章，可惜已失传。《白虎通义》侥幸还在，共十卷，不足两万字，但内容翔实具体，且义理繁茂。我们读一读目录，看看当年的座谈会上讲了些什么：一、爵，号，谥；二、五祀，社稷，礼乐；三、封公侯，京师，五行；四、三军，诛伐，谏诤，乡射，致仕，辟雍，灾变，耕桑；五、封禅，巡狩，考黜；六、王者不臣，蓍龟，圣人，八风，商贾；七、文质，三正，三教，三纲六纪；八、性情，寿命，宗族，姓名，天地，日月，四时，衣裳，五刑，五经；九、嫁娶；十、绋冕，丧服，崩薨。汉代的儒学在社会学范畴，与国计民生、世相百态关联密切。到了宋代，摇身成理学，入了哲学的境地。

汉代之前的秦朝，包括秦国，对文化是漠视的。秦始皇焚书坑儒之后，整个国家就成了文化沙漠，周朝及春秋战国汇聚起来的文化传统被割裂断开了。汉代的了不起，在于以儒学为突破口,接通了中国文脉。

"五经":汉代的大众读物

"五经"成为汉代的普及读本,与"四书"是明清两朝的普及读本是一个原理,出于科举和仕途的需要。中国古代的科举考试,不仅仅是国家人才的成长道路,还是穷门小户的希望之光和生活出路,底层人家的孩子,通过苦读书,就有出人头地的机会。

汉代还没有科举考试,是察举制,也就是推荐制。汉武帝时期的推荐标准是:"郡国县官有好文学,敬长上,肃政教,顺乡里,出入不悖,所闻,令相长丞上属所二千石。二千石谨察可者,常与计偕,诣太常,得受业如弟子。一岁皆辄课,能通一艺以上,补文学掌故缺;其高第可以为郎中,太常籍奏。即有秀才异等,辄以名闻。"推荐对象是"有好文学",指读书出众的。汉代,文学一词比今天含义厚实,有写作的一面,但更多指读书,且能从中读出学问。政审标准是"敬长上,肃政教,顺乡里,出入不悖"。"所闻",发现这样的人才后,"令相长丞"(县令、侯相、县长、县丞)要上报给"二千石"。"二千石"是以级别工资代指郡守及诸王相。"二千石"考察通过后,要带着考生及具体的推荐者赴京城长安,到太常处报到。太常是九卿之首,掌管国家礼仪、宗律、天地祭祀,还分管文化教育。入门太常后,经过一年的预科学习,结业时严格考试,读通一经以上(一艺指一经,汉代六艺指

《诗》《书》《礼》《易》《春秋》,再加上《乐经》),"补文学掌故缺"。文学和掌故均是官职,也相当于资格学位,"文学"是学官,"掌故"是史官。学业突出的直选为郎中,汉代的官职中,带"中"字的都是"中央机关干部"。"太常籍奏",指进入国管后备干部序列。"既有秀才异等,辄以名闻",其中特别突出的,直接奏报皇上,告示天下。这是汉代选拔人才的机制,同时还有退出机制。"其不事学若下材,及不能通一艺,辄罢之,而请诸能称者"。连一本经都读不通的,劝退,再递补另选。汉代读书讲究读通、读透,"延文学儒者以百数,而公孙弘以《春秋》白衣为天子三公,封以平津侯。天下之学士靡然乡风矣。"汉代的公职人员有读书风气,因为书读好了可以仕进。公孙弘是汉武帝时的丞相,也是《春秋》研究专家,还是人才选拔和退出机制的顶层设计者。

汉代的文化生态不是一时之功,而是累朝积淀而成的。汉武帝在国家人才选拔主渠道外,还设置有更高层面的学术机构,设置博士官,相当于今天的社会科学院。博士官招研究生,"为博士官置弟子五十人,复其身"。博士弟子不是一般的研究生,是要精通"五经"的。"复其身"是很高的待遇,一般官员都享受不到,终生免税赋。武帝之后,汉昭帝"增博士弟子员满百之",汉宣帝"增倍之",是二百人。汉元帝时增为一千人,而且"能通一经者皆复",通一经,就可以终生免税赋。到了汉成帝时期,"增弟子员三千人"。读通一门经,就可以光耀门第,还可以终身免税赋,这对普通人家是多么具体的诱惑和鼓励。

我们今天读到的"五经",是经由汉代"抢救文化遗产"重新整理的,整理工作难度极大,因为秦始皇的"焚书坑儒"几乎毁绝了民间存书,仅有《易》因"民卜之用"侥幸逃过劫难。更致命的是,项羽攻入咸阳城燃烧了三个月的那场火,使皇宫的"国家藏本"荡然无存。所谓的整理工作,是依靠老读书人的"文化记忆",说白了就是背书而得。后来在孔子老宅夹墙里发现了部分善本,但也由此有了经学的"新旧"之争。

汉代的经学研究,守着"夫子不以空言说经"的方法,下踏实的笨功夫,"古之学者耕且养,三年而通一艺,存其大体""《诗》以正言,义之用也;《礼》以明体,明者著见,故无训也;《书》以广听,知之术也;《春秋》以断事,信之符也……而《易》为之原。故曰'《易》不可见,则乾坤或几乎息矣',言与天地为终始也"(《汉书·艺文志》)。汉代经学研究最大的亮点是允许各抒己见,也允许各持己见,形成了多家学派,"凡《易》十三家,二百九十四篇""凡《书》九家,四百一十二篇""凡《诗》六家,四百一十六卷""凡《礼》十三家,五百五十五篇""凡《春秋》二十三家,九百四十八篇"(《汉书·艺文志》)。汉代的经学研究,是中国文化的旷世功德,是在废墟之上重整旗鼓,是中国文化的集大成和再出发。

班固对西汉文化生态是这么总结的:"自武帝立五经博士,开弟子员,设科射策,劝以官禄,讫于元始(汉平帝年号),百有余年,传业者浸盛,支叶蕃滋,一经说至百余万言,大师众至千余人,盖禄利之路然也。"从汉武帝到汉平帝,百余年形成的浓郁的文风和学风,在于"禄利之路然也",是政府的禄和利起的推动功用。如今倡导"全民阅读",是天大的好事,但全民阅读仅仅靠倡导是不够的,形成踏实的读书风气,还需要政府跟进、实际作为。

在汉代,文学意味着什么

文学这个词,在汉代的观念里,比今天宽,也厚实。

文学一指文章经籍,《诗》《尚书》《礼记》《易》《春秋》五经之学。《史记·儒林列传》写到刘邦杀项羽之后:"高皇帝诛项籍,举兵围鲁,鲁中诸儒尚讲诵习礼乐,弦歌之音不绝……齐鲁之间于文学,自古以来,其天性也。""言《诗》于鲁则申培公,于齐则辕固生,于燕则韩太傅。言《尚书》自济南伏生。言《礼》自鲁高堂生。言《易》自菑川田生。言《春秋》于齐鲁自胡毋生,于赵自董仲舒。"

司马迁借公孙弘之口给文学的定义是:"明天人分际,通古今之义,文章尔雅,训辞深厚,恩施甚美。"当年的文学家有三个硬条件:饱学与真知灼见、文章笔法讲究,还得"恩施甚美"。这个美字相当于今天美学里的美,不是表面的,是深层次的。杜甫有一句诗,与此遥相呼应:"文章千古事,得失寸心知。"

在汉代,文学还是一种选官制度,当时科举考试未兴,是察举制、推荐制,地方大员向中央举荐的人才里,即有贤良文学一科。贤良文学是当年的高端人才,属特举。大致的流程是,依皇帝诏令,地方官吏把举子送至朝廷,皇上廷试,举子策对,之后按见识高矮授官。皇上高兴了,会追加提问,一策之后,还有二或三,董仲舒的"天人三策"就是这么出笼的。贾谊和晁错都是经历这种严格遴选脱颖而出的。

汉代和今天有一点相类似,是依靠农民取得的政权,天下打下来了,但管理国家的经验比较少。汉代是"汉袭秦制",国家管理的多方制度沿袭秦朝。军事上沿用"二十等军功爵",货币用"秦半两"(十二铢钱,旧制二十四铢为一两),历法用秦始皇颁行的"颛顼历",以"颛顼历"纪年,一年伊始的首月,是今天农历的十月。汉朝经历了刘邦、吕后、文帝、景帝之后,武帝是大帝,不仅开疆守土,还建规立制:实行货币改革,停"秦半两",用"五铢钱";维新历法,废"颛顼历",颁行"太初历",我们今天的农历纪年方法,是由"太初历"完善而成的。

汉武帝在文化上的贡献也是伟大的。秦朝是军人政治,走军国路线。武帝尚武更崇文,"今上(武帝)即位……于是诏方正贤良志士""延文学儒者数百人""治礼次治掌故,以文学为官""自此以来,则公卿大夫士吏,斌斌多文学之士矣"(《史记·儒林列传》)。"武帝即位,举贤良文学之士前后百数"(《汉书·董仲舒传》)。文学在武帝时期是显学,全国瞩目。

汉武帝对文化人物是尊重的,西安老城文昌门内有一条街,叫下马陵,董仲舒墓就在这条街上,坊间闲传汉武帝经过,每每下马步行。董仲舒的"罢黜百家,独尊儒术",是循着孔子"克己复礼"的未竟事业朝前走。礼是规矩,一切按规矩来,由礼而理,以礼入教。董仲舒有一句名言,"屈民而伸君,屈君而伸天",百姓守规矩,使皇帝有威严。皇帝守规矩,使天地显正大。至于后世的统治者只讲屈民,不讲伸天,不能把烂账记在董仲舒名下。

汉代的文学观是大方大器的,强调"文章尔雅,训辞深厚",但"明天人分际,通古今之义"是写在前边的。比如贾谊的文章,《吊屈原赋》《鵩鸟赋》文辞讲究,《过秦论》被《史记》收录,《论积贮疏》《论铸币疏》被《汉书》收录,因其洞察社会趋势与走向,看破世道焦点所在。文学作品被史家采信,是大手笔。

《史记》与《汉书》的体例之功

汉代的史学是显学,也时尚,是前沿学科。

《史记》《汉书》既是中国社会观察与考察的集大成作品,在文体上也有开创之功。汉以前的文章,都是囫囵着去写的,自这两本书始,才有了体裁类别的讲究。以今天的眼光看,《春秋繁露》《新书》《新序》是历史学专著,董仲舒是《春秋》研究的大家,晚年以讲学为主业,《春秋繁露》是他讲学的核心要义,这本书中贯通着《春秋》和《易经》,由史及文,以中国人的思维构筑中国哲学。贾谊的《新书》和刘向的《新序》是当年呈给皇帝的奏书,以历史上的人物和事件为基本材料,向皇帝阐述当朝时政的要务。"以故刺今""言得失,陈法戒""助观览,补遗阙",进而"以戒天子"。

一个时代的文学昭示着一个时代的精神品质。一个时代的史学成果,代表着一个时代的精神深度。一个时代是清醒沉实还是虚化侈靡,看这个时代的文学与史学作品就知道了大概。

汉代史学走强,是有社会成因的。汉代是中国社会大转型期,是国家转型,由分封建国制向中央集权制转型。"大一统"自秦朝开始,但寿命太短,仅十五年,成型却未定型,类于交响乐的序曲,也像高速路的辅路。新型国家的根本所在,是在建构国家伦理和社会伦理。

秦代是先军政治,代表作之一是"焚书坑儒":"非秦记皆烧之。非博士官所职,天下敢有藏《诗》《书》、百家语者,悉诣守、尉杂烧之。有敢偶语《诗》《书》者弃市(斩首示众),以古非今者族,吏见知不举者与同罪。令下三十日不烧,黥(面部刺字)为城旦。所不去者,医药卜筮种树之书(《易经》为不被焚之书)。"此种文化酷政之下,民间藏书基本上绝迹了,但当年的国家图书馆还有,也允许博士官存书。但公元前206年项羽那一把火,让所有存书随咸阳城化为废墟。不好的政治对文化的连续伤害,是灭顶之灾。

汉代是在这样的背景下整理国故,继承并弘扬传统的,以"六艺"(《诗经》《尚书》《礼记》《易经》《春秋》《乐经》)为主轴,依靠文化老人的记忆,重新挖掘整理出大量古代文献著述,进而打通了中国文脉。汉代的民间和政府,敬重读书有成的人。汉代的政府重视读书,创立了以书取仕的选官制度,甚至多年未被提拔的官员,"通一艺,迁滞留(升职)"。民间读书讲学风气随之浓郁,在汉武帝时期大师专家达到一千人以上,著述数百万言。

　　历史观,是观人心,也观我心,以观者的利益利害为出发点是不可取的。恨一个人便编造证据去诬陷,去诋毁;爱一个人则杜撰事实,凭空制造一个典型。写历史,或写历史题材的文章,要守中国传统史学观的底线,"以史制君""君史两立"的旧话不宜讲,但"以古鉴今"是要沿循的,讲历史是为了今天的时代清醒。因而那类"以古悦今""以古媚今",乃至从史中找乐子,戏说历史的文章还是少写为宜。

中国爱情的旧款式讲法

我们中国的旧小说,是给"爱情"设置服务区间的,适用于特殊地带里的特殊族群——蛇狐与书痴,仙女与傻小子,这一类故事风姿多种,异想天开,尽管多数不着边际,却有歌有泣,凄美绵长。良家女子不被允许谈论爱情,结婚前,大户人家的女孩子是被软禁的,住绣楼,做淑女,大门不出,二门不迈,因而"绣楼偷蘸"也是旧文人笔下的热点。婚后的女子核心内容是贤惠忍让,大夫人劝老公纳小是妇德,是美谈。妻妒妾这样的故事也有,用的多是批判现实主义写法,是反面典型。

清代的袁枚有一本小说故事集,叫《子不语》,顾名思义,是圣贤不说的话。这本书里讲了一个良家女子带"穿越"色彩的爱情故事,由一系列"节外生枝"构成,细节生动,有匠心,有味道,还有股子正能量的劲头。

故事发生的背景地在江苏淮安。

一对夫妻,丈夫姓李,妻子是主要人物,却没有姓名,称为

"妻某氏",夫妻感情和谐,"琴瑟调甚"。李丈夫三十岁刚出头突然去世,"妻某氏"悲恸至极,"已殓矣,妻不忍钉棺,朝夕哭,启而视之"。过"头七"的时候,当地有"迎煞"的民俗,这一天,煞神前来把亡者带走,家人和至亲都要回避。"妻某氏"把儿女安顿妥当,自己留下来,一直坐在亡者帐中。"至二鼓,阴风飒然,灯火尽绿。见一鬼红发圆眼,长丈余,手持铁叉,以绳牵其夫从窗外入。"这位煞神见棺前有酒有肉,便放下铁叉,解开索命绳子,大吃大喝起来。"每咽物,腹中啧啧有声。"丈夫李的幽灵在屋中四下走动,留恋不舍。在旧书案前,竟能轻抚触摸,怅然长叹。不一会儿,走到床前,揭开帐帷,"妻某氏"迎上去哭着抱住,像抱着一团冷云,"妻哭抱之,泠然如一团冷云",于是用被子包裹起来,煞神发现后上前抢夺,"妻某氏"大声呼叫,儿女们从旁屋拥护而至,煞神夺窗而出。"妻某氏"与儿女合力将裹着的灵魂放入棺内,丈夫李渐渐有了生气,接下来被抱到床上,灌以米汤,天亮以后丈夫李终于复活了。二十年后的一天,"妻某氏"去城隍庙祈福,恍惚中见两个壮丁押解着一个带枷的人走过来,仔细一看,带枷者竟是那位煞神。红发煞神指着她骂道:"我当年贪嘴渎职,被判刑二十年,都是你一手造成的,今天终于见了你。""妻某氏"回家后即命终,这一年她年满六十岁,故事到这里就结了尾。

中国人居家过日子,也不把"爱情"这两个字挂在嘴唇上,"一往情深深几许,深山夕照深秋雨",让一切沉浸在具体的日子里。不说爱情,但把该做的事情做到位,有些事做的甚至"露骨"。在以前,讲究的人家女儿出嫁,当娘的要给一件特别的陪嫁,叫"压箱底"。"压箱底"是瓷器,圆形,顶上有盖,打开盖子,里面有一对男女。有的瓷器去了外罩,只是男女裸着交欢,再配以锦盒、木盒,也有用袋子装的,叫锦囊。瓷器一般不大,拳头大小吧,交欢的状态也是模棱两可的。出嫁前一天晚上,放在嫁妆内最隐蔽的地方。这是中国古人的性教育方式,让小两口照着瓢去画葫芦。我收藏过一件"压箱底",墨玉的,没头没身子,只是男女生殖器的造型。雕工极好,虽是石头,却温润有质感,栩栩如生。据原收藏人说是出自清代一个大和尚的手工,我猜是吹牛,为了抬高价钱而已,哪有这么见多识广又有手艺的和尚。这个东西后来被我小学同学掠夺走了。我没有坚持往回要,就因为那句"和尚雕的",和尚的手艺越好,这件艺术品的阴影越清晰。

《红楼梦》七十三回,"痴丫头误拾绣春囊",这个绣春囊就是"压箱底"。"今日正在园内掏促织,忽在山石背后得了一个五彩绣香囊,其华丽精致,固是可爱,但上面绣的并非花鸟等物,一面却是两个人赤条条的盘踞相抱,一面是几个字。这痴丫头原不认得是春意,便心下盘算:'敢是两个妖精打架?不然必是两口子相打'。"汉代的科学家张衡,就是发明地动仪的那位,他还是出众的文学家,他写过一首诗《同声歌》,中间也有类似"压箱底"的句子:"衣解巾粉御,列图陈枕张;素女为我师,仪态盈万方。"张衡所写到的,不是瓷器,是图画人物。

礼仪之邦的底线

礼是规矩,是原则。孔子讲的"克己复礼",指的是恢复周礼,这是周公给国人制订的一系列具体行为准则。《左传》里有三段君臣之间的对话,用事实讲述"礼"对于国家根基的重要。分述如下:

鲁国发生大臣乱政,齐国大臣仲孙湫名义上去"省难",实际是探虚实,回来后与齐桓公有一番答对。桓公问:"鲁国可以拿下吗?"仲孙湫说:"还不到时候。虽有大臣乱政,但民心未乱,老百姓秉持周礼,循规矩,守原则。周礼是国家的根本,一国将亡,一定先是根本上动摇了,而后枝叶从之。君王图霸业有三个利器:亲近稳定巩固的国家;离间民心涣散的国家;覆灭君臣昏乱的国家。"这次对话发生在鲁闵公元年(公元前661年)。

公元前537年,鲁昭公到访晋国,自"郊劳"至"赠贿",均守礼节。(郊劳和赠贿是周礼中见面与告别的两种礼节,"入有郊劳,出有赠贿")晋平公对大臣女叔齐说:"鲁侯不也是很擅长礼吗?"女叔齐说:"这是仪,不是礼。礼的核心内容是职守国家,政令畅通,民心所向。现在的鲁国,政令不出于国,而在卿大夫家,国有贤人,不能任用,违背大国之盟,欺凌小国。国家被卿大夫分割着,百姓只知有卿,而不知有君。鲁昭公身为国君,对如此危险局面茫然无察,却舍本逐末,热衷于表面的仪式,您讲他长于礼,他与礼相差很远呢。"

公元前516年的一天,齐景公和晏子在大殿里闲聊天。晏子阐述了君主在治国上该如何实施礼——"惟礼可以为国"。重中之重在于让百姓有归属感,应厚施于民,不可厚敛于民。礼仪之邦的衡量标准是:百姓不移民国外,农民守本,工商业者不改行,士不失职,官吏不怠慢,权势人物不侵占国家利益。("民不迁,农不移,工贾不变,士不滥,官不滔,大夫不收公利。")晏子对礼的定位是:"礼之可以为国也久矣,与天地并!"礼是与天地并存的。

我们老祖宗给"礼仪之邦"画出的底线是,国家建立规矩,君王及各级公职人员执行并带头遵守规矩,老百姓把遵守规矩当成体面事情。

多留神

写日常生活的文章要多留神。

旧时中国人过日子,规矩多,讲究多,每户人家均有六方神明佑护着,叫"家宅六神",具体是门神、户神、井神、灶神、土地神、厕神。门神、户神主出入。井神、灶神主饮食,贫寒人家院子里打不起井,水缸即是井神,逢年过节,一纸"饮水思源"的红纸要贴在上面。土地神又称"土正""土伯""社神",主庭院福德。厕神不是主管厕所,而是主宰家宅的吉凶变化。一家人的生活,并不总是一帆风顺的,有了不测风云,厕神会保护着转危为安,柳暗花明。我们中国人过日子细,十里不同俗,"六神"有多种"版本",有多种传说和源流,但这些传说有一个共同的指向,即是人们的行为要敬天敬地、守心守道,循规矩而行。

"六神"源自五祀。

五祀是古代社会祭祀的五方神祇,"五祀者,何谓也?谓门、户、井、灶、中霤也。所以祭何?人之所处出入、所饮食,故为神而祭之"(《白虎通义》)。中霤神是元神,在屋子正堂的室中央位置。穴居时代,人们的住处是没有窗子的,在屋顶的正上方开凿一个洞,一为采光,二是先人们在屋中央生火取暖做饭,也是排烟通风的需要。穴居时代结束后,人们筑屋开窗,灶也移至偏侧,但中霤神依然作为"家神之主"而精神存在着。

在汉代之前,只有贵族才能祭五祀,普通百姓不具备祭天地神明的身份。"独大夫以上得祭之何?士者,位卑禄薄,但祭其先祖耳"(《白虎通义》),东汉之后移风易俗,其中还有一个原因,是工商阶层的形成,富裕的人多了,经济影响了政治,老百姓也有了祭祀天地的权利。

汉代社会祭祀制度的革新,还有一个重要的闪亮点,是"天子祭天地、四渎,诸侯祭域内山川",四渎是入海的四条河流,黄河、长江、淮河、济水,后两条河流因黄河几经改道,今已不再入海。天子和诸侯祭祀山川河流,不可一味地认为是封建迷信,从生态保护的角度讲,是有敬天地自然之心。进入现代社会后,科学技术进步了,但人们敬畏天地的心意也淡了,"改天换地""人定胜天"的念头太重。我们这个时代在生态上犯的最大失误就是对河流的无序治理,黄河时而断流的现状应该深刻反省,中小流域被污染乃至被破坏的情况更加严重,令人堪忧的还有地下水污染变质的现状。现如今中央政府在全国推行"河长制",实在是亡羊补牢的英明之举。

写山,写水,写风物习俗,包括写日常生活,既是写人心深浅美丑,也是写世态的冷热曲直。

冬至这一天

我们中国人传统的认识里,一年开头的第一天不是正月初一,而是冬至。

这一天阳气由地心开始上升,又称一阳。"蛾眉亭上,今日交冬至。已报一阳生,更佳雪,因时呈瑞。""冬至一阳初动,鼎炉光满窗帷。五行造化太幽微,颠倒难穷妙理。""新阳后,便占新岁,吉云清穆。""一气先通关窍,万物旋生头角,谁合又谁开。""子月风光雪后看,新阳一缕动长安。""天时人事日相催,冬至阳生春又来。""阴冰莫向河源塞,阳气今从地底回。""冬至子之半,天心无改移。一阳初动处,万物未生时。""一杯新岁酒,两句故人诗。"古人的这些诗词句子含着对冬至以及天道人事的认知。冬至过后,小寒与大寒之间是二阳,三阳专指立春这一天,三阳开泰,指的是从十二月二十二日(前后)到二月四日(前后),阳气上升运行四十五天浮出地表,润泽万物生长,普降吉瑞。中国古人对一年里首日的定位,和西方的"元旦"相差约十天。这和东西方地理位置的差异有关,中国古人是站在黄河流域,确切地讲是渭河流域,仰观天象,俯察地理得到的结果。是不是比西方更科学不敢讲,但这种认识是有充分科学依据的。

汉武帝颁行"太初历"之前,古中国地大物博,使用过六种历法,"黄帝历""颛顼历""夏历""殷历""周历"和"鲁历"。"六历"最大的区别是"岁首正月"设置的不同,其中仅有"夏历"的正月与今天一致。"黄帝历""周历""鲁历"均是以"冬至"所在的月为"正月",即今天农历的十一月。"殷历"的正月是今天农历的十二月,即"腊月"。秦朝大一统后,施行"颛顼历","岁首正月"为"冬至"前的一个月,即今天农历十月,也不叫正月,称"端月"。《史记》和《汉书》中,凡是涉及纪年,均以"十月"开始即是这个原因。

中国皇帝以年号纪年,始于汉武帝,太初元年(公元前104年),汉武帝刘彻执政第三十七个年头,改革历法,废"颛顼历",颁行"太初历",后世的多部历法,均以此为基础而成。"太初历"既守天体运行规律,同时兼顾农业生产的"物候"、动物的生育生长、植物的荣枯以及二十四节气的变化,因而中国的历法也称"农历"。如正月有"立春""雨水"两个节气,"物候"是"东风解冻,蛰虫始振,鱼上冰,草木萌动"等。二月有"惊蛰""春分"两个节气,"物候"是"桃始华,玄鸟(燕子)至,仓庚(黄鹂)鸣,雷乃发声,始电"等。三月有"清明""谷雨"两个节气,"物候"是"桐始华,萍始生,虹始见,戴胜降于桑"等。六月有"小暑""大暑"两个节气,"物候"是"温风始至,腐草为萤,土润溽暑,鹰乃学习,大雨时行"等。七月有"立秋""处暑"两个节气,"物候"是"凉风至,鹰乃祭鸟,白露降,寒蝉鸣,禾乃登"等。十月有"立冬""小雪"两个节气,"物候"是"水始冰,虹藏不见,地始冻,天气上腾地气下降,雉入大水为蜃"等。十一月有"大雪""小雪"两个节气,"物候"是"蚯蚓结,虎始交,麋角解(脱落),水泉动"等。

中国人自古以来重视天象与天道,起于对天地的敬畏,老百姓的口头禅是"谢天谢地"。同时也含着制约皇权的禅机,以"伤天害理"的理念限制皇帝的言行,这是中国早期的"民主特色"。"四时者,天之吏也;日月者,天之使也;星辰者,天之期(聚会)也;虹霓彗星者,天之忌(告诫)也。""人主(皇帝)之情,上通于天,故诛暴(苛政)则多飘风(风灾及雾霾),枉法令则多虫螟(蝗灾),杀不辜则国赤地(大旱),令不收则多淫雨(水灾)。"(《淮南子·天文训》)

中国古代历法的底线是"应天时,受地利",没有"战天斗地,其乐无穷""敢叫日月换新天"这么硬气的意识,还有对"人定胜天"那句老话的解读,不是"人有多大胆,地有多大产"的意思,而是人心和顺,百姓康定是天大的事情,这也是早期的中国民主思维,以民为本,以民比天。

黄羊解

黄羊是羊的"少数民族"。

黄羊是羚科,与绵羊山羊是远亲,生活习性差异大,但有三种基因相通着。一是跪乳,吃奶时小羊跪着;二是交配时公羊间的争斗不激烈,不把情敌置于死地,弟兄间不为这档子事弄得你死我活。竞争的方式也比较文明,点到为止,类似于掰手腕确定出线权。鹿也是温驯动物,但在发情季节,时而会见到"头破血流满脸花"的雄鹿,这番模样的黄羊是见不到的;三是群而不党,"不阿党也"(《白虎通义·瑞贽》),黄羊群居,但不搞小团体,不拉帮结派,是货真价实的民主社会。

羊是古代的祭品,是六牲之一,也是古人初次见面时的礼品。古人送礼是不乱来的,有严格的规矩,"天子用鬯,公侯用玉,卿用羔,大夫用雁"(《春秋繁露·执贽》),"鬯"通"畅",百草酿制的醇酒。玉是君子,有缺点不掩其瑕,有棱角不伤及人。大雁讲究秩序,步调一致,飞成行,止成列。卿的礼物是羊,"羔有角而不任,设备而不用,类好仁者;执之不鸣,杀之不谛,类死义者;羔食于其母,必跪而受之,类知礼者"(《春秋繁露·执贽》)。羊脑袋上长着攻击的设备,但不使用,近乎仁;被捉被杀时不鸣不哀,近乎义;吃母乳时跪着,近乎知大德。

黄羊是动物健将,擅于长跑和跳远,最高时速可达六十公里。跳远功夫也出众,一只普通的黄羊,跳个六七米是寻常事。黄羊的这些本领是狼训练出来的,狼吃羊,爱吃黄羊,但不是因为肉质,狼是懂一点通俗社会学的,对有靠山的不敢轻易下手。它知道,吃了牧人的羊,牧人不会放过它。在草原上有个共识,有黄羊出没的地方,其他的羊基本安全。

狼跑不过黄羊,但狼肯动脑子,吃智力饭。狼群向黄羊发动进攻一般选择两个时间段,一是吃饱了,再是睡足了。才吃饱的黄羊跑不远,速度也提不起来。睡足后本该有精气神的,但黄羊有个生活习惯,爱憋尿,尤其是冬天的夜里,为了御寒,通常是好几只簇拥着,彼此依偎而眠。有经验的老黄羊,半夜有尿了会即时方便,年轻些的,舍不得肚皮底下那点热乎气,这点小懒惰的后果是可怕的。拂晓时分,耐心守候了一夜的狼吹响了冲锋号,黄羊惊怵着飞奔求生,但其中憋着尿的是逃不过狼眼睛的,这样的黄羊会在疾速奔跑中因尿囊崩裂而亡。

狼之恶在卑鄙,用心阴险下作,趁羊不备,趁羊虚弱,趁羊之危。孔子评价《诗经》的长处是"思无邪""温柔敦厚,《诗》之教也"。狼的心思全在邪路上,但狼的这些手段,对更智慧的人而言,充其量不过小伎俩而已。

热不自热,寒不自寒

大寒这一天,到鄱阳。

"天寒人寒,大寒小寒。热则普天匝地热,寒则普天匝地寒。热不自热,寒不自寒。红白上三竿,当阳仔细看。"这是宋代一位大和尚的词,法名祖钦。祖钦的诗和词,不求虚心高远,走透彻入骨一脉。读过多年,怎么读也读不够。到鄱阳这一天,正是大寒节气,就想到了这首词。

该冷的时候冷,是天行有常,是天意。

天意,是老天拿定的主意。按中国人的老说法,小寒与大寒区间是二阳。一阳是冬至那天,每年的十二月二十二日前后,阳气由地心向上升起,"今日交冬至,已报一阳生""一阳初动处,万物未生时"。中国人以冬至为一年开始的第一天,汉代之前,中国有六种历法,"黄帝历""颛顼历""夏历""周历""殷历""鲁历"。"黄帝历""周历"和"鲁历"均是以冬至所在的月份(农历十一月)为岁首正月。"殷历"的正月是冬至之后一个月(农历十二月,也称腊月),"颛顼历"的正月是冬至之前一个月(农历十月),秦朝是中国第一个统一的时代,行"颛顼历",汉袭秦制,一直到汉武帝太初元年(公元前104年),颁行"太初历",以夏历为基础,融合天象与农作物的生长规律,岁首正月的设置与今天的历法相同。

冬至之后,阳气在地下运行四十五天,到二月四日前后突破地表,这一天是立春,也称三阳,春回大地,万物发萌,由此称"三阳开泰"。二阳是阳气行至半途,正较劲的时候,是一年中最冷的日子,这半个月如果不冷,呈"暖冬",是反时令,来年春天会发生虫灾或瘟疫,"暖气早来,虫螟为害"(《礼记·月令》)。"大寒见三白,农人衣食足",这句民谚讲的也是这个道理,大寒节气连降三场雪,一年的日子基本就有着落了。

这天早晨,就是挺冷的。

出了住处,拐过三个路口,进入一个菜市场。我每到一个陌生地方,如果有空,就去菜市场,转一圈,差不多就知道了当地人是怎么过日子的。中国人过日子是过胃口,食为天,饮食文化是胃沉淀下来的,胃有感情,也有记性。市场里鱼种类多,都是鄱阳湖里的产物,鱼是湖里的老住户,是最早的业主,世代的湖边人都是鱼喂养大的。往出走时买了鄱阳湖的两种名蔬菜——春不老和泥蒿,以前是在盘子里见的,吃过,实在是好吃,见到活生生的实物,高兴地各买了一点,带回家练练厨艺。

下午,在城外的河渠和水田里,见到了南来过冬的白天鹅和鸿雁,它们成群成片地觅食,或浅翔,或悠闲地溜达。鄱阳湖是候鸟的重要集散地,据说现在候鸟种类已达到三百多种,被破坏的生态正在修复之中,这一点是大寒之中感到的暖意。候鸟是原始的气象专家,不是"人类的朋友"那一层概念,而是老师,人们依据它们南来北往的节奏,知天时,断地理,务农业,"凡举大事,毋逆大数,必顺其时,慎因其类"(《礼记·月令》),古代的中国人奉守自然规律(大数),循行天时,谨慎应对其中的差异变化。

"人定胜天"这句老话,我们今天的理解是有问题的,不是人战胜自然,不是与天斗、与地斗什么的。古人不鼓励逆天思维,而是人心安定,是天职,是天之胜,是老天最大的愿望。也可以进一步引义为,世间的皇帝,如果能做到人心安定,社会秩序井然,就是顺应了天意,是合格的天之子。

被怀念的是渐渐远离我们的

瓦是一个独立的汉字,也是一些字的偏旁部首。

纺车上的纺锤最早是用黏土烧制的,叫瓦。《诗经》里说,"乃生女子,载寝之地,载衣之裼,载弄之瓦"。家里生了女孩子,旧称"弄瓦之喜"。睡觉在地上,穿着短衣,裼是粗布家常短衣,遮体而已。给一个纺锤当玩具,纺锤的寓意是操持家务,祝贺有了内当家的。家里生了儿子叫"弄璋之喜",也源自《诗经》,"乃生男子,载寝之床,载衣之裳,载弄之璋"。男孩子生下来要睡在床上,穿长衣服,裳是男子的长裙,裙字从衣从君,在古代是男装。男孩子的玩具是璋,璋是蕴含着使命的玉,寓意政务和军务,古时候的国家大事、王朝典祭,乃至兵符的信物都用璋。这两个成语有男尊女卑的旧意识,如今很少被人提及了。

在上古时候,黏土烧制的东西都叫瓦,《说文解字》给出的定义是,"土器已烧之总名"。

秦砖汉瓦这个词,代表着中国古代建筑美的一种峰值。秦砖重实用,块大,敦厚。今天的板砖可以提在手里拍击人,秦砖不行,一只手拎不起来。秦砖也讲究装潢美,界面有饰纹,文字纹、图案纹、人物动物纹。到了汉代,一块画像砖,本身就是一件精妙的工艺品。汉瓦的突出代表是瓦当。瓦当是屋檐最前沿的一片瓦,也称滴水檐,"当,底也,瓦覆檐际者,正当众瓦之底,又节比于檐端,瓦瓦相盾,故有当名"。在建筑构件中,瓦的主要功能是防水、排水、隔热,且有效保护木构的屋架。瓦当既保护檐头,有使用价值,也凸显房屋的建筑之美。

最初的瓦当是半圆形的,秦代出现了完整圆形,汉之后全部为圆形,这种转变蕴涵着中国人的人生观——对生活圆满的崇尚。瓦当当面最初是平面无饰的,和砖一样,后来才出现设计美观的文字和图案,动物纹尤其精妙,常见的有牛、马、鹿、兔等,最难得的是"四神",即青龙、白虎、朱雀、玄武。一套"四神"瓦当,如果是真品,如今已价值连城。

世上万物都是有定数的,定数是寿限。蚂蚁、蟋蟀这些小动物有,月亮、地球、太阳这些大家伙也有。今天的大建筑,主体材料已不再用砖和瓦,这也是定数。交通方式变化之后,马退役了;农耕方式变化之后,牛退役了;书写方式变化之后,毛笔字成为艺术品,被挂在了墙上。生活方式变了,趋势就不可挡了,这不是宿命,这也是科学发展观。

长安城散步

城墙下

西安城墙1370年开工建设,这一年是明朝立国第三年,称洪武三年。1378年竣工,共修建了九个年头。从竣工到现在,已经六百多年。

老城墙经见的世面足够多了,把一切看在眼里,人伦物理,是非曲直,以及烟云浮尘,天光月影,城头变幻大王旗,它却是什么也不肯评说,形势高贵,镇定自如。"凭自觉吧",想来这该是老城墙对城墙内外忙碌着的人们的基础态度。

老城墙是整个长安城最让我慑服的。物忌反常,而物的寻常既久即为神明啊。

傍依着城墙内侧有一条窄路,叫马道,再早,是供脚夫走卒通行的,现在被沿墙的住户挤得更窄,一早一晚,总有胖女子侧着身子走。城墙外是护城河,河里的水流不深,却还算清亮。河底的淤泥过些年就要清理疏浚,最近的一次清淤是1998年,是长安城附近的驻军劳动的,将近一个团的士兵整整劳碌了一年,记得是从那年初春开始,一直到当年底,还没有完工。过春节的时候,市民看到电视台播放的现场劳动实况,受到感动的很多,纷纷去河边送东西,有的还和士兵一块儿干。那一段时间,清淤一事成了长安城的热心话题。据史志记载,像这种大规模的整治护城河,在清朝有过六次,民国提倡新生活运动的期间也有过,但不彻底。

护城河的两岸是环城公园,景致都好,功德却有区分,傍着城墙的一面到了晚上才热火,灯光摇曳,散曲起伏,是露天的或半露天的舞场,也有秦腔自娱班子,几个陌生的自助角色往起一凑,生旦净末一场,过几天就都熟稔了。临着环城路的这一面更显见精神,每天一大早,环卫队扫街的工人还没有到,就已经有人手了,到这边来的年龄要偏大,不少人带着剑,除了剑,没见过其他兵器。空着手的就甩手,或压腿、弯腰,或比画着模棱两可的太极招式,前些年还有录音机放低缓的音乐,这几年没有了,没有了倒好,让早晨的空气更清新。实际上,带着剑的人,多是剑不出鞘的,人过来了,选择一个地方,把抱着的剑朝地上一撂,便开始演习上述一系列的动作,尽兴了,抱起剑就走。看着这些散放的剑,让我想到一个词,其实所谓的"含蓄",差不多就是指剑在鞘中的意思。

近来的早晨,在环城公园又增附了一种兼职的趣事,健身的同时,捎带着帮人理发,剑不带了,换上了剃刀、推子一类工具，用白的围布一包裹，有光顾的，就在石头椅上坐下，抄起家什，理发店就算开张了，工钱都是瞧着给。不见有人前来赏识，便依旧甩手、压腿、弯腰，丝毫没有冷场的生意脸孔。

晨早起来到这里贪生的，差不多都是已服老的人，是不再想和生活多争取些什么了。可这份兼职的生动却给人鼓舞。周作人说过："我们于日用必需的东西以外，必须还有一点无用的游戏与享乐，生活才觉得有意思。"换一种眼光看的话，如若生活中只剩下了享乐，另寻一点生存的努力，一定又多了滋味。

藻露堂

长安城里老的铺面多，光叫得出名头的就不下百家。可惜的是，到如今大多数就只剩下名头了。

"藻露堂"是中医药老字号，明朝天启二年开门敬业的，比北京的"同仁堂"早了近百年。电视剧《大宅门》中的"百草厅"即是"同仁堂"，剧中有一个细节，白家少爷西行避难投靠了长安城的范家，原型即是"藻露堂"的宋家。当时"藻露堂"的掌门人叫宋羽彬，是第六代传人，官拜"太学士"的。"藻露堂"最风光的是1900年，到今天数来已经一百多年过去了。当年慈禧太后逃难到了长安城，患下一种病，有的说是偏头痛，有的说是坐骨神经积了症候，差不多是老年妇女综合征一类。宋羽彬受命拜诊，一剂知，两剂和，三剂跃跃然。慈禧天仪大悦，纤手赐书"德润堂"。依着"官理"，母仪天下的慈禧太后典赐了称号，药店要改头换面的,但是没有,这也是长安人的秉性,"藻露堂"仍叫"藻露堂",仅把"德润堂"做了奖状,迎门挂在中堂。

今天的"藻露堂"仍在五味什字巷内,风雨飘摇中一张老脸素面朝天,纵然衣裾不整,却是筋骨朗朗。有一种老说法,"五味什字"巷名即是由"藻露堂"得来,甘、酸、苦、辛、咸,五味包容着,即是医理,更多是人活着的道理。

文化

马年要到了。

马年的生肖邮票选中的是陕西凤翔县六营村胡家的彩绘泥塑。胡家泥塑的声名也有几百年了,有圆雕、浮雕两类,马仅是其中一种,坐虎、挂虎、斗牛、五毒更见吉祥。1998年6月,美国人克林顿到长安城的时候,胡家泥塑的传人胡新明就把彩色的斗牛挂在了他脖子上。胡新明的老友王云奎先生打来电话,说春节要在香港搞胡家泥塑艺术成就展。

北京大学的名教授陈平原、夏晓虹夫妇在长安城,到电视台开讲文学,读晚报的消息,见到陈先生还去了一所中学授课,这真是一件了不起的事情,名重学坛的大学者坐语中学,真是富有民国情怀的学襟风度。这个月长安城的大事是《美文》杂志把10万元的奖金发给了三名中学生,名称叫"全球少年美文金奖",陈先生是这项赛事的评委之一。给中学生发如此高额的奖金,也不知妥也不妥。

客人

春节才过,拜年的人多,又多是依赖了电话,新兴的这套礼数挺好,对着话筒听一些也说一些心暖的话,赦免了腿脚的殷勤之累。表弟一家从县上来了,每年的这个时候都要来,带些乡下过年的"年过货",主要是吃的,属于原料粗、手艺巧、味道足的那一类。最近的五六年,他们带来的都是苹果。他是种植苹果的大户,名传远近,他的苹果品种新,收得多,卖得好。今天进了门就黑着脸,我以为是销路不好,苹果积压了。听了诉苦,才知道今年的价钱太低,苹果卖不过土豆,而且卖得多,赔得多,可又不能不卖。我取出单位发的苹果让他估价,他说批发商能给两毛钱一公斤就很福气了。表弟走后,我去了自由市场,上好的苹果每斤五毛钱,和土豆一样的价。

表弟脾气不好,平日里对待家人,差不多都是"打当家常、骂当商量"的,这次来却是细雨和风着和他媳妇说话,苹果降价,冷脾气升温,见他媳妇乐呵呵满足的样子,也算是"不亦快哉"之一。

终南山

长安城降雨最多的月份是九月。一个月内的阴雨天气粗算起来恐怕不少于十五天。据史志载,最长的一次连续降雨为十九天。降雨的方式也特别,至少有半数的时间是晚上,淅淅沥沥的,到早晨就停了,太阳出来后,雨水开始蒸发,因而九月的长安城虽然阴雨绵绵,却是湿热难受。在唐朝的一些年间,这个月要放"官假"的,给一定级别的官员放年假休息。放假的原因一是潦热难挨,二是道路泥泞,官行不畅。长安城内降雨的特点是由东向西增加,由北向南增加,城南的雨水最勤,年降水量超过一千毫米,城东的临潼区一带最少,在六百毫米上下,秦始皇将身后的陵寝安置在那里,看来是依着科学道理的。

雨后游赏终南山是古人的情趣,终南山在长安城南二十公里,史记中最早记载终南山的是《尚书·禹贡》:"漆、沮既从,沣水所同。荆、岐已旅,终南、敦物至于鸟鼠。"漆水、沮水汇合由渭河入黄河,沣水亦如此。荆山、岐山、终南山、敦物山(郦道元注为华山)均在陕西境内,秦岭东西逶迤,直至鸟鼠山(今甘肃渭源)。《汉书》里说:"南山出玉石、金银、铜、铁良材,百工所取给,万民所仰足也。又有杭、稻、梨、栗、桑麻、竹箭之饶,土宜姜芋,水多蛙鱼。贫者得以人给家足,无饥寒之忧。"王维说:"白云回望合,青霭入看无。"李白说:"出门见南山,引领意无限。"

终南隐士,这是个老词汇,说终南山是自古隐士多。"隐士"是古代潜伏着的人才,今天的人去终南山里盖房子住着,不叫"隐士",首先你不是"士"。退休的人叫闲居,商人叫经营者,还有可能是环境的破坏者。

长安城这几年讲究环境保护,登上南门城楼,又可以远望终南山的轮廓了。在明代,是留下"坐饮南门,亦悠然见南山"佳话的。今天我去登了南城门,终南山在远处隐形着,模糊一片,可能是那一带雾大的缘故。

两个人

第一个人是酒徒。他在糖酒会期间,印制了两盒名片,佯称身份是某糖酒批发公司的部门经理,每个展台依次散发,他的本意是想免费品尝些好酒,却没想到,会议结束前的一两天,他接到许多参展厂家的电话,要来单位送样品酒。无奈之中,他临时租借了两间办公室。事后他说,三天送来的酒,够一辈子喝了。

第二个人是我的朋友。他给我讲了一件事情:一天早上,他乘出租车途经二环的时候,因为交通堵塞,车行受阻,一个十岁左右的男孩子在车窗外乞讨,他掏了两元,男孩子接过钱又朝后一辆车去了。晚上,他在一家烤肉店门口又见到了那个男孩,当时正被几个人揪着狠打,旁边有人说,男孩子是扒手,被现场抓住了。听着男孩子嚎叫的声音,他有些不忍心,毕竟是十来岁的孩子。他拦开动粗的几个成人,并给他们道歉,男孩子哭诉着说几天没吃饱饭了,他于是掏出五十元塞到又脏又黑的小手上,告诫他,以后再不要偷了,男孩子听也没听清楚,就一溜烟儿跑了。

我的朋友说完这件事,又说,我知道这个小东西说的都是假的,却还是莫名其妙又掏了钱。我这位朋友不是生活宽裕的人,他这么做让我想到了一点,人们维护道德所付出的,比怜悯或同情而施舍的要昂贵得多。

逛书市

长安城的东六路是书市。

如果从朝阳门进入老城,第一脚踩中的是东五路,然后向右转,再走一百五十步就是东六路。全程不足八百米的街面上,集中着大大小小百余家书店。门面散漫错落,看起来不打眼,各种门类的最新版书却是一应俱全。我在这条街上住了多年,天天要沿街走几个来回,后来搬了家,上下班的路上不见了花花彩彩的新书预告及装书卸书的忙忙人,竟有很长一段时间不习惯。现在每到周末,我仍要到那里转一圈,一是搜买新书,再是去呼吸那里乱乎乎却亲切的空气。上个周末,见几家书店正在处理甩卖"经典解析""博士文丛""学术集萃"一类的学者著作,设计别致,装帧精美,厚厚实实的十卷本文丛,放下十元就可搬走,比卖废纸稍稍昂贵一些。顺手翻读了其中的两三部后,就有些理解这些学术著述的降价原委,用纪晓岚《阅微草堂笔记》中的一段话大致可以形而象之:

>闻老学究夜行,忽遇其亡友。学究素刚直,亦不怖畏,问:"君何往?"曰:"吾为冥吏,至南村有所勾摄,适同路耳。"因并行。至一破屋,鬼曰:"此文士庐也。"问:"何以知

之?"曰:"凡人白昼营营,性灵汨没。惟睡时一念不生,元神朗澈。胸中所读之书,字字皆吐光芒,自百窍而出。其状缥缈缤纷,烂如锦绣。学如郑、孔,文如屈、宋、班、马者,上烛霄汉,与星月争辉。次者数丈,次者数尺,以渐而差。极下者亦荧荧如一灯,照映户牖,人不能见,惟鬼神见之耳。此室上光芒高七八尺,以是而知。"学究问:"我读书一生,睡中光芒当几许?"鬼嗫嚅良久,曰:"昨过君塾,君方昼寝。见君胸中高头讲章一部,墨卷五六百篇,经文七八十篇,策略三四十篇,字字化为黑烟,笼罩屋上。诸生诵读之声,如在浓云密雾中。实未见光芒,不敢妄语。"学究怒叱之,鬼大笑而去。

解读经典即是传圣言,圣言传达得不妥当,真是一件让鬼也笑话的事。

谈新鲜事

应承写这个专栏,于我实在是一件恓惶的事。才疏学浅的话说出来也没什么用处,但确是不知道写些什么才不会太扫看家的兴致。好的文章,总要先有意思,再求有意味,至于有无意义,把柄在看家那边,作者是强扭不来的。外省有一个朋友连看几期后,来信说中正平实,且不失趣味,同时建议我多写些新鲜事。夸谬的话我清楚是奖励,是老友的一份厚礼,唯提及的建议才是真正要告知的。文章亦如庄稼，少了鲜活也就内损了生命。这个道理我心知肚明，从命题为"长安城散步"起，我便到处的"散步"，而且是哪块人多去哪里。只是有些新发生的事究竟是不是新鲜事，真得费些思量才行。

长安城一家报纸报道了这么一件事，原文情节细致，我在此略述梗概：某县一个人以劁猪为副业，刀法利落，缝合技术严谨。不仅手艺高超，人也随缘，因此，颇得三县五乡的信任，附近猪的这类工作让他一人承包了。这个人豢养了一条黄狗，外出营生时常尾随带着，每每割了猪的自私处，就给狗吃。渐而渐之，黄狗长势硕壮又凶悍。劁猪是农闲时的事，农忙时候他的刀子就入了鞘。这一天，邻居忽然听到他家里响起撕肝裂胆的惨叫声，趴上墙一看，见到那条黄狗正大口叼住他家小儿的裆部在院子里拖。邻居知道他们夫妇两人锁上院门去地里干活了，又因为惧怕黄狗，不敢跳进院子，只好跑去地里叫人，等夫妇两人赶回来，小儿裆部已被黄狗掏吃干净，血尽气绝。

看过这则报道的第一感触是头昏恶心，且不去追问其真实度，即就算是真实发生的，这件事本身也毫无新鲜气息。类似的故事在古代传奇中屡见不鲜，俯拾即是。旨在用于"劝鉴"或"劝善"。若是按着"老版本"的通例，这则报道还应有一个结尾的：劁猪人大悲之后幡然大悟，儿子的遭遇是自己劁猪行恶致众猪绝后的现世报应，黄狗是伸了猪冤，雪了猪耻，随即弃了刀子，再不操纵此业。

手边现成的例子是纪晓岚的《阅微草堂笔记》，开卷即见：

"其里有人畜一猪,见邻叟,辄瞋目狂吼,奔突欲噬,见他人则否。邻叟初甚怒之,欲买而啖其肉。既而憬然省曰:'此殆佛经所谓夙冤耶?'世无不可解之冤,乃以善价赎得,送佛寺为长生猪。后再见之,弭耳昵就,非复曩态矣。"

作家写身边的事情,应该写出新鲜感,狗咬人不是新闻,其实人咬狗也不是什么新闻。

没有童谣的年代

董桥先生有一篇文章,叫《没有童谣的年代》,篇幅很短,用一千个字描写了两个孩子,一个是二战期间从集中营侥幸逃生的波兰女孩,另一个是当今发生的事情,一个十岁丧父乘飞机探亲的美国小男孩。董桥想告诉人们的是,生存之艰促使孩子们心灵早熟。

董桥先生居行香港,他的文章易于从域外取材,如果他生活在大陆的城市里,比如说在长安城,这篇文章估计会有另外的视角。当今的孩子们几乎是没有童年了,更甭提什么童谣,一个家伙投生母亲腹中才显见人的雏形,胎教音乐就紧贴着肚皮响起了。出生后"抓周"的时候,抓到笔或书本父母才会笑逐颜开。两岁授《千字文》,三岁背《百家姓》,这是懂得中式传统教育的人家,差一点的,不管什么,逮住哪个让孩子背哪个。昨天晚上的电视节目,一个四岁的孩子熟练地背诵出一堆唐诗,主持人号召全体嘉宾鼓掌祝贺。唐诗是高级茶,有大境界。但孩子这个年龄不宜喝茶,该喝牛奶。孩子入了小学就像钉子被钉进墙里,绝对的不可自拔。一年级是拼音和乘法口诀,三年级"奥数",四年级补习英文,才升入六年级便呆头呆脑地跟着父母为重点中学而愁眉苦脸。中学更加可怕,螺丝一扣接一扣被拧紧,十几斤的教材和几十斤重的辅助材料,每天要背在嫩嫩的肩膀上。邻居家的孩子今年参加完高考,成绩优秀被北京大学录取,我问他中学时代的感受是什么,他说的话让我心惊肉跳:"噩梦醒来是早晨。"

我人还年轻着,但想法有些老派,主张孩子要有孩子样,无论如何,童趣是不可以少的。现在的中小学生,假如一直是这般状态,等他们老年之后,如何回首自己的童年时光呢?大不了就是电子游戏,瞧准了机会一整夜泡在一间昏暗的"网吧"里。下次再去了的时候,发现这间没有营业执照的游戏厅已被取缔。

现在的孩子们真是完全没有了童谣,稍稍有点趣的就是那几套快老掉牙的外国童话,中国当代的作家们不肯给孩子们写,认为那是儿童文学,档次太低,不入主流。这也难怪中学生的作文总是那么云里雾里,丝毫不沾当今现实的边际。前几天,我从秦岭山中带回来几只蝴蝶标本,我的女儿见了怜爱得不释手。这样的童年有什么乐趣!我小的时候,蝴蝶蝴蝶漫天飞。

没道理的事

有两种散步是不讨人喜欢的。其一是梭罗说的那一种,"要有上天的安排才能成为散步者"。说句心里话,这样的散步实在是要凡人的命,诱惑着要人沉思去担当天大的任务。其二是锻炼,为着这样的目的又没了乐趣,像公文写作,性情随意的文字是一个也不允许有的。散步本是没道理的事,乘兴始,尽兴归,只有这样散步才会生出妙趣。哪怕是和家人憋了闷气而四处闲走,心情也会莫名其妙地柳暗花明起来,这其中哪里有什么道理可循。

世上的事情有许多是没道理的。如日期的划分,地球绕太阳一圈叫一年,月亮绕地球一圈叫一月,地球自转一圈叫一日,这种称谓的界定代表着人类对宇宙的认识,这是科学的,但中间还有一个"星期"的概念,时间是七天,"星期"又叫"周",这其中是谁绕谁一圈呢,年月日的自然运行还是有误差的,"星期"却是毫厘不紊。一说到星期势必要引出上帝,可上帝在哪里呢?但这种"没道理"里边,却蕴藏着最大的道理。

有道理的事都是合乎自然规则的,但人的世界仅有这些是远远不够的,一定还要弄些没道理的事掺入其中,才会显出灵长类动物的智慧和高明。而没有道理的事一旦做出硬性规定就显得有些道理了,久而久之也会约定俗成。有些没道理的事也是很有积极意义的,比如行人要走马路的左边,比如西方四年一选总统。我们汉语中"道德"一词由两个字组成,"道"是自然法则,而"德"就是硬性规定,或叫人为法则。在一个朝代里,"道"当然是重要的,谁愿违背自然法则呢,谁又真能违背的了呢?但"德"就显得微妙了,中国人自古以降就讲"德政",而喊得最多的年月往往是德最缺乏的,像在菜市场,声嘶力竭去叫卖的都是积压的货色。

规则是道理的把柄,谁来转动这个把柄谁就是上帝。长安城有一句老话,提醒的就是类似的事:"轮到你的时候,别让规矩变了。"

不好意思说的几句话

《长安城散步》是2001年写的,给一家杂志写了一年的专栏,一期一篇,十二篇。之后就扔在脑后了。再想起来是2020年6月,在西安旧书摊上见到这本《大学语文》(东南大学出版社,2007年7月第一版,2011年2月第四次印刷),这本书全文收录了这组文章。

我要感谢此书的编选者和责任编辑的厚爱,一下子选了我这么多文章,也没挑没捡的。但我也觉着,十多年了,该和我打个招呼,寄本样书什么的。再说,这也不是一般的散文选集,是课本,是教材,也该有稿费吧。

还有一点,特别重要。这组文章是为应付专栏仓促写的,其中有不少疏漏之处,甚至是错讹,出版社出版以及再版此书,应征求作者意见,是否需要修订,作为教材用书,应该有这种最起码的严谨。

上面的《长安城散步》全文,是我再审读之后校定的。

先生与先醒

"先生"这个词,贾谊的解释是"先醒",觉悟世事,领先于人。如果能做到料事于未发之前,就是大先生了。"锐然独先达乎道理""未治也知所以治,未乱也知所以乱,未安也知所以安,未危也知所以危。故昭然先寤乎所以存亡矣,故曰'先醒'"。

贾谊是汉文帝时期的文化表率人物,年少因才高闻名,二十一岁以博士入选朝廷为官,后出任文帝小儿子刘揖的老师,任太傅。贾谊的文章以观察并解剖社会思潮的敏锐见长,"慧眼透辟,朴实峻拔",用今天的话说,是把握时代脉搏,透视社会焦点问题的行家。《过秦》分析秦朝短命的过失,不是天下亡秦,而是因无道自取灭亡。《大政》讲国家政治的要义,以民为本,以民为命,以民为功,以民为力。特别强调政府不要说大话,不要自我粉饰与标榜,一个人要慎言,一个国家更要慎言。"夫民者,万世之本也,不可欺。"《无蓄》讲国家积蓄与储备的重要。《匈奴》《势卑》讲边疆维稳要有长远眼光。《铜布》《铸钱》说经济,谈货币。汉代开国后，国家没有发行货币，而是沿用秦朝的"半两钱"，允许民间私铸，经历高祖刘邦、惠帝刘盈、高后吕雉，到文帝刘恒，建国二十多年，国家的经济管理处于无序的状态。贾谊提出货币与军事一样，须由国家管控。碍于当时国力疲弱，藩国势大，又经历了景帝刘启，直到汉武帝刘彻时，才废止民铸，货币发行权收归中央政府。贾谊的诸多社会认知被后来者汲取，融入了强大汉朝的治国基石。毛泽东称贾谊是"贾生才调世无伦""胸罗文章兵百万，胆照华国树千台"。

贾谊把"醒"分为先醒、后醒和不醒，并以三个君王的言行加以表述。

楚庄王是春秋五霸之一，即位后，"自静三年，以讲得失"。一次经过一位臣属（申侯）的封地，经常中午该吃饭了却不吃，"日中而王不食"，申侯很惶恐问原因，楚庄王说："古代的贤君，能尊师、经常听取高见的能称王；资质中等的君主，能做到尊师受益的，可称霸；水平差的君主，又爱好领袖群臣，国乃亡。我是水平差的君主，天下有那么多贤人，我却得不到，离亡国不远了，哪里还有胃口吃饭。"贾谊称楚庄王是先醒者，"圣智在身，而自错不肖，思德贤佐，日中忘饭"。

宋昭公遭国逐逃到边境，回望国土，他感慨着说，我明白被废的原因了。我身边的侍从几百人，没有不夸我有堂堂王仪的。群臣千人，没有不夸我是圣君的。朝廷内外，我听不到自己的过失，今天沦落此地，命该如此。"于是革心易行，衣苴布（粗麻衣），食麷（田改豐）馂（豆渣剩食），昼学道而夕讲之。二年美闻于宋,宋人车徒迎而复位,卒为贤君,谥为昭公。"宋昭公被认为是后醒者的代表。

虢国是小国,但国君骄恣托大,"谄谀亲贵,谏臣诘逐",被晋国灭亡后出逃,藏身一片沼泽之中,说"我渴了",车驭手进上清酒,又说"我饥了",再进上干肉干粮。虢君问:"怎么还有这种美食?"回答说:"是早准备好的。"问:"早知道我要逃难?"答:"知道。"问:"知道为什么不谏?"答:"您爱听好听的,我要是说了,就没命了。"虢君即刻大怒,驭手叩头谢罪。又问:"你说说,虢国为什么亡国?"答:"您是贤君,天下君王嫉妒您。"虢君扶着车前的横木,苦笑着说:"贤能之人是这么苦哇!"接下来枕着驭手的膝盖睡着了,驭手用土块替换了自己的膝盖,一个人逃走了。虢君后来饿死,成为鸟兽的食物。虢君是不醒者,至死不醒。

贾谊的这个三段论,是给刘揖授课的讲义,汉文帝请贾谊担任爱子的老师,也是有先醒意识的。

耳朵麻痹了

麻痹，是身体机能衰退的症候。手脚麻痹，是四肢有了障碍，走路有一脚没一脚的。中枢神经麻痹，全身的指挥控制系统就乱套了，也叫完全麻痹。"耳痹"这个词，是汉代的贾谊创造的，言指大人物听不进谏言，忠言逆耳，或者听进去了，左耳朵进来右耳朵出去。

贾谊讲了三件战国时期的事，不是故事，是历史事实。贾谊说历史，比我们今天的教授说得好，言之有物，也言之切切，且不惜危言耸听。这三件老事都和伍子胥有关联。

第一件事是伍子胥爸爸的事。伍奢是楚平王任命的太子太傅，就是楚国太子的授业师傅。楚平王这个人很差劲，派人去秦国给太子选美，选回来后却自己"笑纳"了。负责选美的人是太子少傅，相当于太子办公室主任，这个人叫费无忌，他给楚平王说："秦女绝美，王可自取。"由此费无忌升迁到平王身边工作，也由此平王与太子关系产生了裂痕，直至产生隔阂。伍奢在朝廷上直谏:不要因为费无忌这个小人疏离了父子感情。"王独奈何以馋贼小臣疏骨肉之亲乎?"楚平王这个节骨眼上"耳痹"了,"囚伍奢"。费无忌又进言:伍奢有两个儿子,都是厉害人物,留着也是大祸患,"伍奢两子,皆贤,不诛且为楚忧"。楚平王派人告诉伍奢,叫你两儿子入宫,保你性命。"能致汝二子则生,不能则死。"伍奢告诉来人:"我大儿子会来,小儿子能成大事,不会来。"楚平王不听,传令召兄弟两人。伍子胥对哥哥伍尚说:"我们到的那天就是父子三人死的那天,这个仇就无人能报了。"伍尚说:"我也知道救不了父亲,但父命不可违背,你走吧,你雪父耻,我为父死。"第一件事的结局就是伍子胥逃亡,伍奢与伍尚被处死。

第二件事是伍子胥为父雪耻失当,自种祸根。

伍子胥从楚国逃亡,先到宋国,再到郑国,后来辗转到了吴国,取得吴王阖闾的信任,出任吴国的宰相。"用而任吴国之政也。"伍子胥勤勉于政务,几年之后,吴国人心安定,流民减少,粮食物产逐年增收,官吏秉公执法,国家上下和谐而无民怨,四方边境与邻国和平相处。"民保命而不失,岁时熟而不凶,五官公而不私,上下调而无尤,天下服而无御,四境静而无虞。"这个时候,伍子胥认为时机到了,率领军队讨伐楚国,"五战而五胜,伏尸数十万"。攻占楚都郢城之后,此时楚平王已死,掘墓鞭尸,"出其尸,鞭之三百"。伍子胥有一位旧年好友,叫申包胥,吴国军队入郢城后,他逃亡进山中,让人捎话给伍子胥:"你做事太过分,在故土杀戮太重,甚至做出鞭尸这样的事。"伍子胥这时候耳瘠了,没有半点愧疚,信心满满地对捎话人说:"为我谢申包胥曰,吾日莫途远,吾故倒行而逆施之。"请替我向申包胥致歉,告诉他,我岁数大了,但仍任重道远,才如此倒行逆施。

正是这位申包胥,跑到秦国,在朝廷上哭了七天七夜,终于感动秦哀公,出兵援助,楚国得以不亡。

第三件事,是伍子胥人生大结局的无奈和感叹。

十五年后,"阖闾没而夫差即位",吴越大战,越国全线崩溃,"越王之穷,至乎吃山草,饮腑(腐)水,易子而食"。于是派大臣文种乞和。伍子胥强言上奏,不要和谈。文种"拊心嗥啼,沫泣而言信,割白马而为牺,指九天而为证"。夫差心软了,与越国握手言和,并北向讨伐齐国。伍子胥再上奏,称越国是"腹心之病",如果北伐齐国,"吾今见吴之亡矣"。夫差大怒,"赐伍子胥属镂之剑,曰:子以此死"。

贾谊是汉文帝的"博士",汉代的博士有实有位,是皇帝的文化顾问。贾谊二十多岁出任汉文帝小儿子刘揖的太傅,《耳瘠》不是写作的文章,是给刘揖的授课教案。我是参照《史记·伍子胥列传》读《耳瘠》的。司马迁是汉武帝的史官,比贾谊小四十岁左右。司马迁看伍子胥,是从皇权意识出发的,贾谊要高耸一些,以天理观人伦。他的结语是:"天之处高,其听卑,其牧芒(荒),其视察。故凡自行,不可不谨慎也。"苍天在上,可以听到最低微的声音,可以看到最远的地方,可以洞察一切。人做事,天在看,不可不谨慎自省。

参话头

> 齐景公问政于孔子,孔子对曰:"君君、臣臣、父父、子子。"公曰:"善哉。"
>
> ——《论语·颜渊》

这句话,如果仅从字面上依文解义,会唐突孔子,会有"圣人不过如此"的直觉,一介只讲忠孝的刻板腐儒而已。事实上这句话是沉甸甸的,话里有话,话外有声,背后隐含着对齐景公入骨的批评。

齐景公是中国政治史里君主荒政却悠然享国的极端个例,在位五十八年,上吃齐国数百年基业的"老本",下有晏婴等贤臣的辅佐。史书评价是"主昏于上,政清于下",用老百姓的话说是"傻小子有傻福"。齐景公会吃会玩会享受生活,舒坦了一辈子,却没有留下一件政德之事。"齐景公有马千驷(四千匹马,指贪图奢华),死之日,民无德称焉"(《论语·季氏》)。这位君主在位时间长,儿子多,有记载的是六位,却迟迟不立后嗣储君。齐景公向孔子问政时的背景是这样的:鲁国发生臣逐君的动乱,孔子随鲁昭公到齐国政治避难。"昭公师败,奔于齐……鲁乱,孔子适齐"(《史记·孔子世家》)。"公孙于齐,次于阳州"(《左传·昭公二十五年》)。鲁昭公流亡齐国,住在次阳这个地方。这一年是公元前517年,孔子三十五岁,齐景公在位已经三十一年。孔子对症下药,用"君臣父子"八字方针阐述于国于家的政治主见。君臣是职业,君有君职,臣务臣业;父子是天德,父尽责任,子守本分。齐景公听后只是嘴上叫好,却没有听进去半个字,依旧我行我素。到了晚年,溺爱幼子"荼",经常哄孩子玩游戏,也算父子情深,趴在地上,嘴里叼一根草绳,让荼牵牛一样走,甚至为此还磕掉一颗牙齿。弥留之际传大位给幼主,却是害了这孩子,引发诸子争位贼臣弑君的祸乱。"齐陈乞弑其君荼""女忘君之为孺子牛而折其齿呼?"(《左传·哀公六年》)

齐景公的这些行为给后世的文学家预留了写作的素材,"横眉冷对千夫指,俯首甘为孺子牛"(鲁迅《自嘲》),"从来溺爱智逾昏,继统如何乱弟昆。莫怨强臣与强寇,分明自己凿凶门"(冯梦龙《东周列国志》)。

> 孔子谓季氏,八佾舞于庭,是可忍也,孰不可忍也。
>
> ——《论语·八佾》

这一句与上一句的背景是联系着的,"八佾舞"事件在前,鲁昭公流亡齐国在后,均发生在公元前517年,记载见《左传·昭公二十五年》,"平子有异志",季氏是季平子,鲁国的执政大臣,君臣反目,刀兵互见,鲁昭公兵败被逐。佾是古代舞的规制名称,每行八人,八佾是六十四人。古代的舞是政治待遇,天子八佾、诸侯六佾、大夫四佾,用现在的话讲,季平子身为大夫,用八佾舞于庭,是严重超标。"将禘于襄公,万者二人,其众万于季氏。"禘是大祭,鲁昭公祭祀先君鲁襄公。"万"是舞名,跳万舞的只有两人,众多的舞师都到季平子家里了。孔子讲此事"不可忍",指的是季平子的僭越反心。万舞是古代祭祀传统礼仪,自商代传承下来的。《诗经·简兮》这首诗对万舞有生动丰富的描述。"简兮简兮,方将万舞。日之方中,在前上处。硕人俣俣,公庭万舞。有力如虎,执辔如组"。孔子说,季平子在家里用这样的舞蹈,不会有好果子吃的。这句评价是有大预感的,季平子反叛鲁昭公后,他的家臣阳虎再反叛他,上梁不正下梁歪。

《论语》这部经书,是孔门弟子的课堂笔记摘要,自身是不成体系的。探究孔子的精神境界,既要把《论语》前后贯通着读,还须下功夫参读其他著作。比如第一句是讲政治伦理的,文在《颜渊》一章,但在《季氏》一章里,孔子才把话讲透彻。"天下有道,则政不在大夫。天下有道,则庶人不议。"如果齐景公没有那样的行为,鲁迅和冯梦龙也就无所议论了。封堵民众之口的上策,是天子有好作为。再比如第二句讲君臣伦理。君臣失睦是有潜伏期的,孔子在《易坤文言》中把这个道理说明白了,"臣弑其君,子弑其父,非一朝一夕之故。其所由来者,渐也,由辨之不早辨也"。

参话头,是佛门里的话,指的是由一句话牵扯领悟出一堆东西,目的是找到厉害话的厉害之处。中国读书人的老话叫"经史合参",经是常道,是恒久不变的东西,是不动产。史是变数,是世道的玄机,是无常鬼。经与史掺和着看,视角就立体了。

士与倡优

士这个字,内涵是经历过变迁的。

在上古时候,是掌刑狱的职官,位高权重。到了周代,是对有身份人的尊称。《尚书》中有《多士》一文,这是一篇周公的演讲稿。殷商旧贵族造反,周公带队伍平叛之后,把这群叛民整体移民,从河南的安阳搬迁到洛阳。周公给新移民上了一堂生动的政治课,题目叫《多士》,用今天的话说,是"诸位"。战国时候,士是对社会各界代表人物的统称,读书有成的叫"学士",知阴阳五行的叫"方士",公关谋划的叫"策士",给人卖命的叫"勇士",有德才却隐居的叫"处士"等等。再后来,就成了文化人的专属称谓。老话里说的"国之四民",即士、农、工、商,士占据着榜首位置。

典籍中对"士"的注释也是多角度的,"士者,事也。任事之称也""通古今之道,谓之士""学以居位曰士""天子之元子士也"。荀子说,"以仁厚之能尽官职"。孟子说,"士之仕也,犹农夫之耕也"。概括起来,古代的士有三个特征:饱学,见多识广;脑子清楚,心明眼亮;有担当,竟事功,具备做事情的执行力。中国古人对"文化"这个词的认知,重点在"化",文而不化不叫有文化,读一肚子书,而无所为,不被称为"士"。

倡和优,还有俳,是古代对演艺人员的称呼。三者有细致的区别,倡指乐人,器乐演奏者,也和唱通假。优指戏曲表演者。俳是滑稽戏艺人。"以其戏言之谓之俳,以其乐言之谓之倡,亦谓之优,其实一物也""俳优,谐戏也。倡,乐人也。"倡、优、俳这三个字,是有讲究的,古代的"艺术工作者",进了王宫,给皇帝服务的,称为倡、优、俳,在民间给人民服务的,叫"百戏",坊间谑称"戏子"。

从前,皇帝把自己待见的士和倡优安置在身边,做侍从。随便给个官职,士一般叫"待诏",倡优身份低,不方便给政府部门的职位,就赐园艺师、御马师什么的。比如汉武帝有一个侏儒表演小分队,每位成员都称为"驺",就是御马师。这些人不是养马,也养不了马,只是陪马溜达而已。

汉武帝的这只侏儒小分队还引爆出一个事件。

汉武帝公元前140年即皇帝位,即位之初,向全国征召"贤良文学"人才,一个叫东方朔的特立独行人物首批"特诏"入宫,职位就是"待诏"。但时间过了很久,连汉武帝的面也见不上。这一天,他来到侏儒们中间,说:"皇上准备杀掉你们这些人,原因有三个,你们这些人种不了田,治理不了国家,打不了仗,白白浪费粮食而已。"侏儒们听后恐惧大哭。东方朔说:"今天皇上从这里经过,你们叩头请罪就可以免死。"汉武帝经过的时候,"侏儒皆号泣顿首",武帝问明原因,把东方朔招来问话:"你为什么恐吓这些人?"东方朔说:"我今天死活都要禀告您我真实的想法,这些侏儒身高三尺,月奉一袋米,二百四十钱。我身高九尺,也是月奉一袋米,二百四十钱。侏儒饱死,我饿死。您如果接受我冒死犯上的建议,请提高我的待遇。如果不接受,请放我回家。"汉武帝听后很开心地笑了,当下升职一级,由公车署待诏擢升金马门待诏,可以随时见到汉武帝了。

清代的乾隆皇帝是把士和倡优画等号的,他教训大学士纪晓岚时,说了一句得罪全国读书人的话:"朕以为你文字尚优,故使领四库书(此时,纪晓岚任《四库全书》总编撰),实不过以倡优蓄之,汝何敢妄议国事。"管仲是春秋时期的文化大人物,比乾隆年长两千多岁,他在《小匡》一文中,指出了士与倡优关系的要害,"倡优侏儒在先,而贤大夫在后,是以国家不日益,不月长"。

最爱倡优的皇帝,是刘邦之子,汉惠帝刘盈。生前爱,死了还爱。刘盈性格羸弱,惧怕母亲吕后,国家大小事一概不拿主意,整天沉浸于"艺术工作者们"中间。他去世后,在陵区一侧设安陵邑,从全国一次性移民几万名演艺界人士,"徙关东倡优乐人五千户以为陵邑,善为啁戏,故俗称女啁陵也"。五千户,据专家推算在五万人左右。司马迁著《史记》,不置《惠帝本纪》,而置《吕太后本纪》,这是史家对这位皇帝的态度。

说真话,说实话,是士的最大追求。但文化屈从权势一直是中国的旧生态,皇威浩荡,金口玉言,皇上的话一句顶一万句,不容半点违背的。中国的皇帝是家庭承包制,占一半以上很没水平,不仅说糊涂话,还说混账话。士子们为实现最大追求,因而需要接受并适应这种不良生态。于是,在大义凛然的正说之外,巧说、戏说、绕弯子说就出现了,同时出现的还有表演说、贱骨头说、昧良心说。中国古代轻视,甚至蔑视演艺行当,蔑视的是人格的表演、伪装和扮相。

东方朔有两篇文章,《答客难》和《非有先生论》,是讲士子们在皇权的大屋檐下怎样低头不低心志的,均是千古奇文。其中,《非有先生论》中有一句感叹——"谈何容易!"再怎么不容易也得谈呀,由此更凸显了这两篇奇文的价值力量。

民变,还是政变

《东周列国志》第一回开篇写道:"话说周朝,自武王伐纣,即天子位,成康继之,那都是守成令主。又有周公、召公、毕公、史佚等一班贤臣辅政,真个文修武偃,物阜民安。自武王八传至于夷王,觐礼不明,诸侯渐渐强大。到九传厉王,暴虐无道,为国人所杀。此乃千百年民变之始。"

周厉王姬胡,是西周第十位君主,即位三十七年被废黜,"袭厉王,厉王出奔于彘"(《史记·周本纪》),由镐京(今西安)逃往彘(今山西霍县),十四年后崩。谥号用"厉",是中国古代对君主盖棺定论中入骨的批评。

事实上,周厉王是中国历史上第一位改革型的君主,不仅进行经济体制改革,还改革政治体制,均是大刀阔斧的模式。周厉王即位后,接手的是一个严重内忧外患的摊子,一匹壮马,拉着一辆几乎散架的大车,他下决心对这辆车进行全面检修。可惜事功未竟,败者为贼。周厉王的改革目标是谋求周代中兴,也是"振兴中华"的大理想,但积重难返,久病的人是禁不住猛药火攻的。

周厉王面临的内忧外患局面具体是这样的:

外患是强邻频仍侵扰,已成南北夷戎夹击之势,南方是"淮夷",江汉之间兴起的部族在周成王(周二代君主)时已成规模,周昭王(周四代)崩于南剿的途中,"昭王南巡狩不返,卒于江上"。其中楚的势力最强,后来居国称王,周厉王时期倾力挟制南夷,楚迫于压力自取王号。西北有"昆夷""犬戎""猃狁"等匈奴部落,周穆王(周五代)曾北伐"犬戎",但实际效果不大,还埋下了后患。"得四白狼、四白鹿以归。自是荒服者不至"。"荒服"是"五服"之一,此为周代制度,国都京畿之外的地区称"服",取"四夷宾服"之意,五百里为一服,依次外延为"封内甸服,封外侯服,侯卫宾服,蛮夷要服,戎翟荒服"。"荒服者不至",意思是周穆王之后北方匈奴不再纳贡称臣。

内患是周王朝属下各诸侯国权力过重,头小身子大,地方有财政权,还拥有军队。在周懿王(周七代)时期,已经是"王室遂衰,诗人作刺"的颓象,呈现支流漫过主流之势。

周厉王的改革不是一时之念,是不改不行了。即位第三十年,进行国家财税改革,土地收入之外的山川湖物产收归中央政府统辖,这是伤地方利益的,诸侯国几乎一致反对,被认为是与民争利。实际上这些物产均掌握在诸侯手里,没有普通百姓什么事。为确保改革实施,还进行政治体制改革,任用支持改革的大臣做"卿士",相当于给国家换总理,停止自周成王以来的召公、周公相国的权力。这是国家最高管理权的大调整,动了贵族脉系的"奶酪"。周王朝的地基是贵族治国,已绵续了十代,近三百多年之久,这才是周厉王失国的核心所在。

压垮周厉王的最后一根稻草,是"止谤",即不让老百姓说话。采用的手法也极低劣,靠"群众举报","得卫巫,使监谤者。以告,则杀之"。"卫巫"不是一个人,是一个影子群。政府根据影子举报,随意抓人杀人。"国人莫敢言,道路以目。"举国噤声,万马齐喑,人们在路上相遇,用眼神交流想法,舌头被禁用了,但民怨在冰层下面蓄积,酿成民愤,激发民变。

周厉王即位三十年开始改革,三十七年被逐,又十四年,死于彘地。这十四年王权是真空的,史称"共和"。"召公、周公二相行政,号曰'共和'",这是共和一词的源头。厉王崩后,召公、周公拥厉王长子姬静继位,即周宣王,在位四十六年。宣王之后便是亡国之君周幽王姬宫涅,即位第十一年,大臣申侯引犬戎攻陷镐京,屠戮都城,杀幽王于骊山下。中国历史里曾经大势磅礴的西周就这么结束了。

老政治的痛点

酷吏是速效政治的畸形儿。

酷吏只讲目的,只讲成败,甚至为了政绩和政声,而不择手段。比如土地,能高产的就是好地,酷吏只是一味地求连续增产,却不养护土地。再比如果树,长出大果子的就是好树。酷吏不问果子的成长过程,也不问果子的品质。

班固的《汉书》记写了十四位酷吏,严延年是其中之一。

严延年是东海郡下邳人,今天江苏邳县一带。年轻时崇尚法家,研究刑名学。法家治世之道的核心是三个字,利、威、名。以得民为"利",得民不是安定民心,而是得影响,一块石头扔进湖里,要能听到"扑嗵"声音,水的波纹也要广泛散开。说白了,就是要政声。"威"指执政的霹雳手段,要有耸听的威言,要有震慑力的威行。"名"是法家的终极理想,不是简单的名望、名誉,而是名分与社会实际相呼应融合,把社会治化成一个不发异声的铁桶。

严延年初入政道便栽了两个大跟头。他的第一个职务是监察官助理,旧称"侍御史"。汉代的纪检干部权力很大,上可质询天子,下可劾责百官。严延年给汉宣帝上奏章,连续弹劾两个重臣,一是霍去病的弟弟霍光,霍光是汉武帝的托孤重臣,一手带大汉昭帝,到汉宣帝时已是三朝元老,大司马兼大将军,相当于一国总理。另一位是财政部长兼农业部领导田延年,旧称"大司农"。后果可想而知,严延年以死罪入狱。但不知用什么方式,后来从牢中逃出了,《汉书》里没交代,只写"延年亡命",并且"会赦出",遇到皇帝大赦,重新出山做官,"诣御史府,复为掾",到御史府报到,再次成为监察官属员。

严延年栽的第二个跟头是因杀无辜被免职。重新为官不久,被汉宣帝任命为平陵邑令。平陵是汉昭帝刘弗陵的陵园,汉代有陵邑制度,在帝陵一侧,建邑城,从全国各地选迁人口居住,能够移民陵邑的不是普通人家,均是各地的大户以及社会各界代表人物。陵邑制度的目的是"强干弱枝",壮大首都地区,削弱地方势力。担任平陵邑令是汉宣帝对严延年的赏识和重用,但"杀不辜,去官",严延年因暴力执政,再次被免。

严延年仕途的转折点是从军,参加西羌平叛,后因军功卓著被提拔为涿郡太守。涿郡在今天的北京一带,郡治在涿州,与匈奴交邻,民风蛮悍,社会治安极差。郡内有两个大家族,均是黑社会性质的,当地流传有一句民谚,"宁负二千石(郡守级),无负豪大家",可见这两个家族的嚣张。严延年到任后,首先斩了一名看风向办事的官员,接下来,从重从快诛杀两大家族各数十名负罪者,快刀斩乱麻,社会秩序转乱为安,"郡中震恐,路不拾遗"。

三年后,严延年转任河南太守,河南郡郡治在洛阳,也属于首都长安延伸的京畿重地。严延年的执政思路是除霸、除恶、安民,"其治务在摧折豪强,扶助贫弱"。但他执法没有标准。"众人所谓当死者,一朝出之。所谓当生者,诡杀之"。在大家看来,应该处死的,突然有一天无罪释放。可以从轻处理的,却莫名其妙被杀掉。严延年精通法律条文,又写得一手上乘的断案文书,法律在严延年手里,不是天秤,是猴皮筋。他想处死的,没有人可以活下来。每年的冬决时候,各县的死囚统一押至行刑地,经常是"流血数里",河南郡百姓送他一个恶称,叫"屠伯"。

严延年对下属官员极其苛刻,俯首听命的,"厚遇之如骨肉",反之则人生多叵测。他的副职中有一位老臣,常年生活中惊恐之中,有一天自己卜得一个死卦,以为灾难将至,便私自跑到长安,给皇帝上书列举了严延年的十大罪状,为证明不是诬告,之后服药自尽。皇帝下诏严查,严延年被处"弃市",斩首示众。

严延年的痛点不是手段的严酷,而是内心深处的暴戾与不仁,究其根子,问题该是出在法家身上。

神通

神通不是普通。

人的精神从肉体里脱身,在附近溜达一会,叫走神儿。小学生在课堂上挨老师的粉笔头,多半是这个原因。精神不仅脱身出去了,还天马行空地做出些事业,叫神通。吴承恩对神通术有研究,《西游记》里写孙悟空遭难了,身子被妖怪束缚住,他的精神就出窍了,天上地下地找菩萨或神仙帮忙。

人活一口气,这是老百姓的家常话。事实上人的体内有两种气,血肉生理凝成的气叫魄,一个人精神头足,精力充沛,浑身有使不完的劲儿,别人一天睡八个小时,他睡三个小时就够了,就是魄力厚实。魄是先天的,娘胎里带来的,长寿遗传,顽疾也遗传。心脉上聚集的气叫魂,俗话里说的心气盛,志存高远,胸怀天下,指的是魂的层面。魂依靠后天的修为,老子英雄儿子不一定是好汉,皇帝的子孙里边,畜生多着呢。

魄与魂是人体里的能量,字体结构从鬼,意思是不太好把控,不太好琢磨。魄是向心力,讲究沉住气,守住本元。魂是离心力,要升腾起来,人往高处走。健康人的魄与魂在体内各司其职,但相互合作,和谐统一。魂是统帅,是领袖,魄是内当家的。孙悟空灵魂出窍之后,是魄在看家护院,这个节骨眼上,如果魄不顾全大局,他的灵魂返不回来。魂飞魄散,人就没有了。魄与魂失和,也是大病,轻一些的,睡眠不好,一个人长期睡眠不好,身子骨就垮了。魄与魂闹矛盾,各自为政,各说各的,各忙各的,问题有多严重呢?去精神病院里领略一下就知道了,里边的诸位差不多都是魂魄失和的代表人物。修身养性这个词,修身健魄,养性怡魂。修养魂魄,旨在催生正能量。我们中国的老祖宗还有一句事关修身养性的经典话,叫随遇而安,碰什么样的时代,就过什么日子。少一些好高骛远,社会上踏实的人多了,世上就安定了。一座城里全是"创客",这样的生态是欣欣向荣,但会乱象丛生的。

神通尽管不普通,但神通广大在汉语里不是褒义词,有点四方旌旗,八面来风的意思,这是中国智慧。佛教由印度传入中国后,被中国智慧融合,落地生根,并且上了一个大台阶,讲禅定,神通成了第二位的。东西方都研究神通,只有中国文化里对神通有警惕意识。孙悟空本事大,但逃不出智慧的掌心。

神通是花,不是果。是手段,不是目的。写文章也是这么个道理,妙笔生花,仍然是花,不是果。如同跳高,跳姿潇洒,但在高度上不赢人,是出不了成绩的。

如果历史学家集体闭嘴

秉笔直书,不隐恶,不虚美,被认为是中国古代史官的史德。

史官,是历史的记录人,也是事实曲直的责任界定者。"在齐太史简,在晋董狐笔",这句诗里讲了《左传》里的两段故事。齐国的权臣崔杼杀了齐庄公,另立新君。史官如实记载:"崔杼弑其君",被崔杼推出殿外斩了。史官的二弟继任,再写"崔杼弑其君",再被斩。三弟继任仍写"崔杼弑其君",又被斩。最幼的弟弟赴任后,还是如此书写。邻国的史官闻讯后,都捧着"崔杼弑其君"的史简来到齐国,"南史氏闻大史尽死,执简前往"。崔杼害怕了,不得已接受了这样的史记。中国古代的历史观,不是以古鉴今,而是"以史制君""君史两立"。撰写历史的第一要义是制约当朝君主,给胡乱作为的昏君贼臣披上"恶名",遗臭在后世朝代里。"其有贼臣逆子,淫君乱主,苟直抒其事。不掩其瑕,则秽迹彰于一朝,恶名被于千载"。古代的史官地位很高,由最有学问的人担任,如同爵位,可以家传世袭。

赵盾是晋国失宠的权臣,为躲避晋灵公的政治迫害,逃往邻国,但尚未出国境,晋灵公就被另一个大臣杀了,他知道后返回都城,继续主理国政。董孤是晋国的史官。他对这个事件的记载是"赵盾弑其君"。赵盾对此很恼火,让董孤作出解释。董孤说:"您身为国家正卿,虽然出逃了,但没有出国境。回来后也没有惩办凶手。这就是记载您弑君的原因。"赵盾尽管委屈,但还是勉强接受了。孔子对这两个人均给予了高度评价:"董孤,古之良史也,书法不隐。赵宣子(盾),古之良大夫也,为法受恶。惜也,越竟(境)乃免。"

司马迁是西汉的史官,受过腐刑,但他干出的是真爷们的活。身为史官,胸中有正义,有担当,脑袋里也装着醒时醒世察人心的史家衡尺,对国家形态以及社会生态的记述,包括对当朝皇帝的判断,做到了秉笔直书,不隐恶、不虚美。写汉高祖刘邦,既写他的建国伟业,也写他的"慢而侮人",同时还写他的死对头项羽,刘邦叫《高祖本纪》,项羽叫《项羽本纪》,不仅规格一样,而且把项羽放在刘邦前面。写第二代皇帝惠帝刘盈,因他赢弱无为,一切听命于母亲吕后,甚至不设"惠帝本纪",而设《吕太后本纪》,把刘盈的具体事迹纳入其中。写第三代皇帝文帝刘恒,既写他亲民养国,尤其写到免除老百姓十二年的田租(农业税),也写他的赏罚不分明。写第五代皇帝武帝刘彻,写他励精图治,拓展国家大局面,也写他好大喜功,穷兵黩武,卖官鬻爵。这样的体例设置,以及这样的具体笔法,放在后世,恐怕是要掉好几回脑袋的。唐代的史学家刘知几,盛誉上边几位史官有"强项之风",项是后脖梗子,不管怎么往下按,都是不肯低头的。

中国的史官制度,到唐代被李世民终结,改为史馆制度,国家历史由一个人写改为集体编撰,"领班大臣总知其务,书成进御"。宰相担任总撰官,史书写成后由皇帝审定。"以史制君""君史两立"的体统至此成为过去式。李世民为什么进行史官制度改革,说穿了,就是担心自己的历史结论,因为他是采用非正常手段登基做皇帝的。

史官的存在价值是督察政治雾霾,使社会清醒。如果历史学家集体闭嘴,不发出声音,放弃他们的责任和担当,这样的时代会失真的。

有多少种觉悟叫迷悟

菩提本无树,有什么呢?

佛学是进口的,是外来的精神。佛进入国门之前,儒学担纲着国人修身齐家治天下的责任。尤其是汉代,一门独大。佛学进国门之初,是奢侈品,被皇家御用,有点反客为主的意思。宋代儒学再度中兴,把佛学从宫廷中排挤到民间。佛门是伟大的,生命力极强,就此落地生根,禅宗便是佛学中国化的产物。外来的精神想中国化,如果不被老百姓广为接受并喜爱,是不太可能的事情。

汉代治国养民的大义有"六指(旨)","天端,流物,得失,法诛,尊卑,谦义"。"天端"是顺自然,守天地大规律,德在天地,神明贤集,"木生火,火为夏,木为春,天之端""火由木生,为物皆本于春,《春秋》首书春,所以正天端也"。"流物"是世间百态,以及变幻无极的万物。"援天端,布流物,而贯通其理,则事变散其辞也"。"天端"和"流物"是总则,世道变数的奥秘之理隐于其中。"志得失之所从生,而后差贵贱之所始也",影从形起,响随声来。记载得失产生的缘由,可察晓尊卑贵贱差别之义,用今天的话讲,叫考察社会各阶层心理指数。尊卑,指秩序。"论罪源浅深定法诛",法律是保障社会公正的,要有恒温,不可因时而异,不可人为的从重从快。"载天下之贤方,表谦义之所在,则见复正焉耳"。推表贤良方正之士,彰显谦和礼义,人心则崇尚正道。"六指"是儒学大道理,汉代不是讲出来的,是做出来的。166年和168年,政府两次镇压了几百位儒学大人物,读书人由此开始疏离政治,有了归隐田园心理,及至魏晋、唐之后,形成儒释道三足并存的中国文化局面。宋代的儒学,尽管再度被皇家器重,但已和汉代是两个天地了,汉儒在社会学范畴,宋儒升腾为理学,给自己留了退路,入了哲学的境地。

《曹源一滴水》是一本禅识录,有意味的是,里边有一辑是历代高僧大德专门回答"如何是道"的。恭录几则:

僧问:"如何是道?"师曰:"道远乎哉?"

僧问:"如何是道?"师曰:"何不问己?"曰:"自己云何是道?"师曰:"处处绿杨堪系马,家家有路通长安。"

僧问:"如何是道?"师曰:"妄想颠倒。"

僧问:"如何是道?"师曰:"顶上八尺五。"曰:"此理如何?"师曰:"方圆七八寸。"

僧问:"如何是道?"师曰:"只在目前。"曰:"为什么不见?"师曰:"瞎!"

僧问:"如何是道?"师便咄!僧曰:"学人未晓。"师曰:"去!"

僧问:"如何是道?"师曰:"太阳溢目,万里不挂片云。"曰:"如何得会?"师曰:"清清之水,游鱼自迷。"

僧问:"如何是道?"师举起拳。僧曰:"学人不会。"师曰:"拳头也不识!"

僧问:"如何是道?"师曰:"高高低低。"僧曰:"如何是道中人?"师曰:"脚瘦草鞋宽。"

僧问:"如何是道?"师曰:"拍手笑清风。"

僧问:"如何是道?"师曰:"头上脚下。"曰:"如何是道中人?"师曰:"一任东西。"

僧问:"如何是道?"师曰:"砖头瓦子。"曰:"意旨如何?"师曰:"苦。"

我参加空港新城域内道路命名的经过和一点认识

这是一方厚土

参加空港新城域内道路命名,于我是运气,也是一次深入学习的机缘。这几年,我念过的一点史书,偏重在汉代及之前,我个人兴趣点在这个领域。

空港新城位于西安与咸阳的交合地界,辖区近一百五十平方公里。这片土地及其周边,不仅在陕西,即使是放在中国大历史里,也是相当厚实的。在秦汉的时候,这里是京畿要地。溯往前上,早在公元前6000年,距今八千年左右,这里已经有了比较稳定的原始生活群落。到了商朝(公元前16—前11世纪),这一带建立过一个叫"毕程"的封国,行世五百余年,历史不算短了。后来,周文王的父亲季历,由岐(今岐山县北)东进,灭毕程国,建程伯国,这个区域就开始并入核心历史圈了。

这个区域内的人口结构也非常有特点,在秦汉两朝,这里是移民聚居区,发生过两个阶段的大移民潮,均是由政府组织从全国向这里迁居,而且移民人口多为各地的达官显贵和富庶大户。第一次大移民是在秦朝,秦始皇统一全国后,从全国迁徙过来大量人口,据专家推算,至少在二十万人以上,但具体移民细节已无迹可考了。汉代的移民记载稍明了一些,刘邦立国,自汉高祖九年(公元前198年)至汉元帝永光四年(公元前40年),一百五十年间有组织的大移民共七次,迁徙人口在二十万以上,其中第一次移民(公元前198年)就有十万。"(九年冬)十一月,徙齐、楚大族昭氏、屈氏、景氏、怀氏、田氏五姓关中,与利田宅"(《汉书·高帝纪》)。由此可见,在公元前198年的时候,这一带的外来人口已超过三十万。有一点必须要说的是,这些人不是"农民工",而是当时全国的"各界高端人士"。三十万人口这个数字,对于今天来说不算什么,但在当年是庞大的,西汉中期全国总人口仅四千万上下。当年这个区域实可谓是群英荟萃。用班固的话说是"英俊之城,绂冕所兴"。斗转星移,在二千年后,在这片土地上要兴建一座国家级的现代航空城市,建设空港城市,意味着这里将是内陆港口,直接与世界接轨。因此,参加空港新城内近一百二十条道路的命名工作,于我是运气,也是机缘。

敬重与慎重

接手这个"大活"后,我给自己写了两个词:敬重、慎重。同时明确了五个出发点：

一、对这片土地的历史沿革及历史遗存尽可能多了解，尽可能梳理清楚，要熟悉地气；

二、空港新城的建设目标是国际航空城市，是未来之城，道路名称的命名要去陈腐气，循古但不泥古，要让中国元素升腾起来；

三、西安乃至陕西省的地名、县名，在国内是独树风采的，也是有内在规律的，这是祖先们留传下来的文化生态。空港新城道路名称，要合辙于这个大生态；

四、城内共计一百一十八条道路，要有整体感，如同大户人家孩子的名字，是一棵大树上的连理枝；

五、尽可能规避"一时政治"的影响。西安市在民国时期、中华人民共和国成立后，地名工作留下过遗憾。

遗憾一：进朝阳门是东五路，与火车站之间南北并行着尚爱路、尚勤路、尚俭路、解放路、尚德路。这几条路是1927年"民间政府"命名的，其中解放路最初叫"尚仁路"，陇海铁路通车后改为"中正路"，后改为"解放路"。爱、勤、俭、仁、德，是中国人的传统智慧，中间被割裂了。

遗憾二："文革"期间，西安市的多条主要街道都改了名字。老城内的四条大街，东大街叫"东风路"，西大街叫"反帝路"，南大街叫"反修路"，北大街叫"延安路"。老城墙四个墙角向外延伸的四条主路，"太白路""太华路""太乙路""太岳路"改为"援越路""红旗路""燎原路""星火路"，"北关正街"改为"大寨路"，

"阿房路"改为"大庆路"。改名时是一窝蜂的,1979年恢复时也是一窝蜂的,但保留了"大庆路"和"星火路"。文史专家葛慧老先生对这两条路的记载是,一个人的名字,是随人一辈子的,一座城市街道的名字,也是随着这个城市的。给一个小孩子改改名字没有什么,但给老人改名字可是大事情,瞎胡闹不行。给西安街道改名字,相当于给老人改名字。西安老城城角外延的这四条路,是以前皇帝祭祀天地时走的路,因而取的都是天上星象的名称。

四项准备工作

命名工作开始,我做了四项准备工作:

一、请西北大学历史学院院长陈峰教授组织史学专家整理《西咸新区空港新城历史文物资料汇编》。

《西咸新区空港新城历史文物资料汇编》由陈峰、李健超、席会东等编著,约三十万字。全书分为五部分:

1.空港新城域内历史沿革。(咸阳沿革、渭城区沿革、底张街道沿革、北杜镇沿革、周陵街道沿革)

2.空港新城域内墓葬资料。(底张街道四十九处、北杜镇十九处、周陵街道七处)

3.空港新城域内遗址资料。(十处)

4.空港新城域内历史人物资料。(周秦人物、两汉人物、十六国北朝人物、隋唐五代人物、宋元明清民国人物)

5.空港新城域内重要历史事件资料。(七项)

二、请英国学者罗宾·吉尔班克博士及西北大学外语学院院长胡宗锋教授整理并撰写《他山石:国际航空城资料汇编》。

《他山石:国际航空城资料汇编》由胡宗锋、罗宾·吉尔班克编著,全书约十二万字。该资料汇编介绍了世界八大机场:爱尔兰香农机场、芝加哥奥黑尔机场、亚特兰大哈慈菲德机场、纽约约翰·肯尼迪机场、伦敦希斯罗机场、巴黎查尔斯·戴高乐机场、新加坡樟宜机场、荷兰史基浦机场,既介绍机场历史,也着眼于现实的具体情况。

三、梳理并整理《陕西省古代县名的命名及其规律》。

四、撰写《汉代五个特别行政区考述》。

前两项工作,由专家牵头,我具体参加,主要是为了学习而参加。后两项工作由我具体完成。

《陕西省古代县名的命名及其规律》摘要

梳理陕西省古代县名的命名及其规律,主要依据史念海先生的三个重要文章:《论地名的研究和有关规律的探索》《以陕西省为例探索古今县名的某些规律》《论黄土高原的治沟和治水》。

一、古代县名的命名:

1.两千年以上的县名(共九个,仍在使用七个)

蓝田、长安、鄠(户)县、南郑、华阴、武功、郿(眉)县、郑县

(元代并入华州)、杜县(西汉时设置,后弃用)。西北大学著名学者张永录教授指出,咸阳正式设县,在秦孝公十二年(公元前351年),距今已近两千五百年。咸阳今为地市级别,因此不在统计之内。

2.一千五百年以上的县名(共计十八个,仍在使用十二个)

洛川、宜君、郃(合)阳、泾阳、洵(旬)阳、高陵、三原、盩厔(周至)、西乡、富平、澄城、城固。此外还有汉中,最初设置为县,今已为地市级。下邽、万年、肤施、中部不再使用。

3.一千年以上的县名(共计三十三个,仍在使用十九个)

延川、延长、铜官(铜川)、白水、平利、汧(千)阳、洛南、汉阴、甘泉、醴(礼)泉、蒲城、石泉、府谷、麟游、扶风、韩城、兴平、宜川、永寿。此外,还有渭南和宝鸡,最初设置为县,今为地市级。宜禄、上洛、西城、朝邑、雍县、好畤、虢县、襃城、新平、三水、栎阳、云阳不再使用。

4.五百年以上的县名(共计七十七个,仍在使用二十三个)

米脂、清涧、沔(勉)县、洋县、白河、临潼、岐山、商南、神木、葭(佳)县、凤翔、绥德、镇安、商南、商县(今为商州区)、吴堡、宁羌(强)、安塞、长武、栒(旬)邑、淳化、略阳、凤县。此外,还有安康和延安,最初设置为县,今已为地级市。不再使用的县名有:直罗、洛交、三川、汧县、汧源、羌阳、普润、漆县、沮县、黄金、丰阳、临真、池阳、汧阳、重泉、梁泉、云岩、吴山、陈仓、三泉、兴道、雕阳、频阳、华原、美原、莲勺、咸宁、冯翊、敷政、顺政、真符、怀德、长陵、奉天、鄜城、衙县、长举、西县、阴槃、新丰等。

5.一百年以上的县名(共计一百一十六个,仍在使用七个)

紫阳、山阳、宁陕、定边、靖边、大荔、鄜县(富县),不再使用的县名从略不表。

6.一百年以下五十年以上的县名(十九个)

横山、黄龙、耀县、陇县、华县、太白、佛坪、柞水、丹凤、镇平、岚皋、子洲、吴旗、志丹、子长、黄陵、彬县、乾县、留坝。其中太白、丹凤、子洲、吴旗、志丹、子长是中华人民共和国成立后设置的。

二、古代县名命名规律分析

1.有关地理方面的命名：

(1)因水为名：米脂、清涧、延川、洛川、白水、临潼、沔(勉)县、洋县、柞水、白河；

(2)因在河流侧畔为名：郃(合)阳、泾阳、汧(千)阳、渭南、洛南、汉中；

(3)因泉渊泽蔽为名：甘泉、醴(礼)泉、石泉；

(4)因河旁的滩地为名：紫阳；

(5)因山为名：横山、耀县、陇县、岐山、黄龙、太白、华县、凤县、镇安；

(6)因在山侧为名：华阴、山阳；

(7)因谷为名：府谷；

(8)因原为名：三原、高陵；

(9)兼山水为名：盩厔(周至)；

(10)因草木物产而名：葭(佳)县、神木。

2.有关人事方面的命名：

（1）以祥瑞祈福为名：长安、凤翔、宝鸡、麟游、扶风、绥德、安康、宁陕、镇安、定边、靖边；

（2）以帝王陵墓及神祠为名：奉天（乾县）、奉先（蒲城）；

（3）以故国所在为名：韩城、鄠（户）县、商县、南郑。

陕西省古代县名的命名，还有其他一些方式，如方位区别（商南）、部落的旧地［大荔、宁羌（现宁强）］、始置县时的年号（如淳化）、曾设于当地的官职（如留坝，留侯张良辟谷于紫柏山而得名）等等，此处不再多述。

《汉代五个特别行政区考述》

空港新城位于五陵邑区域内。五陵邑，是汉代五位皇帝陵园的邑城，是五个特别行政区，用今天的话讲，属开发区性质。今天的开发区以经济建设为主，当年这五个开发区是生活区，而且是高端社区，里面的居住人口是关中之外的六国达官显贵和富庶大户。汉朝立国后，刘邦为了强化中央政权，实施了一项被称为"强干弱枝"的"实关中"政策，从六国向关中大移民。五个陵邑具体为长陵邑（高祖刘邦陵邑）、安陵邑（惠帝刘盈陵邑）、阳陵邑（景帝刘启陵邑）、茂陵邑（武帝刘彻陵邑）、平陵邑（昭帝刘弗陵邑）。

五陵邑在汉代是极为繁华的，是都城长安北面的五个卫星城，人口也密集，据史载，长陵邑有十八万人口，茂陵邑更多，有二十七万人口。

《汉代五个特别行政区考述》一文,源自《史记》《汉书》《后汉书》《资治通鉴》《二十二史札记校证》等典籍记载,考证五座邑城的形成过程以及邑城内的重要人物。

三次专题会议

道路命名基础资料准备工作完成之后,到《西咸新区空港新城域内道路命名方案》(预案)出炉前,共召开过三次专题论证会。

第一次会议参加人员由国外、省外的文化专家与省内相关专家构成,是务虚会,但有定位会性质。听取外国专家、国内著名专家及省内专家对命名工作的认识。第一次会议由西北大学文学院教授、中国唐代文学学会会长李浩教授主持,具体专家为:

仲呈祥　国务院学科评议组召集人,原中国文联副主席,原中国文艺评论家协会主席

丁　帆　国务院学位委员会委员中文学科评议组成员,南京大学文学院教授,博士生导师,著名文学评论家

陈引弛　中国古典文学研究专家,复旦大学中文系教授,博士生导师

王　尧　著名文学评论家,苏州大学文学院教授,博士生导师

徐刚毅　古城文化研究专家,原苏州市地方志办公室主任

罗素·邓肯（美国） 美国富布莱特杰出学者,丹麦哥本哈根大学教授

陈　峰　中国宋史研究会副会长,西北大学历史学院院长,教授,博士生导师

黄留珠　秦汉史专家,中国秦汉史学会副会长,西北大学历史学院教授,博士生导师

张永录　隋唐史及陕西地方史专家,西北大学历史学院教授

姚敏杰　古城文化研究专家,西安市地方志办公室党组书记、主任

李伯钧　文化学者,教授,原西安市文联党组书记

耿占军　唐历史地理专家,原西安文理学院副院长,教授

庞联昌　陕西地方史专家,原咸阳市文物局副局长

王潇然　陕西地方史专家,西安市地税局机关党委书记

第二次会议参加人员由省外和省内的专家构成,不再是务虚会,在第一次专家会议成果的基础上,由王凯、我负责的道路命名工作小组整理出《西咸新区空港新城道路命名选用资料》,提交参加第二次会议的专家参考。第二次会议仍由李浩教授主持,具体专家为：

汪　政　文史专家,江苏省作家协会副主席

费振钟　文史专家,江苏省作家协会副主席

李　舫　《人民日报》海外版副总编辑

彭　程　《光明日报》文艺部主任

张新科　国务院学位委员会中文学科评议组成员,中国《史记》研究会副会长,原陕西师范大学文学院院长,博士生导师

赵小刚　教育部中文专业教育指导委员会委员,中国文字学会理事,训诂学专家,西北大学文学院教授,博士生导师

杨乐生　西北大学文学院教授

冯希哲　西安工业大学人文学院院长,教授

西咸新区空港新城道路命名选用资料

西咸新区空港新城,位于我国古代最为鼎盛时期的秦汉隋唐等王朝京畿地区,地理位置优越,历史文化底蕴深厚。空港新城的建设目标为现代空港城市,其道路命名,宜今古并用,既有现代气息,还应突显地域内的历史文化,现将该区域内历史遗存及相关命名信息资料表述如下,供参考:

一、离宫别观名

空港新城地域范围内,曾建有秦汉与唐时的离宫别观:

望夷宫:秦始皇时建,因其用于防范北方少数民族、屏障咸阳而得名。宫中有楼,高五十丈,可凭高瞭望北方敌情。望夷宫原址在今咸阳市秦都区窑店乡长陵西北,北临泾水。

兰池宫:秦汉离宫,因建于兰池旁而得名。兰池宫初建于秦始皇时,是供皇帝来此游览兰池风景时休憩的离宫。兰池是引渭水而成的人工湖,东西长二百里,南北宽二十里,湖中筑有蓬莱山景,刻巨石为鲸鱼。兰池宫原址在今咸阳东北杨家湾西侧

柏家嘴一带。汉代时在兰池宫建有兰池观。

长平观:西汉别观。位于今泾阳县西南。

池阳宫:西汉离宫。位于今泾阳县泾水北。甘露三年(公元前51年),匈奴呼韩邪单于来朝,汉宣帝从甘泉宫来池阳宫,在长平坂会见呼韩邪单于。

望贤宫:唐代离宫。在咸阳东数里。安史之乱时,玄宗西逃曾至此宫。后郭子仪等收复长安,肃宗亦在望贤宫暂居。玄宗从四川返回时,肃宗亦备法驾迎于望贤宫。

二、汉陵邑与陪葬大臣名

空港新城位于汉五陵邑区。五陵邑(高祖长陵、惠帝安陵、景帝阳陵、武帝茂陵、昭帝平陵)人口众多、商业发达、经济繁荣,实际上为汉都长安的卫星城市和重要组成部分。每个陵区都有著名大臣的陪葬墓。这些著名的陵邑和陪葬大臣名,或可作为道路之名。

长陵,高祖陵,在今咸阳市东窑店镇东北。陪葬者有萧何、曹参、周勃、周亚夫、王陵、张耳、戚夫人、田蚡、田胜等。

安陵,惠帝陵,在今咸阳市秦都区韩家湾乡白庙村。陪葬者有鲁元公主、陈平、张苍、爰盎、扬雄等。

阳陵,景帝陵,在今咸阳市秦都区肖家村乡张家湾村。陪葬者有栗姬、李蔡、苏建等。

茂陵,武帝陵,在今兴平市南位乡策村。陪葬者有卫青、霍去病、金日䃅、霍光、董仲舒、公孙弘、李延年、上官安等。

平陵,昭帝陵,在今咸阳秦都区大王村。陪葬者有窦婴、夏侯胜、朱云、张禹、韦贤等。

渭陵,元帝陵,在今咸阳市秦都区周陵乡新庄。陪葬者有王凤、冯奉世等。

唐顺陵,武则天母亲杨氏墓,在今咸阳市东北三十五里底张乡韩家村东。陵址在今空港新城辖区内。

空港新城辖区内有周陵乡,南北有两座陵墓。北面之陵相传为周武王陵,实则为秦悼武王(公元前490—公元前477年在位)永陵;东南面之陵,相传为周康王陵。

三、乡里名

从秦都咸阳出土的陶文中,可以看出秦时渭河以北地区有屈里、完里、右里、泾里、当柳里、阳安里、沙寿里、东里、新安里、成阳里、如邑里、芮里、市阳里、巨阳里、旨里、白里、商里、闇里、桓里、于里、中里、牛里、禾里、陈里、卜里、广里、蒲里等乡里名。

四、城门名

汉唐长安城诸多城门名,亦可作空港新城道路命名时参考。

汉长安城四面各三门,共十二门。

东面三门,由北而南是宣平门(又称东城门,王莽改称春王门)、清明门(又称凯门、籍田门,王莽改称宣德门)、霸城门(又称青绮门,王莽改称仁寿门)。

南面三门,由东而西是覆盎门(又称端门,王莽改称永清门)、安门(又称鼎路门,王莽改称光礼门)、西安门(王莽改称信平门)。

西面三门,由南而北是章城门(又称光华门,王莽改称万秋门)、直城门(又称直门,王莽改称直道门)、雍门(又称函里门,王莽改称章义门)。

北面三门,由西而东是横门(又称武朔门,王莽改称朔都门)、厨城门(王莽改称建子门)、洛城门(又称鹳雀台门,王莽改称进和门)。

唐长安外郭城四面各三门,共十二门。

东面三门,由北而南是通化门、春明门(此为东城正门,谓最早迎春,取意春光明媚)、延兴门。

南面三门,由东而西是启夏门、明德门、安化门。

西面三门,由南而北是延平门、金光门(此为西城正门,五行中金,于位为西,故此得名)、开远门(亦称安远门,为唐通往西域丝绸之路的起点,在今西安大庆路丝绸石雕东侧大土门村处)。

北面三门,由西而东是光化门、景曜门、芳林门。

唐长安皇城共七门,东、西各两门,南面三门。

东面二门,中门称景风门,偏门称延喜门。

南面三门,由东而西是安上门(今西安南门永宁门)、朱雀门(南城墙中门,以天体四象之一的南方七宿为鸟形,取名朱雀)、含光门。

西面二门,中为顺义门(今西安西城门安定门),偏北门称安福门。

五、都城道路名

汉长安城有八街九陌。

八街指汉长安城内八条大街。其中安门大街，由南城中门安门北通至宣平门街，为全城的中轴主干大街。

其余七街，皆以城门为起点，称宣平门大街、清明门大街、横门大街、洛城门大街、雍门大街、直城门大街、厨城门大街。

此外，汉长安城内有香室街、夕阴街、尚冠街、华阳街、章台街、太常街、蒿街、前街、炽盛街等。

唐长安外郭城有东西向十四街，南北十一街。其中以郭城正南门明德门至皇城正南门朱雀门的朱雀大街为全城中轴主干大街。此街名亦为当时日本奈良地区的藤原京、平成京及京都地区的平安京所仿称。

唐长安皇城内有东西向七街，南北向五街。其中以皇城正南门朱雀门北通宫城正南门承天门的承天门街，为皇城中央的中轴大街。此街因直通皇帝居处的太极宫城承天门，故亦称天街。

余街称安上门街、含光门街、景风门街、顺义门街等。

六、宫殿名

秦汉隋唐都城皇宫内有许多宫殿，其宫名殿名亦可选取为空港街区路名。

秦都咸阳有以下宫殿区：

咸阳宫，在今咸阳市东三十里的窑店和刘家沟一带。秦孝公十二年（公元前350年）最先在此"筑冀阙宫殿"（宫殿门阙），营建了此宫；

长安宫，在秦咸阳渭河之南，秦惠文王时建；

章台宫,秦惠文王时建,为秦王在渭河之南的主要朝宫。宫址可能在今汉长安城未央宫前殿附近。昔赵惠文王遣使蔺相如入秦来献和氏璧,秦昭襄王即在此宫召见;

阿房宫,初营于秦惠文王时,秦始皇再次扩建。宫址在今西安市西郊阿房村;

兴乐宫,宫址在秦咸阳渭河之南,今汉长安城东南隅汉长乐宫;

六英宫,秦咸阳昭襄王所居之宫。

汉长安有六处宫殿区:

长乐宫,亦称常乐宫,位于汉长安城东南隅。宫内主要有长定殿、长秋殿、永寿殿、长寿殿、永宁殿、永昌殿、临华殿、神仙殿、宣德殿、广阳殿等。

未央宫,亦称紫宫,位于汉长安城西南隅。宫内主要有前殿、王路堂、朱鸟殿、朱雀殿、宣室殿、苍龙阙、玄武阙、延清室、宣明殿、麒麟殿、金华殿、承明殿、披香殿、石渠阁、天禄阁、柏梁台等。其中石渠阁为我国最早的国家藏书阁和图书馆;天禄阁为我国最早的档案馆;柏梁台为一座高达二十丈(约合四十六米)的高台建筑。相传汉武帝与群臣在此台上饮酒赋诗,每人一句,句各七言,各赋所职。这种句为一韵的联句诗,自此成为"柏梁体"。

建章宫,汉武帝时建,位于汉城外西侧。宫内有阊阖门、双凤阙、骀荡宫、马及娑宫、木兮诣宫、奇华殿、鸣銮殿、承光殿、天梁宫、函德殿及神明台承露盘。其中神明台高五十丈(约合一百一十七米),台上立铜柱,柱上有一巨大的铜仙人,仙人手捧大铜盘,盘内放一玉杯,用以承接空中的露水,称为承露盘。汉武帝以为用此露水和以玉屑,饮用之后即可羽化成仙。

汉长安城内另有桂宫(汉武帝时后妃之宫)、北宫(皇太子居住之宫)及明光宫。

唐长安城有三大宫殿区:

太极宫,位于长安宫城的中央,因其在大明宫之西,故称西内。此为隋代皇帝与唐初诸帝居住的宫室。宫正门为承天门,宫内有太极殿、两仪殿、甘露殿、承庆殿、武德殿、立政殿、百福殿、神龙殿、安仁殿、延嘉殿、昭庆殿、凌烟阁(为唐代功臣画像阁)等。

大明宫,建于贞观八年(634年)与龙朔二年(662年)。位于郭城外东北龙首原,称东内。此为唐高宗及其以后多数唐代皇帝居处的宫室。宫正门为丹凤门,北门称玄武门,余门称望仙门、延政门、建福门、兴安门、九仙门、银汉门、青霄门、太和门等。宫内有含元殿、宣政殿、紫宸殿、蓬莱殿、麟德殿、金銮殿、承香殿、大福殿、延英殿、宣徽殿、清思殿、绫绮殿、紫兰殿等。

兴庆宫,建于开元二年(714年)。位于外郭东城春明门偏北一坊,称南内。此为开元天宝时期唐玄宗与杨贵妃居处的宫室。宫正门在西,称兴庆门。余门称金明门、通阳门、明义门、跃龙门、芳苑门、丽苑门、初阳门(此为东门)等。宫内有勤政务本楼、花萼相辉楼、大同殿、南薰殿、长庆殿、交泰殿、咸宁殿、荣光殿等。

唐长安有三苑(西内苑、东内苑、禁苑)。西内苑在宫城之北,苑内有观德殿、含光殿、看花殿、拾翠殿、歌武殿、永庆殿、翠华殿、祥云楼等。东内苑在大明宫东南隅,苑内有龙首殿、承晖殿等。禁苑位于都城之北,东到浐河,北到渭河,西包汉故长安城,南接都城。苑内东面有望春宫、升阳殿;北部有鱼藻宫、九曲宫;西部有咸宜宫,东南有白华殿等。

七、汉唐长安城诸多坊里名,亦可选用为空港新城道路名

汉长安城居民区有一百六十间里,见于记载的有宣明里、建阳里、昌明里、尚冠里、修城里、黄棘里、棘里、北焕里、北爉里、南平里、大昌里、戚里、函里、宜里、发利里、当利里、杜里、有利里等。

唐长安外郭城居民区划分为以下一百〇八坊:

兴道坊	开化坊	安仁坊	光福坊	靖善坊	兰陵坊
开明坊	保宁坊	安义坊	务本坊	崇义坊	长兴坊
永乐坊	靖安坊	安善坊	大业坊	昌乐坊	安德坊
翊善坊	光宅坊	来庭坊	永昌坊	永兴坊	崇仁坊
平康坊	宣阳坊	亲仁坊	永宁坊	永崇坊	昭国坊
晋昌坊	通善坊	通济坊	长乐坊	大宁坊	安兴坊
胜业坊	安邑坊	宣平坊	升平坊	修行坊	修政坊
青龙坊	曲池坊	兴宁坊	永嘉坊	道政坊	常乐坊
靖恭坊	新昌坊	升道坊	立政坊	敦化坊	光禄坊
殖业坊	丰乐坊	安业坊	崇业坊	永达坊	道德坊
光行坊	延祚坊	太平坊	通义坊	兴化坊	崇德坊
怀贞坊	宣义坊	丰安坊	昌明坊	安乐坊	修德坊

辅兴坊	颁政坊	布政坊	延寿坊	光德坊	延康坊
崇贤坊	延福坊	永安坊	敦义坊	大通坊	大安坊
安定坊	休祥坊	金城坊	醴泉坊	怀远坊	长寿坊
永平坊	嘉会坊	通轨坊	归义坊	昭行坊	修真坊
普宁坊	义宁坊	居德坊	群贤坊	怀德坊	崇化坊
丰邑坊	待贤坊	永和坊	常安坊	和平坊	永阳坊

八、年号名

中国古代从汉武帝始,帝王在位纪年用年号。汉唐帝王以下年号,亦可选为空港新城道路名:

汉武帝:建元、元光、元朔、元鼎、元封、太初、天汉、太始

汉昭帝:始元、元凤、元平

汉宣帝:本始、元康、神爵、五凤、甘露

汉元帝:初元、永光、建昭

汉成帝:建始、鸿嘉、永始、元延

汉哀帝:建平、元寿

隋文帝:开皇、仁寿

隋炀帝:大业

唐高祖:武德

唐太宗:贞观

唐高宗:永徽、显庆、龙朔、麟德、永隆、永淳、弘道

武则天:永昌、天授、如意、长寿、长安

唐中宗:神龙、景龙

唐睿宗:景云、太极、延和

唐玄宗：开元、天宝

唐肃宗：至德、乾元、上元

唐代宗：广德、永泰、大历

唐德宗：建中、贞元

唐宪宗：元和

唐穆宗：长庆

唐文宗：大和、开成

唐武宗：会昌

唐懿宗：咸通

唐僖宗：广明、光启、文德

唐昭宗：大顺、景福、光化

九、空港新城域内墓葬较多，建议选用一些著名寺庙名称

栖霞寺　广济寺　法原寺　兴教寺　法门寺　香积寺

净业寺　广化寺　东林寺　慈恩寺　华严寺　草堂寺

兴善寺　金山寺　庆云寺　广仁寺　碧云寺　通教寺

十、建议使用一些树木植物及花卉名称做路名，以增生长气息

紫檀路　杏林路　玉兰路　香樟路　荆杨路　雪松路

桃李路　柳风路　五柳路　龙柏路　榕苑路　紫藤路

木棉路　梧桐路　蔷薇路　红杉路　槐榆路　锦葵路

桑梓路　金桂路　芙蓉路

十一、与航空相关的人物

冯如街（冯如，我国从事飞机研制、设计、飞行的第一人）

侠农街（许侠农，我国第一个直升机专业于1957年在西北

工业大学首创,此人领衔开展专业建设)

绪箕街(范绪箕,我国最早提出研制中国自制无人机的科学家)

大观街(吴大观,中国航空发动机之父)

子翼街(方子翼,中国空军第一师首任师长,抗美援朝战争率领第一支航空兵部队荣立战功)

国定街(潘国定,中国民航飞行员,1956年驾机试航北京—成都—拉萨航线成功)

以伟街(孙以伟,美籍华裔太空专家,在全球卫星定位系统的构思、设计、研制方面做出了巨大贡献,获美国太空公司科技奖)

思礼街(周思礼,西安航空630所专家,获美国波音公司"高级工程师"称号,被聘为波音公司技术指导)

十二、国际著名空港城市

纽约、伦敦、巴黎、东京、首尔、开普敦、内罗毕、莫斯科、开罗、墨西哥城、圣保罗、德里、迪拜

十三、空港新城北部为农业观光区,建议选用一些中药名称作路名

远志、厚朴、当归、泽兰、灵芝、百部、灯草、天葵

百草、百合、沉香、决明、官桂、三七、文元、六曲

第三次会议由时任空港新城党工委书记王学东主持。议题有两项核心内容:对两次专家会议达成的成果进行梳理;两次专家会议之后,道路命名工作小组提交《空港新城域内道路命

名建议方案(草案)》,对此方案进行研究。

参会人员有时任西安市政府副秘书长惠应吉,时任西安市发改委体改处处长代正利,空港新城相关领导以及道路命名小组全体成员。

由"华夏""中国""中华"名称的由来想到的

华夏、中国、中华,这三个名称是有来头的,也是历史沉淀形成的。

我们的大历史,自夏代才清晰一些,在夏之前,因无史载,基本上是缥缥缈缈的传说和臆想。夏代先人的生活方式开始定居下来,以农耕和城居为主。当时的社会就是两件大事,农业生产和筑城而居。农耕,水是重要的,因而夏代重视水利,大禹治水的故事一直流布至今。夏代不仅重视大河的有益有效治理,也看重小流域的保护。《论语》说到禹功,"卑宫室而尽力乎沟洫",轻楼堂馆所,重水利命脉。我们前些年也重视河流治理,但治理的方式问题太大,黄河被治理得时而断流了,更多的小流域干涸现象已十分严重和迫切。

史载有"鲧作城郭""禹都阳城"。阳城不是地名,指在山南或水北筑城。"城中之地称为'国',住在城中的人即为'中国人'或'中国民',简称'国人'。"《说文》是这样存义的:"夏,中国之人也。"这时期的"中国"意为"国中",用以区别游牧民族。

西周上承商代,但因袭夏,以夏为称号,周代辖域内的土地称为"区夏""有夏""时夏","区夏"即夏区,"有夏"中的"有"是语助词,这种表述习惯今天也有痕迹。"时夏"的"时"为"是",古代表述文字里常见,即"这个"之意,史载有"用肇造我区夏"(《尚书》),"惟文王尚克修和我有夏"(《尚书》),"我求懿德,肆于时夏"(《诗经》)。

西周分封建国,最多时分封了八百多个诸侯小国家,这些小国总称为"诸夏"。"戎狄豺狼,不可厌也;诸夏亲昵,不可弃也"(《左传》)。周王东迁洛邑(洛阳)后,王室的权威下挫,诸侯国之间频繁兼并,列强国家出现,个别诸侯国做大做强,支流漫过主流。这一时期的"夏"限指中原地区,"居楚则楚,居越则越,居夏则夏"(《荀子》),此时,"华"字开始用于文字表述中,"推衍出一个'华'字来,按华字古音敷,夏字古音虎,其音相近,增用一个字有加重语气的作用。二字可单用,亦可以合用,夏和华二字互举为文,与裔和夷二字互举为文相同"(王树民)。《左传》里的记载有"裔不谋夏,夷不乱华""楚失华夏,则析公之为也""今而始大,比于诸华""诸华必叛""获戎失华,无乃不可乎""我诸戎饮食衣服不与华同"。华夏两字并称,在春秋时期就有了,但使用之初,是指中原一带,或有中原地区生活方式的地方。

春秋之前,涵盖我们国家地理全范围的词并不固定,史载有"禹甸""禹迹""禹域""天下""四海""九州""九有""九域""九隅"等,这些词都有些含糊,不够明确具体。选取典籍里记载的我国地理全境的三段文字:

自恒山至于南河,千里而近;自南河至于江,千里而近;自江至于衡山,千里而遥;自东河至于东海,千里而遥;自东河至于西河,千里而近;自西河至于流沙,千里而遥。西不尽流沙,南不尽衡山,东不尽东海,北不尽恒山,凡四海之内,断长补短,方三千里。(《礼记·王制》)

凡四海之内,东西二万八千里,南北二万六千里。(《吕氏春秋·有始览》)

地之东西二万八千里,南北二万六千里。(《管子·地数》)

"中于天地者为中国"(扬雄),"中国"一词的内涵也有分别,统一时期指全国疆域,分裂时期指中原地区。"中华"一词也在这一时期开始被使用,最早使用是在天文方面,"东藩四星,南第一星曰上相,其北,东太阳门也。第二星曰次相,其北,中华东门也。第三星曰次将,其北,东太阳门也。第四星曰上将,所谓四辅也"(《天文经星·中宫》)。以人世间的宫城比拟天宫的构造,东西两面各有三个门,中间之门以"中华"命名,在"中国"与"华夏"两词中各取一字,两侧以太阳门、太阴门命名。后世的皇帝也有借"奉天意"之名以"中华门"命名宫名的。

华夏、中国、中华,如今指的是我国全境,这三个词,不仅是地理层面的,更深一层的价值在文化沉积方面。

一个人的名字,是伴随一生的。一个城市,包括城市的街道名字,也是始终伴随的,但城市的终在哪里?历史上即便改朝换代,"城头变幻大王旗",城内道路名称一般也会保留。因此,给城市街道命名,宜从长远计,让时光去沉淀,让人间烟火去熏染。给城市道路命名,用"多快好省"或"做弄潮儿"的那种思路是失妥的。

附录

胸有万壑笔藏锋
——穆涛散文论

陈剑晖　张金城

在当代散文界,穆涛是一个"异数",一个独特的存在。客观地说,迄今为止,在国内尚未见到如此的"异质"散文写作者。对于这样一个不按常理出牌的异端,笔者此前并未特别关注,只觉得他的散文理论纯属"读稿人语",并未入流;他的那些"千字文",也未必能醒人耳目。最近有机会通读了穆涛的全部散文和杂感,包括他的散文理论著作《散文观察》,不禁大吃一惊,深感此人胸有万壑,囊中藏锥,必须重新认识,重估他的贡献和散文创作的价值。

穆涛为人谦和低调,印象中他极少大声说话,更没有壮怀激烈之举。他是性情中人,话不多,常眯眼,面带微笑,看起来有点漫不经心,甚至有点江湖气,但实际上,穆涛是一个诚实稳重,做事靠谱,工作认真,又爱琢磨和思考的编辑和散文家。自从1993年从河北石家庄调到西安,他在《美文》已工作了近三十年。这期间他作为常务副主编,配合主编贾平凹,积极推举

"大散文"理念和创作,注重散文的文体创新,强调散文的时代性和现实感,倡扬散文的大格局、大胸襟、大气象,由是刊物从发行几千本到发行十几万本,这是贾平凹和穆涛对于当代散文的贡献。难得的是,穆涛不仅是"大散文"的主推者,他还身体力行,通过大量的散文创作,践行和诠释了"大散文"这一创作理念,并为笔者的研究提供了一个绝佳的观察点。

一、回到"文"的传统

中国当代散文给人的印象是"无根",就单个作家和单篇作品看,艺术形式好像是提高了,语言也有了进步,但若从整体看,当代散文的缺失便显而易见:既缺乏厚重的文化底蕴,缺乏社会时代担当和理想的文化生命人格,也缺乏大格局、大气象、大境界的作品。而内涵苍白、浅薄浮躁、陈陈相因、无病呻吟却常常成为当代散文的表征,成为人们诟病当代散文的口实。究竟是什么原因造成中国当代散文如此的局面?笔者认为重要的一点,就是中国当代散文家不太重视中国的文学传统;或者说,他们对我国伟大的文学传统既隔膜,也缺乏应有的敬意,这样自然便与传统渐行渐远。

1992年,《美文》创刊伊始,就在发刊辞中打出"大散文"的旗号。《美文》针对当时国内散文界无视传统、浮靡甜腻之风盛行、散文越写越窄之弊,提出散文要"在内容上求大气,求清正,求时代、社会、人生的意味,还得在形式上求大而化之"。虽然

"大散文"口号的提出引发了不少歧义,也受到一些坚持"艺术散文"的学者的严厉批评,但就当代散文的发展而言,"大散文"鼓呼弃除陈言旧套,强调刚健清正的写作,提倡散文的大境界、大气象、大格局、大气魄,这无疑是当代散文思维观念的革命,它不仅影响了不少当代散文家的写作,而且良性地推动了当代散文的发展。

穆涛作为"大散文"这一散文思潮的实际执行者和推动者,他大量阅读了先秦、汉代的史书以及相关资料,同时在践行"大散文"的思维观念的过程中,逐渐形成了这样的认识:要振兴中国当代散文,要提升当代散文家内心深处的文化自信和文化自觉,使中国当代散文在中华民族伟大的复兴中发挥更重要的作用,关键之点是要回到我国伟大的"文"的传统,这是中国散文的大道。

如何回到我国"文"的传统?在穆涛看来,回到"文"的传统,要着重考虑几个问题。

其一,文体问题。穆涛认为"散文在古代文学里是笼而统之的,是一个大型'国营商场',里面的'货物'依类存放,该有都有。也是一个大家族,爷孙父子,婆媳妯娌,几世同堂,多支共和。但到了现代文学以后,大家庭分崩离析了,远亲被剥离,儿女们长大以后一个个挑门单过去了……如今生活在'散文大院'里的似乎只留下管家的后代,与古代散文传统里最产生文学力量的'血亲'关系淡化了,隔膜了"。如众所知,古代的传统是一种"大文学"或叫"杂文学"传统,即文史哲三位一体。这个传统的黄金时期是先秦散文,其文体特征是自然朴素、边界模糊,实用文章和非实用文章混杂,文学与非文学交织。而"如今散文最大的尴尬是文体混淆着,名目杂陈着。一头大象,有人摸着了腿,有人摸到了身子,有人牵引鼻子,有人很文雅地抱住象牙"。正因各执一端,名目杂陈,导致当代散文文体混淆,加之许多散文写作者没有意识到散文生态的变化,依然在老旧的河床上滑行,不仅散文观念、写作手法陈旧,而且脱离时代主流,远离日常生活,这是当代散文路子越走越窄的症结之所在。因此,在不少的文章中,穆涛都强调要回到先秦两汉的"大文学""杂文学"传统,回归到我们曾经强健充沛、元气淋漓的源头上去。

其二,朴素简洁,有活力活气和生活味的文风。我国古代的散文,十分重视文风,尤其是讲究修辞的经营。对此,穆涛可谓推崇备至、心向往之。所以,他写了一系列文章来谈论朴素简洁和文风问题。在《关于朴素》中,他指出"朴素不是修养,是骨头里的东西,是气质。"他批评"如今有不少写乡村的散文是在做朴素,不是农家乐,而是城市大酒店里的'绿色食品'"。在《简洁》一文里,他认为"简洁,是散文的美德。简洁,不仅指短小的层面。茅草屋里有简洁,高楼大厦里也有简洁。简洁是手法,但透着人的见识和胸襟。简洁是大方,是对事物的了然于胸……丢三落四不是简洁,是笨,是真的拙,是没心没肺"。在他看来,今天的散文,"不会简洁是一个陋处;另一个陋处就是情泛滥,一点小事,百般波澜"。见识独到,批评更是击中要害,入木三分。穆涛对当下散文文风的批评同样令人击节:"散文有书卷气是好事。但须是气,要弥漫在文字中的,固体的墨块不一定就好,至少妨碍阅读效果,好端端的一个道理,非要操持着文言腔,或摆着架势说出来总是欠妥。我小时候,常见到去相亲的成年男子穿着中山装,上衣口袋里插着一支笔,甚至两支笔。现在回想起来,那情景就像漫画中的人物。散文的上衣口袋还是不要插那支笔好。"这样的联想和比喻,应该说是很有创意,富于启发性的。

其三,散文的人格、境界与力量。散文怎样才能写得大,写得充实,写得既美且有力量,这是我国古代的散文家和文论家追求的为文之道,也是穆涛一直在思考的问题。在《充实之谓美》一文里,他认为庄子的散文可作为这方面的参照。庄子把自己的文章写成千古事,代代相传,皆因庄子有对天地的敬畏之心,有大情怀和高贵的人格;另一方面,"庄子的文章境界大,但取材都很具体,来自于具体可感的生活",如此才能既大又充实。穆涛还十分看重散文的力量:"有一种比真理更神奇的东西,叫力量……力量发自于真理,力量产生于对真理的深切感应……散文要写出力量,仅仅'陶冶情操'和'寓教于乐'是不够的,没有力量的散文,剩下的只是概念罢了。"力量来自于自由的精神、独立的人格、自我的修养以及文人的骨头和骨气,有了这些,散文自然就不会缺钙,就有硬气。

其四,散文与时代的关系。上述几方面,都是我国"文"的传统的重要内涵,但"文"的传统不是固化的、一成不变的。它总是随着时代的发展而发展,随着社会的变化而变化。正所谓一时代有一时代的文学,一时代有一时代的散文。如果看不到这一点,那么写出来的必定是死文、酸文、腐文。对此,《美文》与穆涛时刻保持着警惕之心。在《让散文试着去直视》里,穆涛清醒意识到:"生活的主流在瞬息百变着。散文作为最直接的一种文学品类,应更有力地介入当下生活,发出自己的声音,并把自己置于无法逃避的境地。散文发展的节拍,应该成为社会思潮律动节奏的主要组成部分。关起门天真地写散文的人,不用划着小船去寻找了,你的家就是桃花源,'不知有汉,无论魏晋',万象在旁,生活在你之外,真实在你之外。"在《软肋:我们这一阶段的散文缺什么》中,他更是一针见血指出:"我们这一阶段的散文是一条软肋,过于含情脉脉,过于养气和顺心,作家们像养花和养病那样对待散文写作,因而这一阶段的散文整体上缺乏激情和生命力,缺乏撼动人心的力量,缺乏清正之气。散文是文学品类中最直截了当的一种文体,但如果不去直视人间疾苦和社会进程,其文学意义势必会丧失。或者换句话说,如果你坚持用所谓的'高雅的艺术散文'去'陶冶'遭受生存困扰的老百姓的情操,散文这种古老文体的命运就临界终结了。"这样的识见,与白居易的"文章合为时而著"(《与元九书》),刘勰的"时运交移,质文代变"(《文心雕龙·时序》)的思想是一脉相通的。要之,散文要有时代感,要反映社会进程,要关心民生疾苦,贴近日常生活和普通人的生存状态,过于休闲,过于高雅,没有人间烟火味的散文,并不是我们时代需要的散文。尽管穆涛将这些想法称为"不合时宜的思想",但坚持"散文要写生活,要写有意义的生活",是他一贯的理论主张和创作的导引。

穆涛不是"学院派",不喜欢长篇大论,但他身处散文创作第一线,既有看稿体会和创作经验,又有问题意识和独到见解,而且,正如王尧所说"他是宏观着眼,微观落笔,在细微处把那根银针扎下去,一个点一个点扎下去,打通经脉"。如此,他的散文观不仅贴近散文创作实际,对散文写作者有更大的指导意义,而且在文体上,他兼承了我国"文"的传统,打通了学术与文章的界限。而这,正是我愿意用这么多篇幅,来论析穆涛"散文理论"的原因。

二、由字通词,由词通道

穆涛散文不仅有大情怀、大境界、大气象,而且是有根的。他的创作一方面承续了"先前的风气",打通了传统的文脉;一方面呼应时代,立足现实,贴近生活。而他的"词语解释学"的叙述方法,则解构了传统的记叙、描写、抒情的套路,使他成为独特的、不可替代的"这一个"。

穆涛的"词语解释学"可能受到《尔雅》和东汉文字学家许慎《说文解字》的影响。《尔雅》是我国最早的训诂学论著,它以雅正之言解释和规范古代汉语和方言的使用。《说文解字》以周秦书面语言为训释对象,从字形出发,分析篆体文字结构,追溯造字源流,以形为经,以义为纬,探求与字形结构相合的本义,阐述形音义三方面的关系。穆涛词语解释学侧重通过解字释词、诠释现代社会的人事,纵览历史与文化流变,以及破译自然现象或重释经典,从而使词语解释学延展到文化史、思想史、文学史与当下生活史各个层面。

二十世纪西方哲学界曾出现过"语言学转向"思潮,这一派的哲学家认为语言不仅仅是工具,而应是哲学反思自身传统的一个起点和基础。虽然穆涛与西方"语言学转向"没有任何关联,但在认同词语像出土文物和史书典籍一样,也是历史和文化积淀的载体这一点上则是相通的。还应看到,语言概念有"主导概念""基本概念"与"普通概念""特指概念"之分。如"中华""文化""文明""共和""封建""人民""革命""科学""自由""民主"等,属于"主导概念"或"基本概念"范畴,它们对历史演变和社会发展起到关键性的推动作用,而"普通概念"和"特指概念"则没有如此巨大的功能。穆涛的词语解释,显然偏重于"普通概念"和"特指概念"。

一般来说,穆涛的词语解释学大致可分为三类:

一是对"普通概念"的解释。此处所说的"普通概念",指的是人们在日常生活经常接触和使用的词语,它们不一定是关键词,在语言的意义链中也不处于枢纽的位置,但它们散落于历史的褶皱和日常生活的每个角落,选择"普通概念"进行阐释,更能看出一个作家的文化癖好和审美趣味。穆涛立足民间世俗,涉猎广阔,偏爱杂学,抗拒高大完美,如此在他的散文中,自然就少有"主导概念"的阐释,而多的是"普通概念"的解读。如《秩序》这篇杂议,一开篇便解释"秩序"这个词:"秩,从禾,古代的意思是官吏的俸禄。以前的领导发工资不发货币,发五谷,级别越高,'担子'越重。"而"序,最早是教练场所……序后来才有次第的内涵,序言、序曲、序幕、齿序、长幼有序,等等",将秩与序分开解释后,再合起来阐释:"秩和序合作在一起,是个有机体,指内在结构的条理、规律和法则的融会贯通。会场的进出有秩序;大街的交通秩序;大雁南北迁徙的时候,以人字形高翔;羊群在草原上散乱着吃草,但从空中往下看,其中则有着与山川大地浑然一体的天然美妙。"文章最后一段,联系到写文章也需讲秩序。形式与文采要有章法,更重要的是讲求内在的浑然一体。《匠》也是如此。文章先解释"匠"的字形字意:"匠,是个会意字,本意单指木匠。'匚',是右边开口的箱子,可以背在背上。'斤',斧子,泛指木匠工具。"词语释义后,接下来便讲述《庄子》"匠石运斤"这个典故,说明庄子十分看重基本功过硬的人,并批评今人之心浮气见燥,不重视基本功。《先生与先醒》,由"先生"这个词引出贾谊的"先醒"。此文的妙处,在于把"醒"分为"先醒""后醒"和"不醒"三个层次,并分别以楚庄王、宋昭公、虢君作为例之,读之醒人耳目。《士与倡优》不仅多角度解释了这三个词的内涵,还追溯了这些词的历史变迁。最后以东方朔的《答客难》《非有先生论》两文作结,揭示历代帝王偏爱倡优而疏远士的原因。类而这样的文章,还可举出《反粒子》《道理》《虚心实腹》《敬与耻》《茶喝完了》《"儒"这个字》《算缗和告缗》等一批,这可以说是穆涛散文的"独特风景"。

二是对"特指概念"的偏爱。这里的特指概念,主要指时间和季节方面的词语。穆涛对时间和季节似乎特别偏爱,故此这方面的散文也特别多。《从发现时间开始:一根由神奇到神圣的棍子》《季节转换的典礼》《春天的核心内存》《春天里的规矩》《秋天的两种指向》《秋天的老规矩》《春夏秋冬四个字的背后》《春天是怎么落下帷幕的》《冬至这一天》《二十四节气是有警惕心的》等,均属于此类项。笔者以为,这是穆涛写得最具深度,集考据、义理、辞章于一炉的一组文章。如《春天的核心内存》先考证甲骨文关于春的写法,再以《尔雅》对春的释义为佐证,接下来联系《春秋繁露》关于春的描写,然后再具体写春天里的"核心内存",即十五件大事。《秋天的两种指向》也是先从甲骨文、《尔雅》写起,而后引出秋包含着"收获"和"成器"两种指向。《春夏秋冬四个字的背后》则力图揭示春夏秋冬四个字的多重含义以及它们背后的秘密。因为在穆涛看来:"我们中国的汉字,都是有出处的,每个字都有来头,有本来之义。字是有生命的,一个字造出来之后,跟人一样,会不断地生长。汉字的'身子骨'不长了,但长内存,长含义。"这段话,可以视为穆涛如此沉迷于"词语解释学"的精彩注释。

　　三是对原典的新解读。如《〈诗经〉这部书》《〈诗经〉在古代中国是承重的》《〈诗经〉里的风声》《孔子编选〈诗经〉的准绳》以及《〈易经〉中的'箕子明夷'卦与〈尚书·洪范〉中的箕子》等。从第二、第三类多少有些泛化的"词语解释学"中,我们看到,穆涛越来越有"大局观",他向古典文化的进军也越来越有规划和规模了。事实上,当穆涛将他这几年新创作的散文结集为《中国人的大局观》出版,当他写完了长篇专题散文《在制衡与失衡之间:〈汉书〉认识笔记》,以及在中山大学中文系教学公众号发表的三十五篇"大史小说",就已表明:穆涛已真正进入原典时代的语境,他已情不自禁地进入了历史的逻辑,跟着历史的节奏走。

穆涛的"词语解释学",一方面具有纠谬反正、复原史实的价值,另一方面又具有告诫警示的意义。在《算缗和告缗》中,穆涛通过对"算缗"和"告缗"这两个词语的比较分析,指出"算缗"是经营者自行申报财产,它是中国历史上首项财产税,为开拓之属;而"告缗"则是鼓励全民举报隐匿财产不报者或有"市籍"的商人拥有土地和仆人。"告缗"制度的实施带来了两个恶果:一是商业几被摧毁;二是告密之风盛行。《信史的沟与壑》是我特别喜爱的作品,它告诫警示的指向没有《算缗和告缗》那般显豁,但透过"道德"的"瘦身",透过"春秋"的解读,还有"信"的视角以及史官的故事等等,让读者看到了另一种历史,并感受到历史的苍凉与无奈,政治的变幻与冷酷无情,同时也体悟到中国的智慧。《信史的沟与壑》好就好在它从历史的"缝隙",从历史"沟"与"壑"的小视角来探测中国的"大历史"。它有史家的立场、精神的维度和批判的锋芒,但这一切都埋在暗处、深处。它看起来指东说西,漫不经心,有大量的闲话闲笔,实则刀刀见血,暗藏机锋和弦外之音。

穆涛的散文之所以在草蛇灰线间伏脉千里,且别有洞天,皆因一个通字。这个"通"字,即清人戴震所说的"由字通词,由词通道"。而要达到"通"的境界,既要讲读史以致用,要处理好

"实"与"名"以及各种相关命题的关系,更要"温",正所谓温故为知新。穆涛认为:"温这个词用得恰当。历史原本已经死去了,只有读活了才可能出新价值。尤其是中国的历史'课本',有五千年的厚度,很难读,城府深、色调沉,像一个人板着脸孔,古板、刻板、缺情少趣且苦辣,对,是苦辣。像冬天里喝烧酒,要'温'一下口感才稍好些。"用活的、形象化的语言谈论历史与温故知新,精彩!同样精彩的还有体现温与通的一批作品。比如《道理》,就体现出"通"的特征。作品一开头就指出,道是讲理的,也是有自己的规律的:"道这个字,头在上,腿脚在下,思想与践行融为一体。空想,瞎琢磨,或本本主义,唱高调都不是道。低头拉车不看路,也不是道。每一条路都是有方向的,要用脑子去辨识。"在比较了政治领域、社会与人生几种不同的"道"之后,文章进一步论道:"道貌岸然,是表面现象。道法自然,大道无形,指道的复杂和无量。但道不是虚无缥缈的,道是人间道,道的地基是常识,是寻常生活里过滤出来的认识和见识。"这里强调"道"的几层"理"路:一是道是复杂和无法量化的;二是道是人间道;三是道的地基是常识;四是道是寻常生活里过滤出来的认识和见识。文字不多,却将道的本质和属性讲得清清楚楚。不仅如此,文章接下来还联系孔子在水边给学生上课的情景,用"轻水"和"忘水"两个典故更深入形象地阐释道:要像船夫和泳者那样"操之若神"和不惧激流漩涡,不仅要熟悉水,掌握水的性格,而且要和水打成一片,像鱼那样融于水。如果达到这样的境界,你就是找到自己命命的人,也必定是一个懂得世道人心的成功者。

《道理》,包括《正信》《信变》《反粒子》《敲木鱼》《觉悟》《标准和榜样》等作品,都是温故而知新后的通文。这些作品的"通",主要体现在几个层面:其一是通透,即既有史识又有中国智慧,既入世又出世,既具象又抽象,可谓世事洞明皆文章,这是从整体上看。其二是通社会,通人生。不管写什么题材,穆涛的散文总是连接着世道人心,且弥漫着人间气和烟火味。其三是通大道,即尽管文章短小,取材杂碎,讨论的却是通古今之变的大节,是"人道"与"天道"的贯通、融合与和鸣。这样的散文,重史料、史识与辞章,也注重"实"与"名"的考辨。它们没有象牙塔的规范,更不是汉代以降一些名家操弄的虚幻无用的"屠龙之术"。更为重要的是,穆涛的散文挟着原典时代汉语的真气呼啸而来。它绕开五四的洋腔洋调,心仪先秦气象血脉,又得汉代史家真传,兼有魏晋文章的笔意,如此他以"词语解释学"为地基写出的一批文章,自是敦厚质直、骨力刚健,既具田野之气、山林之色,又有古风与遗风之作。不过这古风与遗风又不是遗老遗少的旧音,而是羼入了时代的新声,且含有现代性甚或后现代的眼光,以及现代人的人情和人性的温度。

三、大史小说与参话头

关注当代散文创作的人们也许注意到,近几年的散文已悄然发生了一些变化,出现了一些新动向:散文从过去的"固体"

到时下的大幅度"破体";网络的兴盛使散文更贴近生活,亲和大众,甚至有人断言:零准入门槛、即时传播阅读推动散文进入到"全民写作的时代"。特别是,自二十世纪九十年代兴起后便成为散文主流话语的文化大散文,近十年来出现了明显的新变。引领变革的代表作家是李敬泽、祝勇与穆涛,他们认新的文学写作立场、历史观和呈现历史的方式,为文化大散文注入了别样的元素,从而拯救了文化大散文,使其焕发出新的活力和生机。

对他们来说,民间的传说和历史人物的生活点滴,历史背后的故事比重大的历史事件、王朝的更迭、宫廷的争斗、士大夫的气节更具吸引力。在散文观念上,他们一方面奉"中国之文"为圭臬,提出要回到传统,回到"元气时代"里去寻找散文的力量;一方面又解构整体性和中心主义,沉迷于跨文体、综合性写作,甚至是考古学的方法。此外,"大史小说",注重细节和心灵介入,也是"新文化大散文"不同于传统"文化大散文"之处。

比如穆涛的新文化散文,基本上都是千字左右的"杂说"或随笔,是名副其实的"千字文"。特别是与贾平凹合著,由贾平凹作画,他配文的《看左手》集,其中的文章大多不足千字,是名副其实的"大史小说",但"大史小说"里却有大乾坤,螺蛳壳里做道场,虽简约但包容量极大。如《正信》,由"义"引出"信",又由"信"分出"正信""信得过""信见"三种"信",一个字里包含了几重意思,每层意思里蕴藏着很多说道,既有很强的概括力,又生动形象,十分有趣。读穆涛的《看左手》《先前的风气》集中的杂说和读史札记,我有两个较深的印象:第一个印象是穆涛的许多材料既来自正史,更多的取自野史。读他的散文的确能拓眼界,宽心胸,长知识。第二个印象是他有眼光和见识。他的一些颠覆性的看法,不仅言之有物,一矢中的,而且借古讽今,识见很深,读之使人开眼醒脑。总体看,穆涛涉猎繁富,读书驳杂,纵贯千载,辐辏万象,且善于以"小"搏"大""大史小说"。难得的是,穆涛的"大史小说"散文,不仅仅引经据典,同时穿插进许多的轶事、趣事,也不仅仅因为他采用了解字说文的叙述方式。更重要的是,穆涛有自己的思想,自己的哲学,还有足够的智慧和幽默,以及迂回的曲笔和文字背后的"微言大义"。如此,穆涛也就自有气象、自成一体——"穆涛体"(丁帆语)。"穆涛体"上承先秦文脉,中接六朝文章,下连时代经纬,人生百态,正所谓"胸中千古事,笔底有春秋"。我以为这样来评判穆涛散文的散文,应是客观和符合实际的。

穆涛"大史小说"的一个本事,就是"参话头"。"参话头"原是佛门里的话,指的是由一个词或一句话,牵扯出一大堆东西,目的在于从厉害的话中找到其厉害之处。对于此道,穆涛可谓驾轻就熟。《参话头》就是如此。文章由齐景公问政孔子这个"话头"入手,牵引出齐景公"荒政却悠然享国""傻小子有傻福"的介绍,以及鲁迅和冯梦龙的评价,再由《论语·八佾》"参"出"八佾舞"事件。其间还穿插鲁昭公流亡齐国,齐景公晚年因溺爱幼子"荼",经常趴在地上,嘴里叼一根草绳,让荼牵牛一样走,甚至为此还磕掉一颗牙齿等史实和细节。最后,由上面林林总总、看似乱麻的各种历史记载,文章又"参"出读《论语》的方法,悟出"史是变数,是世道的玄机,是无常鬼。经与史掺和着看,视角就立体了"。

穆涛的"参话头",一般来说喜欢用三招:一是讲故事。他的故事或典故一个接一个,不枝不蔓,言之切切,同时言之有物。他的故事虽时有危言耸听,却把控有度,点到即止,且不局限于事,往往有超越故事的指向。穆涛的故事还有一个特点,即故事一般都是立体的、多维的,不同的行业、不同的立场可以有不同的解读,这就拓展了文本的空间。二是重细节。用细节丰满历史,还原历史的原生态,这是"新文化散文"的一个共性。穆涛也不例外。在他的散文随笔中,我们随处可见到历史的细节。比如《参话头》齐景公让茶像牵牛一样牵着走,就是相当精彩的细节。值得称道的是,穆涛不仅深谙历史细节的重要,而且他总能将这些细节放到最恰当的地方,并通过层层的抽丝剥茧,寻找细节与"大史"之间内在的逻辑联系。这样,通过历史细节,穆涛一方面写活了历史人物,真实地展示了人物的内心世界;另一方面,由于有大量细节的支撑,穆涛笔下的历史书写自然也就不会流于空泛、刻板和概念化,他对历史的整体把握也更加精准到位。三是叙述上打破了传统散文的叙事方式。穆涛散文的叙述,一般没有中心设置,也不按时间的线索进行叙述。他往往表面是东鳞西爪,若即若离,自由随意,当行即行,该止即止,其间还穿插不少闲话,留下不少空白。这种叙事方式,初看起来不太完整,甚或有点杂乱,但当你读完全篇并慢慢捉摸,却又深感其内藏万壑,大有玄机;那是无技巧的技巧在谋篇布局上的艺术呈现,是自由与秩序、细微与宏大的共构;同时,这种叙事还打破了小说、散文和诗歌的界限,呈现出文体杂交的特征。

穆涛特别推崇《史记》的叙事方式和技巧。他一直认为"叙事是散文写作的基本功夫,但要写出特点来却不易"。就当代来说,他欣赏的散文叙事有两种:其一是能于平实中见大奇的,如汪曾祺散文的叙事。其二是叙事要冷,不仅皮肉冷,更要冷在骨头里,就如孙犁的散文。也就是说,叙事要朴素简约,没有流行气,不光滑,不世故,且带有野趣和生涩味。可能是功力不足或用力不够,就目前而言,尽管穆涛重视散文的叙事,但他与汪曾祺和孙犁叙事的老辣与自然天成相较,应该说还有一段距离。如果穆涛能在散文叙事方面多加经营,则他"参话头"式的"大史小说"将更具特色和魅力。

四、"说人话"的散文

从散文集《放心集》开始,穆涛便十分看重散文的语言。《文风问题》《再说文风》《语言是活的,是有生命的》《散文的写法》《了不起的文风》《千字文》《夜读抄》《大实话》《简洁》等文,都涉及到文风和语言问题。在穆涛看来,语言是活的,是有生命的。而要保持语言的活力和生命,关键是文风要朴素简洁,要尊重常识,说来自日常生活,老百姓都能懂的大实话、家常话,不扭捏文人腔,不故作高雅;同时,好的文字还要有烟火气,要有常人的体温，要有人味。在《散文的写法》中，他强调散文要"说人话，说家常话，说实话，说中肯的话，说有个性、有水平的话"。所谓"说人话"，就是"说正常人的话，说健康人的话，说有骨气的话，说吸引人、启发人、感动人的话"。所谓"说家常话"，既可以像老僧那样说话，更应该像一个正常人，在日常里和家人、朋友、同事那样说话。所谓"说实话"，即"不说虚话，不说没实质内容的话，不说言而无物的话，不说没用的话"。穆涛还将"实话"分为四个意思：一是结实；二是沉实；三是果实；四是现实。再有"说中肯的话"，指的是说话一要合乎身份；二要合乎写作时的心态和心情。至于"说有个性、有水平的话"，就是语言要"有我"，要体现自我的性格、气质，要说自己的话，有自己的语言味；而"水平是修养"，散文写作者唯有不断磨炼文字，透彻人心，才有可能写出真正有水平的文章。穆涛关于文风和散文语言的见解，谈不上系统，也没有多少高深的理论。他只是实话实说，却直击时弊，令人警醒。因长期以来，中国当代散文在语言上一直存在着三种病：一是五四腔；二是抒情腔；三是套话空话腔。正是鉴于这种语言现实，我们说穆涛的"说人话"的散文语言观，有着特别的价值和意义。

穆涛的价值和意义，不仅仅在于他极力倡扬说人话，说家常话，说实话，有生命的散文语言，更在于他以扎实的、与时俱进地创作实践，比较完美地诠释了他的散文语言观。这一点，我们在上面的引用中已有所领略。为了更具体地感受穆涛的语言风采，如：

散文要不断地别开生面,要不断地创造,但创造要遵循规律的,不能走偏门,要蹈大方。猫用唾液洗脸是它的创造,但这办法不能推广,若克隆到人身上就显着脏。不能推广的创造纵是独到,也没有太大的意义。写作也是这么个理,过于个体了,就是自娱。

——《半坡遗址告诉我们什么》

像这样的例子,在穆涛的散文中俯拾皆是。穆涛散文语言的总体风格是朴素简洁,平易通畅,节制而内敛,言立而文明。他喜欢打比喻,为的是让文字更具体、更形象可感。他更乐于采用来自日常生活,来自老百姓的"大实话",如此他的散文语言便不仅生动鲜活,丰富多彩,而且是有生命,有自己的"语言味"的语言。总之,这是一种"说人话"的语言。它排斥了矫情滥情,拒绝了空话套话,而呈现出健康的、生机勃发的语言质地。

穆涛的散文语言,之所以有自己的"语言味",是一种"说人话"的语言,其中重要的一点,是他的文字与"文心"是相通的。"文心"这个术语,是南朝的文论家刘勰提出的。在《文心雕龙·序志》篇,刘勰认为"夫文心者,言为文之用心也"。五四白话文兴起后,叶圣陶与夏丏尊合著了一本书,叫《文心》。这是一本教授写作基本功的书籍。叶、夏两位前辈认为,讲到文字修辞,一般人总认为这是雕琢粉饰一类的玩意儿,这是误解,是一个严重的错误。在文学创作中,"雕龙"是次,"文心"才是根本。按笔者的理解,文字修辞绝非雕虫小技,在文学中它是一门大学问。文字是心的表现。按心理学的说法,心的作用是知、情、意的统一。不管是写作还是阅读欣赏,都离不开个人的体验、细致的观察、真实的描写、心的感悟与渗透。也就是说,写作之道,至为要紧的一点是以文写心,文心合一。而这心既联结着一个作家的修养、人格、境界与气象,又源自日常生活,长年受人间烟火气的熏染,带着正常人的体温和气息。显然,穆涛是以文写心、用心作文的。他一方面注重"雕龙";一方面又以沉静之心、灵窍智慧之心去体察天地和世间万事万物。这样,他的散文也文心合一、情智合体,达到小与大、浅与深的统一。

五、余论

在散文越写越长,越写越同质化、模式化和空心化、技术化的当下,穆涛以"千字文"傲然独立,这是当今散文界的例外,也可以说是一股清流。穆涛以其独特的散文理论和创作实践,给予我们几点启示:其一是当代散文要走向阔大和遥远,就必须回到我国伟大的"文"的传统,同时重建我们时代的文章观。其二是优秀散文没有长短之分,重要的是接地气、说人话、重现实、有见识、有思想。其三是不论是专攻一路还是杂家,都要懂得笔墨闲情,又敏感于叙事与文体。当然,关于穆涛散文,可说的话还有很多。但仅凭上面几点,也可见出穆涛散文的价值和意义,也值得我们加以重视并珍惜。笔者以为,这是当代散文创作的一个正确方向,如果当今的散文写作者沿着这个方向走下去,散文的路子必定会越来越开阔宽广,当代散文也会越来越丰茂结实。